HAYMON verlag

W0337243

Doris Gercke

Wo es wehtut

Ein Milena-Prohάska-Krimi

MIX
Papier aus verantwortungsvollen Quellen
FSC® C083411
FSC www.fsc.org

Auflage:
4 3 2 1
2019 2018 2017 2016

HAYMON verlag
Innsbruck-Wien
www.haymonverlag.at

ISBN 978-3-7099-7259-5

Umschlag- und Buchgestaltung nach Entwürfen von
hœretzeder grafische gestaltung, Scheffau/Tirol
Umschlaggestaltung: Eisele Grafik · Design, München
Umschlagabbildung: bigstock.com/Dario Lo Presti
Satz: Da-TeX Gerd Blumenstein, Leipzig
Autorenfoto: Deff Westerkamp

Gedruckt auf umweltfreundlichem,
chlor- und säurefrei gebleichtem Papier.

Der Schnee wird tauen, das grüne ukrainische Gras wird wachsen und die Erde bedecken, die Saaten werden üppig aufgehen, darüber werden Hitzewellen flimmern, und kein Blut wird zu sehen sein. Das Blut ist billig auf diesen rotgoldenen Feldern, und niemand wird dafür zahlen. Niemand.

Michail Bulgakow, „Die weiße Garde“

Milena

Ich weiß nicht, wo ich bin. Ich weiß nicht, wie lange ich schon hier bin. Ich weiß nicht, ob es Morgen ist oder Abend. Ich weiß, dass ich sterben werde, aber ich weiß nicht, wann.

Z. / Wiesbaden

Es ist ein gewöhnlicher Sonntag Ende Oktober. Ronny ist zum Frühstück gekommen, wie häufig. Von den Fliederbüschen im Garten sind die Blätter endgültig abgefallen; in der Nacht hat es den ersten Frost gegeben. Ronny verbreitet sich über die Erkenntnisse, die er durch seine frühe Zeitungslektüre gewonnen hat.

„Kiew", sagte er, man müsste jetzt nach Kiew. „Das stell' ich mir interessant vor."

Beringer lächelt belustigt. Ihn amüsiert Ronnys Übereifer. Es ist alles wie sonst.

Dann klingelt das Telefon, und vier Tage später ist Beringers Leben vollkommen aus den Fugen geraten.

Er war zum Telefon gegangen, von Ronny beobachtet, dessen Neugierde zu zügeln Beringer längst aufgegeben hatte. Er hatte dem Anrufer eine Weile zugehört, „in Ordnung" gesagt und den Hörer aufgelegt.

Die Sonne schien auf den Frühstückstisch, als er zurückkam. Die Bestecke glitzerten, die silbernen Eierbecher glitzerten, der Deckel auf dem Honigglas glitzerte, und das alles war nichts gegen das Glitzern in Ronnys Augen.

„Z.", sagte er, „das kann nur Z. gewesen sein. Das letzte Mal hat er sich auch an einem Sonntag gemeldet ..."

Es hatte keinen Sinn, vor Ronny etwas geheim zu halten.

Unwillkürlich dachte er zurück an die Zeit, in der er Ronny kennengelernt hatte. Er, Beringer, hatte damals jeden Abend, kalt, aber innerlich rasend vor Rachegefühlen, in der Blauen Lagune gesessen und die Leute beobachtet.

Rachegefühle, ja, die hatten ihn damals beherrscht. Er, hochdekorierter Kriminalist, als Spezialist von Europol geschätzt, noch nicht einmal fünfzig, körperlich und geistig in bester Verfassung, hatte sich von einem skrupellosen, dämlichen Drogendealer berufsunfähig schießen lassen. Natürlich hätte er auch mit einem zerschossenen Knie weiterarbeiten können. Aber er hatte nicht weitergearbeitet, als man ihn aus dem Krankenhaus, aus der Reha entließ. Er wollte nicht weiterarbeiten. Er wollte den Scheißkerl kriegen, und deshalb hatte er Nacht für Nacht in der Blauen Lagune gesessen und gewartet. In der weiteren Umgebung der Lagune hatte bei der missglückten Festnahme der Schusswechsel stattgefunden. Hier würde der Kerl wieder auftauchen. Hier würde er ihn kriegen.

Blaue Lagune, so nannten sie auf dem Land die Tankstelle, der das große Bistro angeschlossen war und deren Dächer mit blauem Neonlicht eingefasst waren. Wenn man nachts durch das finstere Niedersachsen fuhr und das blaue Licht tauchte auf, dann war diese Beschreibung gar nicht so unpassend. Er hatte nachts in der Lagune gesessen und sich die Zeit damit vertrieben, die Einheimischen von den Durchreisenden zu unterscheiden. Er bildete sich ein, er könnte ihnen ansehen, dass sie alle das blaue Licht angelockt hatte. Nun saßen sie da und warteten darauf, dass die Verheißungen, auf die sie von fern gehofft hatten, wahr würden. Stattdessen gingen die Einheimischen, wenn die Nacht vorüber war, angetrunken und enttäuscht nach Hause. Die, die mit dem Auto unterwegs waren und von weiter her kamen, fuhren mit sehnsüchtigen Augen in die Nacht und suchten nach der nächsten Lagune.

Vielleicht wartete ja dort das große Abenteuer auf sie.

Eines Abends war plötzlich Ronny neben seinem Tisch gewesen. Er hatte ihn nicht kommen sehen. Er musste schon länger dort gestanden haben, und als sein Blick ihn traf, hatte er schüchtern gelächelt. Er war noch einen Schritt näher getreten, und ein merkwürdiger Dialog hatte sich zwischen dem Jungen und ihm entwickelt.

Ronny war damals, vielleicht, fünfzehn gewesen, lang und dünn, zu lang für sein Alter, mit zu großen Händen und Füßen, mit langen, dunklen Haaren und großen Augen in einem blassen Stubenhockergesicht.

Wahrscheinlich war ihm ihr erstes Gespräch deshalb im Gedächtnis geblieben, weil dieser Dialog damals dazu beigetragen hatte, dass er sich für einen Fünfzehnjährigen zu interessieren begann, was ihm sonst sicher ferngelegen hätte.

„Ja?“, hatte Beringer gesagt, als der Junge näher getreten und dann stehengeblieben war.

„Sie sind Kommissar“, hatte der geantwortet und geschwiegen. Es war eine Feststellung gewesen, keine Frage.

„Ich war Kommissar“, hatte Beringer geantwortet.

„Kommissare müssen vorsichtig sein“, war das Nächste gewesen, was der Junge gesagt hatte.

„Weshalb glaubst du das?“, hatte er gefragt und dabei überlegt, ob er das merkwürdige Gespräch abbrechen sollte. Der Junge hatte nicht geantwortet, war nur neben dem Tisch stehengeblieben und hatte ihn weiter angestarrt.

„Haben Sie Ihre Waffe immer dabei?“, wollte er dann wissen.

„Ich bin nicht mehr im Dienst“, hatte er geantwortet. „Das hab’ ich doch schon gesagt.“

Und der Junge hatte gesagt: „Das wollte ich nicht wissen. Ich hatte Sie nach Ihrer Waffe gefragt. Ich könnte mir denken, dass Sie sie noch einmal brauchen werden. Ich wollte nur wissen, ob Sie der gleichen Meinung sind wie ich. In dieser Sache. Nur in dieser Sache. In vielen anderen Dingen werden wir vermutlich unterschiedliche Ansichten haben. Das ist eine Generationenfrage. Obwohl ich eigentlich nicht viel von diesem Generationentheater halte. Bei den Problemen, die die Leute miteinander haben, geht es wohl darum zuletzt."

Der Junge stand noch immer neben seinem Tisch, so, als warte er auf etwas. Er fühlte sich unbehaglich, und nur, um etwas zu sagen, fragte er: „Und was machst du tagsüber?"

„Sie meinen, was ich arbeite", hatte der Junge geantwortet, und Beringer sah deutlich, dass er errötete. Seine Stimme allerdings blieb gleichmütig wie zuvor.

„Jeder findet irgendwann das, was für ihn das Richtige ist", hatte er geantwortet. „Bei manchen dauert es nur länger. Aber ich bin bald so weit, das weiß ich."

So hatten sie sich kennengelernt, vor dreizehn oder vierzehn Jahren. Inzwischen hatte Ronny sein Jura-Examen glänzend bestanden. Er hätte auch zur Kriminalpolizei gehen können. Milena und er hätten seine Ausbildung finanziert. Ronny aber bewunderte Milena und hatte sich deshalb für ihren Beruf entschieden.

Milena. Was für eine wunderbare Frau war sie gewesen, als er sie kennengelernt hatte: jung und voller Elan, mit wilden, roten Haaren, klug und schön und vollkommen fehl am Platz als Bedienerin in dieser Blauen Lagune; wie ein Edelstein unter Sandkörnern. Als Strafverteidigerin war sie gerade gescheitert, aber sie hatte ihr Leben trotzdem im Griff. Er aber, besessen von seinen Rachegelüsten, hatte sie nicht einmal bemerkt, bis sie ihn um Hilfe gebeten hatte ...

Er hatte ihr geholfen, ja, aber nur, um sie anschließend für seinen Rachefeldzug einzuspannen. Ja, auch als sie sich später zusammengetan und eine erfolgreiche Kanzlei geführt hatten, war er niemals bereit gewesen, sie bedingungslos zu lieben, wie sie es von ihm erwartete.

Als sie dann verschwunden war, hätte Ronny sich geweigert, ihre Stelle einzunehmen, auch wenn Beringer ihn darum gebeten hätte. Das tat er nicht, aus verschiedenen Gründen, sicher auch, weil er ahnte, dass Ronny ablehnen würde, aber hauptsächlich deshalb, weil er nicht dort weitermachen wollte, wo die gemeinsame Arbeit mit Milena zu Ende gegangen war. Die Erinnerung daran hatte er gemieden.

Ronny und er waren trotzdem Freunde geblieben.

‚Soweit man mit mir befreundet sein kann', dachte er. ‚Kann sein, er ist nur deshalb noch hier, weil ich ihn nie danach gefragt habe, weshalb er nicht arbeitet. Mit seiner Examensnote hätte er jederzeit in eine gute Kanzlei einsteigen können.'

In Wirklichkeit war es so, dass Ronny noch immer hoffte, Milena würde zurückkommen und sie könnten die gemeinsame Arbeit dort wieder aufnehmen, wo sie sie beendet hatten. Darauf wartete er und dafür wollte er frei sein. So weit aber ging Beringer, wenn er über Ronny nachdachte, was eher selten vorkam, in seinen Überlegungen nicht. Sie hätten ihn zu sehr an seine eigenen Wünsche erinnert.

Z. war tatsächlich am Telefon gewesen. Ronny würde den Bürodienst übernehmen, solange Beringer in Wiesbaden zu tun hätte.

Sie frühstückten dann, das heißt Ronny frühstückte, während er Beringer damit unterhielt, das Neueste über das BKA, Z. und Wiesbaden zu erzählen.

Im Gegensatz zu Beringer war Ronny Zeitungsleser. Er kaufte die Zeitungen nicht, sondern er stahl sie, wenn er kein Geld hatte, um sich im Café niederzulassen und dort die Zeitungen durchzusehen. Im Hinterzimmer seines Lieblingscafés war es erlaubt zu rauchen, und manchmal, wenn Ronny ein paar Stunden lang die Zeitungen studiert hatte, roch man an seiner Kleidung, wo er gewesen war.

„Z.“, sagte er. „Interessant, mit welchen Leuten Sie befreundet sind.“

Während er sprach, war er intensiv damit beschäftigt, ein hartes Ei in Viertel zu zerlegen. Er sah nicht auf.

„Ich hab’ mit ihm zusammen Abitur gemacht“, sagte Beringer, „von Freundschaft kann nicht die Rede sein.“

„Ich dachte nur ... Sonntagsanrufe ... jedenfalls hat Ihr“, er zögerte und setzte neu an, „jedenfalls hat Ihr Abiturfreund Probleme. Er war gerade zum vierten Mal vor den Untersuchungsausschuss des Bundestags zur NSU-Affäre geladen und nach allem, was man liest, lügt er dort wie gedruckt.“

Beringer sah Ronny an, der noch immer nicht aufblickte. Der junge Mann ihm gegenüber war achtundzwanzig Jahre alt, seine Haare waren zu lang, seine Augen waren von dunklen Rändern umgeben, und er roch nach Rauch. Die Augenränder hatten damit zu tun, dass Ronny sich im Milieu herumtrieb. Es gab keine Kneipe in der Hafengegend, die er nicht kannte. Er hatte türkische, deutsche, russische und chinesische Freunde, für deren Unbescholtenheit er jederzeit die Hand ins Feuer legte, obwohl er wusste, womit sie sich in Wirklichkeit wahrscheinlich beschäftigten: mit Zuhälterei, Einbrüchen, Drogengeschäften, Diebstählen; mit allem, was Geld einbrachte, ohne steuerpflichtig zu sein. Es war klar, dass er diese Bekanntschaften aufgeben müsste, wenn Milena wieder auftauchen und sie zu dritt die Kanzlei wieder eröffnen würden. Aber Milena war nicht wieder aufgetaucht. Sie blieb verschwunden. Und je länger sie verschwunden blieb, desto intensiver trieb Ronny sich im Milieu herum.

Er schlief schlecht und behauptete, auch nachts Bewegung zu brauchen. Der Rauch kam aus dem Café, in dem er die Zeitungen gelesen hatte, bevor er zum Frühstück erschienen war. Woher der Verstand kam, der den Jungen auszeichnete, war unklar. Aus seinem Elternhaus jedenfalls nicht.

Ronny war bei seiner Mutter aufgewachsen. Er hatte seinen Vater nicht kennengelernt. Die Mutter war keine Prostituierte. Sie trank und hatte viele wechselnde Männerbekanntschaften. Ronny hatte schon als Kind Ekel empfunden beim Anblick betrunkener Frauen und Männer. Gleichzeitig fühlte er sich angezogen von Menschen, die „nicht nach dem Lineal“ lebten; so nannte er die Verlorenen und Vergessenen und Hoffnungslosen, denen seine Sympathie gehörte. „Es geschieht ihnen Unrecht“, behauptete er, „sie wissen es bloß nicht und deshalb lassen sie sich alles gefallen.“

‚So, Z. lügt also‘, dachte Beringer.

„Dass das Bundeskriminalamt nicht die schnellste Truppe ist, wissen Sie ja selbst“, sagte Ronny endlich und unterbrach damit Beringers Gedanken. Der Skandal mit dem Nationalsozialistischen Untergrund schreit zum Himmel. Und immer, wenn man dort besonders schlau sein wollte, fiel man auf die Schnauze. Peinlich, wenn so etwas vor dem Untersuchungsausschuss deutlich wird. Kann sein, dass Ihr Abiturfreund nun in Schwierigkeiten steckt.“

‚Ich finde', dachte Beringer flüchtig, ‚dass seine Ausdrucksweise nicht zu diesem sehr schön gedeckten Frühstückstisch passt.'

„Der Wiesbadener Verfassungsschutz hat übrigens ebenfalls Schwierigkeiten mit den Nazis", sagte Ronny. „Man fragt sich mehr oder weniger öffentlich, welche Rolle diese Gurkentruppe im Jahr 2006 bei dem Mord an einem türkischen Internetbetreiber in Kassel gespielt hat. Der damals verantwortliche Innenminister ist heute Ministerpräsident, wie Sie – vielleicht – wissen. Möglicherweise braucht Ihr Abiturfreund Z. Sie, um ihm oder dem Ministerpräsidenten aus der Patsche zu helfen? Ne, kann ich mir nicht vorstellen. Dazu holt man sich niemanden von außen. Vielleicht geht es um die Amerikaner? Die haben ihr europäisches Spionage-Hauptquartier nach Wiesbaden verlegt und wollen dort jetzt einen deutschen General zum Stabschef machen. Ein Pappkamerad wird gesucht, nehme ich an, der sich vor den Abhörskandal stellen soll ..."

Beringer antwortete noch immer nicht, und Ronny sah irritiert auf. Beringers Gesicht war sehr blass. Er wirkte hilflos, so, als habe er sich erschrocken und der Schreck habe ihn verstört zurückgelassen. Ronny sagte nichts, und Beringer blieb weiter still.

„Milena", sagte Ronny endlich.

Beringer nickte.

Beringer war schon ein paar Mal von Z. nach Wiesbaden eingeladen worden. Er hatte vor Jahren als Privatdetektiv für eine Gruppe von Hamburger Geschäftsleuten erfolgreich in Kaliningrad ermittelt, und dieser Erfolg war im Bundeskriminalamt nicht unbemerkt geblieben. Es hatte seitdem den einen oder anderen Fall gegeben, in dem das BKA den Sondereinsatz eines privaten Ermittlers vorzog. Er war frei. Sie hatten die Kanzlei längst geschlossen. Die Aufträge waren gut bezahlt worden. Es hatte nie einen Grund gegeben, sie abzulehnen, auch wenn sie sich manchmal mit Blick auf die Verfassung in einer Grauzone bewegten. In der Hinsicht war Beringer inzwischen großzügiger geworden. Es hätte auch diesmal keinen Grund gegeben, die Einladung auszuschlagen. Weshalb Z. es am Ende ihres Gesprächs für nötig gehalten hatte hinzuzufügen: „Außerdem hast du jetzt die Chance, deine schöne Freundin wiederzutreffen", wusste Beringer nicht.

Er hatte sich nie Illusionen darüber gemacht, dass Z. über Einzelheiten seines privaten Lebens informiert war. Die Leute vom BKA waren, vielleicht, ein bisschen langsam, aber die Grundregeln beherrschten sie. Grundregel Nr. 1: Zusammenarbeit mit Menschen, die nicht zum Haus gehören, erst nach gründlicher Durchleuchtung.

Er hatte nichts zu verbergen. Trotzdem wäre es ihm lieber gewesen, wenn man von Milena in Wiesbaden nichts gewusst hätte.

Er selbst hatte lange versucht, ihre Existenz zu vergessen. Ronny unterstützte ihn dabei, sobald er das verstanden hatte. Ihr Name war nicht mehr erwähnt worden. Tief im Innern hatte er nicht wirklich geglaubt, Milena auf diese Weise vergessen zu können. Aber die Methode, sie im Gespräch nicht mehr zu erwähnen und möglichst jeden Gedanken an sie zu verbannen, hatte doch einen gewissen Erfolg gehabt.

Beringer fuhr zwei Tage vor dem mit Z. verabredeten Termin nach Wiesbaden. Auch wenn Z. darüber unterrichtet war, dass er vor Jahren eine gewisse Milena gekannt hatte, so hielt er es doch nicht für nötig, sich bei der Suche nach ihr beschatten zu lassen. Wiesbaden war überschaubar, und er würde sie finden, wenn sie dort war, ohne sich bei der Suche gestört zu fühlen.

„Ich werde hier im Haus bleiben“, hatte Ronny zum Abschied gesagt, „bis Sie zurück sind. Sie können jederzeit anrufen, wenn Sie Hilfe brauchen.“

Beringer hatte zum ersten Mal seit dem Gespräch mit Z. gelächelt.

Der Taxifahrer am Bahnhof von Wiesbaden sprach Russisch mit einem Kollegen. Als Beringer, neben den beiden stehend, sich auf Russisch in das Gespräch einmischte, sah der Fahrer ihn erstaunt an.

„Ich such’ ein Hotel, in dem ich für zwei Tage unbehelligt wohnen kann, ohne von Anmeldezetteln und Polizeikontrollen belästigt zu werden“, sagte er, als er auf der Rückbank saß.

Der Fahrer sah ihn prüfend an. Beringer konnte in seinem Gesicht lesen, was er dachte.

„Passt nicht zu Ihnen“, sagte er, „und legal ist es auch nicht, aber ich mach’s trotzdem. Kann ja sein, dass Sie in den zwei Tagen hin und wieder ein Taxi brauchen. Ich geb’ Ihnen meine Karte.“

Sie fuhren knapp zehn Minuten durch eine Gegend, die Beringer nicht kannte; lebendig, laut, Baustellen und Mülltonnen, bunt; das Gegenteil von Kurstadt-Atmosphäre.

„Warten Sie einen Augenblick“, sagte der Fahrer, als er hielt.

Er verschwand durch eine Glastür. Dahinter war es dunkel. Ein paar schwarzhaarige Kinder versammelten sich um das Taxi und machten Faxen. Der Fahrer kam zurück.

„Alles in Ordnung“, sagte er.

„Holen Sie mich in einer Stunde wieder ab“, sagte Beringer, während er ausstieg.

Er bekam von einer freundlichen Frau, vielleicht vierzig, dunkle Haare, ungeschminkt, kleine Hände, den Zimmerschlüssel. Das Zimmer war schmal, hatte ein Fenster, das nicht zur Straße hinaus lag, ein Bett, einen Stuhl, einen Tisch und einen Schrank. Es roch sauber. Er stellte seine Tasche ab und setzte sich auf das Bett.

Seit dem Anruf von Z. hatte er wohl hundertmal darüber nachgedacht, wo sich Milena in Wiesbaden aufhalten könnte. Er war sicher, dass sie nicht mehr als Anwältin arbeitete. Sie war die beste Strafverteidigerin gewesen, die er gekannt hatte. Ihre unglückselige Leidenschaft für halblegale oder illegale Ermittlungsmethoden hatte ihr oft zu schaffen gemacht. Aber schließlich war ihr die Hemmungslosigkeit, mit der sie ihren sexuellen Bedürfnissen nachgegangen war, zum Verhängnis geworden.

Während er in Kaliningrad gewesen war, länger als ursprünglich beabsichtigt, hatte Milena sich darauf eingelassen, als Juristin für einen Verbrecher zu arbeiten, der nach außen zu den Honoratioren der Stadt gehörte. In Wirklichkeit verdiente er sein Geld, viel Geld, mit Frauenhandel, Bordellen und Waffengeschäften. Vielleicht, ziemlich sicher, war sie der Meinung gewesen, sie könne die Verbrechen dieses Herren öffentlich machen, wenn sie für ihn arbeitete. Dabei war sie in die Falle gelaufen, die man für sie aufgestellt hatte. Sie war nicht verliebt gewesen, dazu war sie zu klug, zu nüchtern, aber sie war neugierig. Das intime Verhältnis zu einem Partner ihres Auftraggebers war zu sexueller Abhängigkeit geworden. Sie hatte die Demütigungen hingenommen, denen sie sich, wäre sie bei Verstand gewesen, niemals ausgesetzt hätte.

Am Ende hatte sie ihren Geliebten, ihren Peiniger erschossen.

Sie wurde angeklagt, ergriff vor Gericht die Gelegenheit, die Geschäfte ihres Auftraggebers aufzudecken, und konnte den Mord an ihrem Geliebten glaubhaft als Notwehr darstellen. Sie wurde freigesprochen.

Aber wer, außer Mandanten aus der Halbwelt, wollte sich von einer Frau verteidigen lassen, von der alle Welt wusste, dass sie für den übelsten Zuhälter der Stadt gearbeitet hatte? Von einer Frau, die ihren Liebhaber erschossen hatte, sich dann selbst verteidigte und freigesprochen wurde? Die Vorstellung, die Milena bei ihrer Verteidigung im Gericht gegeben hatte, war unglaublich gewesen. Damals hatten er und Milena nach seiner Rückkehr aus Kaliningrad die Kanzlei noch gemeinsam betrieben. Beringer hatte zum ersten Mal bedauert, dass Kameras im Gerichtssaal nicht erlaubt waren. Man hätte einen Lehrfilm für angehende Verteidigerinnen herstellen können.

Nach dem Freispruch, der von ein paar ehrpusseligen Hamburger Damen im Zuschauerraum mit Buhrufen quittiert worden war, hatten Milena und er sich in die Kantine des Strafjustizgebäudes zurückgezogen, er wohl auch, um der lauernden Meute der Reporter aus dem Weg zu gehen.

„Du warst gut", hatte er gesagt und dabei in seine Kaffeetasse gesehen.

„Ja", hatte Milena geantwortet. „Ich war schon immer eine gute Hure. Kannst du dich an unsere erste Begegnung erinnern?"

„Lass das“, hatte er geantwortet.

Er wollte nicht, aber er hatte die Szene von damals genau vor sich gesehen.

Es hatte damit angefangen, dass sie sich in den Sessel setzte, die Beine übereinanderschlug und sagte: „Jetzt, wo alles Unwesentliche besprochen ist, möchte ich gern wissen: Wovor laufen Sie eigentlich davon?“

Beringer war überrascht gewesen, hatte aber nicht die Absicht gehabt zu antworten, sondern war aufgestanden, um das Gespräch zu beenden. Sie war sitzen geblieben.

„Wir sind Partner“, hatte sie gesagt.

Heute war er sicher, dass es kein Zufall gewesen war, dass ihr Rock höher rutschte, während er vor ihr gestanden und auf sie hinunter gesehen hatte.

„Möchten Sie, dass ich Ihnen sage, wovor Sie davonlaufen?“, hatte sie scheinheilig gefragt.

Und dann hatte er nein gesagt, und seine Stimme war so heiser gewesen und sein Mund so trocken, dass er eigentlich schon verloren gewesen war.

„Möchten Sie, dass ich Ihnen zeige, wovor Sie davonlaufen“, hatte sie wiederholt und war aufgestanden. Zwischen seinem und ihrem Körper war kaum noch Platz gewesen. Sie hatte sich umgedreht, und er hatte gewusst, dass sie sein Geschlecht in ihrem Rücken spürte, und es war ihm plötzlich vollkommen richtig erschienen, seine Hände um ihre Hüften zu legen, und er hatte es gemacht, einfach so, im Stehen, mit dieser Frau, die er kaum kannte, und mit Dingen im Kopf, die mit ihr überhaupt nichts zu tun hatten.

„Wir sollten endlich klarsehen“, hatte sie gesagt, als sie sich bei ihrer letzten Begegnung in der Kantine des Gerichts gegenübersaßen. „Du wirst ewig der verklemmte Spießer bleiben, der du bist, und ich werde immer wieder das tun, wozu ich Lust habe. Lust, verstehst du? “

Er hatte verstanden, war aufgestanden und gegangen.

Draußen auf der Treppe vor dem Strafjustizgebäude hatten sich noch immer die Reporter gedrängt, die auf Milena warteten.

In der alten Villa, die ihm gehörte und in der Milena und er mit Ronnys Hilfe bis dahin die Kanzlei unterhalten hatten, war Ronny ihm entgegengekommen.

„Ich hab's im Radio gehört, auch den Kommentar“, hatte Ronny gesagt.

„Es ist vorbei“, hatte er geantwortet. „Sie lässt ihre Sachen holen.“

Ronny war stumm geblieben.

„Diesmal ist es endgültig“, hatte er hinzugefügt, war wortlos die Treppe hinaufgegangen und hatte bei jedem Schritt gespürt, wie der Schmerz in dem zerschossenen, steif gebliebenen Knie zunahm.

Er hatte Milena nicht wiedergesehen. Ein paar Mal hatte Ronny versucht, mit ihm darüber zu sprechen, wohin sie gegangen sein könnte. Dann war ihr Name zwischen ihnen nicht mehr erwähnt worden. Eine Weile hatte er Ronny im Verdacht gehabt, auf eigene Faust nach Milena zu suchen. Vielleicht hatte er das sogar wirklich getan. Gefunden hatte er sie jedenfalls nicht, so viel stand fest. Ronny hatte Milena bewundert, ja verehrt. Es wäre ihm unmöglich gewesen zu verbergen, dass er entdeckt hatte, wohin sie gegangen war.

Er selbst hatte „Vergessen trainiert“. So nannte er bei sich die anstrengende Arbeit, jeden Gedanken an Milena, jede Erinnerung an sie zu verdrängen. Einfach war das nicht gewesen. Jahrelang war das Eis sehr dünn, auf dem er sich bewegte. Die Tatsache, dass weder er noch Ronny irgendetwas von Milena hörten oder lasen oder sahen, hatte den Prozess des Vergessens erleichtert. Eigentlich hatte er sich inzwischen sicher gefühlt; bis zu dem Augenblick, als Z. unvermittelt am Telefon ein Wiedersehen mit Milena in Aussicht gestellt hatte.

‚Das Eis ist sehr viel dünner gewesen', dachte er, ‚ich muss diesen Zustand beenden. So oder so. Ich werde Milena finden. Wir haben uns geliebt, ich weiß es, auch wenn wir nie darüber gesprochen habe. Jetzt werden wir reden.'

Beringer wusch sich die Hände in einem halbdunklen Bad, das keine Fenster hatte und dessen Lüfter sehr laut war. Er blickte auf die Uhr und trat im Zimmer ans Fenster. Er sah in einen Innenhof; sah einen aufgelassenen Handwerksbetrieb, winzige Balkons, auf einigen standen Wäscheständer, graue Hauswände, die Hauswand rechts in verblichenem Rot, eine weiß-orangefarbene Katze mit einem besonders dicken, hässlichen Kopf, die lauernd in die Luft starrte. Keine Sonne, kein Grün.

Er brauchte einen Spaziergang, um klar denken, einen Plan machen zu können. Als er das Hotel verließ, spürte er zum ersten Mal, dass die Luft warm war.

„Wohin würden Sie gehen, wenn Sie einen Spaziergang machen wollten, um Ihre Gedanken zu sammeln?"

„Am Rhein entlang, natürlich", sagte der Taxifahrer.

Beringer ließ sich in Biebrich absetzen. Er ging ein paar hundert Meter die von Platanen gesäumte Hauptstraße zum Rhein hinunter. Die Platanen rechts und links der Straße waren die verkleinerte Ausgabe der prächtigen Bäume in der Wilhelmstraße. Sie hatten ihren Wuchs dem kleinbürgerlichen Biebrich angepasst. Im Schaufenster eines Fotogeschäfts hing das Großfoto des Bauchs einer Schwangeren. Jemand hatte mit Lippenstift ein Kussmaul darauf gemalt. Ein alter Mann schob einen Kinderwagen vor sich her und überquerte die Straße. Er war sichtlich stolz auf den Nachwuchs, der strampelnd vor ihm lag; stolz auf den Nachwuchs, der irgendwann genauso wie er einen Kinderwagen mit Nachwuchs vor sich her schieben würde.

Je näher er dem Rhein kam, desto heller wurde das Licht der Herbstsonne. Wasser, Himmel, Bäume, die Gesichter der Menschen, ja die Luft waren weiß vom Licht, als er die Rheinpromenade erreichte. Ströme von Spaziergängern waren unterwegs. Es war ihm sofort klar, dass er am falschen Ort war. Hier würde er nicht nachdenken können.

Hochschwangere Frauen kamen ihm entgegen. Sie schleppten ihre unerlösten Bäuche die Promenade entlang; auch sie von Stolz erfüllt. Worauf? Er trottete eine Weile in der Menge der Spaziergänger mit, bog ab, als ihm Kinder, Bäuche, Hunde, vierzehnjährige Liebespaare zu viel wurden, und fand sich im Schlosspark wieder. Auf einer Bank am Rand sitzend beobachtete er eine Hochzeitsgesellschaft. Er sah und hörte reiche indische oder pakistanische Jung-Banker aus Frankfurt, teure Karossen, aus denen laute Musik dröhnte, die Braut schulterfrei, Luftballons, Lachen und Tanzen.

‚Freuen sie sich einfach nur ihres Lebens oder der ergaunerten Millionen', dachte Beringer.

Ihm gegenüber auf dem Rasen im Park wurde eine Picknickdecke ausgebreitet; drei, vier herumhüpfende Kinder, behäbige, dunkelhaarige Mütter, die beim Aufbauen der mitgebrachten Speisen ihre dicken Hinterteile in die Luft reckten.

Ganz plötzlich wurde ihm bewusst, dass das, was ihn die ganze Zeit über ärgerte, nichts weiter war als das Leben.

Er stand auf, rief den Taxifahrer an und ging zum verabredeten Treffpunkt. Er ahnte, dass es einen Zusammenhang gab zwischen dem weißen Licht, der warmen Luft, den glücklichen Menschen um ihn herum und der plötzlich aufgetauchten Möglichkeit, Milena wiederzusehen. Milena, das war Leben gewesen, und seit sie gegangen war, hatte er sich vom Leben zurückgezogen. Er wollte sie wiedersehen. Es wäre ihm lieber gewesen, er hätte keine Vermutung gehabt, wo.

„Ein Bordell", sagte er dem Taxifahrer.

Der Mann wandte sich um und sah ihn ungläubig an. Beringers Gesicht blieb unbewegt.

„Ich kann Sie hinfahren", antwortete der Russe endlich.

„Nicht jetzt, bringen Sie mich ins Hotel und holen Sie mich gegen 22.00 Uhr beim Theater ab."

Es würde nur ein Versuch sein. Er kannte Milenas Leidenschaft fürs Theater.

Er hatte eine Karte für Tschechows *Drei Schwestern* gekauft, ohne darauf zu achten, was gespielt wurde, und es fiel ihm schwer, sich auf das Stück zu konzentrieren. In der Pause war das Foyer überfüllt. Milena entdeckte er nicht unter den Zuschauern. Seine Blicke streiften den historistischen Prunk an der Decke, an den Wänden, an den Treppen, ohne viel wahrzunehmen, außer aufgetakeltem Publikum. Neben ihm stand ein älteres Ehepaar, sie in Lang und Schwarzgeblümt mit Perlenkette, er im Smoking, auf dem Stehtisch davor eine Champagnerflasche im silbernen Kühler. Die beiden unterhielten sich.

Er: „Ich muss das Buch mal lesen, glaube ich. Da passiert ja gar nichts, nur der gewöhnliche Alltagskram."

‚Da hat einer etwas verstanden, ohne es zu begreifen', dachte Beringer.

Das Taxi stand vor dem Theater, als er auf den Säulengang hinaustrat.

„Sie wollten das Bordell", sagte der Fahrer, während sie darauf warteten, dass sich die Menge verlief. „Es gibt Wohnungen, die, vielleicht, komfortabler ..."

„Ich wollte das Bordell", sagte Beringer scharf.

Sie fuhren am Bahnhof vorüber, eine breite Ausfallstraße entlang, ein riesiger Neubau mit dunklen Fenstern zur Linken, verwahrlostes Gelände zur Rechten, die Betonpfeiler einer Brücke. Der Fahrer hielt gegenüber eines zweistöckigen Hauses, der Putz im Licht der Scheinwerfer schmutzig-rot und grau, alle Fenster erleuchtet, eine einzelne, lächerlich wirkende Laterne stand auf dem Weg, der zur Eingangstür führte.

„Ich möchte, dass Sie warten", sagte Beringer, als er ausstieg.

Während er auf die Tür zuging, der Weg war rechts und links mit weiß bemalten Steinen eingefasst, Schrebergarten-Dekoration, wusste er plötzlich, dass er Milena hier nicht finden würde; nicht in einem Provinz-Bordell an einer Ausfallstraße zwischen Industrieruinen und brachliegendem Baugelände; nicht zwischen Eisenbahnschienen und Schnellstraßen, hinter einer Haustür, die mit einem Türklopfer aus falschem Messing ausgestattet war, der leicht in der Hand lag und ein scheppperndes Geräusch erzeugte.

Die Frau, die ihn einließ, trug einen Kimono aus falscher Seide, rot, mit einem goldenen, gestickten Drachen auf dem Rücken. Während er hinter ihr herging, er suche eine Freundin und würde wohl auch bleiben, wenn er sie nicht finde, dafür aber eine andere, die ihm gefiele, betrachtete er den zerknitterten Kimono und den lächerlichen Drachen. Er hörte der Frau nicht zu, die unentwegt auf ihn einredete.

Auf dem Rückweg sah er in ein Büro, dessen Tür offen stand. An der Wand über einem vollgekramten Schreibtisch hing ein vergrößertes Foto von Milena.

„Das war schon hier, als wir den Laden übernommen haben“, sagte die Drachenfrau. „Wir haben es hängen lassen. Macht doch was her, oder?“

Den nächsten Tag verbrachte Beringer im Hotel. Er ließ sich die örtlichen Zeitungen und Anzeigenblätter bringen; die las er, wenn er nicht schlief oder fernsah. Er fand keinen Hinweis auf eine Anzeige, die Milena aufgegeben haben konnte. Irgendwann stopfte er die Zeitungen in den Papierkorb und verfluchte die Idee, früher nach Wiesbaden gefahren zu sein. Er fühlte sich von Z. hereingelegt und beschloss, ihm am nächsten Tag besonders zurückhaltend zu begegnen.

Der nächste Tag begann damit, dass der Taxifahrer ihn zum Bahnhof fuhr und unterwegs laut auf die EU und deren Ukraine-Politik schimpfte.

„Das soll eine Revolution gewesen sein? Revolution ist, wenn die oben nicht mehr können und die unten nicht mehr wollen ...“

„Lenin“, sagte Beringer und dachte an Ronny, der ihn noch vor ein paar Tagen mit seinen Lenin-Kenntnissen unterhalten hatte.

„Ja, klar“, sagte der Fahrer, „aber da fehlt noch was. Da fehlt eine dritte Kraft, die sich an die Spitze stellt und mit den Menschen gemeinsam das ganze System über den Haufen wirft. Aber in der Ukraine? Da ändert sich doch nichts. Da ist doch nur die eine korrupte Oligarchen-Clique durch die nächste ersetzt worden, oder glauben Sie, dass auch nur ein Euro von den Milliarden, die wir nun aus unserer Tasche zahlen sollen, beim Volk da drüben ankommt? Nichts wird ankommen. Alles verschwindet in dunklen Kanälen der korrupten Oligarchen. Aber ich sag' Ihnen was. Wer da wirklich seine Finger im Spiel hat, wissen wir das? Zum Beispiel das riesige Spionage-Zentrum, das die Amis hier ganz in der Nähe, in Erbenheim, aufbauen – ich kann Sie hinfahren, wenn Sie Zeit haben ..."

„Wir sind da", sagte Beringer, „ich würde gern aussteigen."

Er blieb vor dem Bahnhof stehen, im Büro von Z. wusste man, wann sein Zug ankam. Er wartete auf das Auto, das ihn abholen sollte.

Er fühlte sich unbehaglich, wenn er an Z. dachte. Nicht nur, dass er glaubte, Z. habe ihn mit dem Hinweis auf Milenas Anwesenheit in Wiesbaden für dumm verkauft, ärgerte ihn. Auch die Fakten, die Ronny ihm über das Verhalten von Z. im Untersuchungsausschuss des Bundestages mitgeteilt hatte, gefielen ihm nicht. Das BKA – und damit Z. – war dafür verantwortlich, dass intime Dinge aus der Personalakte des Ausschussvorsitzenden in der Öffentlichkeit auftauchten, die den Mann zwangen, sein Mandat niederzulegen. Da war einer rechtzeitig mundtot gemacht worden, der dem BKA und dem Verfassungsschutz hätte gefährlich werden können. Beringer hatte genug Erfahrung, um das durchsichtige Manöver zu verstehen. Er hatte nicht die geringste Lust, für Leute zu arbeiten, die vorgaben, Kriminalisten zu sein, sich in Wirklichkeit aber Methoden bedienten, die dem FBI zu Zeiten Edgar Hoovers zur Ehre gereicht hätten.

Er starrte vor sich hin und bemerkte den Dienstwagen erst, als vor ihm die Tür geöffnet wurde.

Das Auto hatte dunkle Scheiben und wurde von zwei Motorradfahrern begleitet. Auf dem Rücksitz saß Z., der ihm die Hand entgegenstreckte.

„Schön, dich zu sehen“, sagte er. „Ich hab’ leider wenig Zeit. Die in Berlin spielen verrückt. Wir müssen ihnen irgendetwas in den Rachen werfen, das sie beruhigt. Hör zu ...“

„Wir?“, fragte Beringer.

Z. sah älter aus als im letzten Jahr, sehr viel älter. Seine Haut war fahl und zerknittert, tiefe Ringe unter seinen Augen deuteten Schlaflosigkeit an.

„Ach, du weißt schon“, antwortete er ärgerlich. Sie sprachen nicht mehr, bis sie sich im Büro von Z. gegenübersaßen.

Der Auftrag, ein Verhör, für das Z. ihn gewinnen wollte, war so lächerlich, dass Beringer erneut das Gefühl hatte, hereingelegt zu werden. Deswegen hatte Z. ihn kommen lassen?

Er lehnte trotzdem nicht ab. Jetzt interessierte ihn, was man in Wirklichkeit von ihm wollte. Z. sprach weiter, unruhiger als sonst, wie es schien.

„Der Mensch, um den es geht, kommt aus Russland, genauer gesagt aus Kaliningrad. Das gibt er jedenfalls an. Wir wissen nicht, ob seine Angaben richtig sind. Du bist dort gewesen. Du kennst dich aus. Wenn es dir gelingt, nachzuweisen, dass er Kaliningrad nie gesehen hat, sind wir einen Schritt weiter.“

„Und dann?“

Z. antwortete nicht auf Beringers Frage. Das war normal. Was mit den Ergebnissen seiner Arbeit gemacht wurde, ging ihn nichts an.

„Es ist doch möglich, dass du den Mann in Kaliningrad kennengelernt hast. Er ist schon eine Weile hier. Wiesbaden zieht die Russen an wie der Honig die Fliegen. Und jetzt, die Situation in der Ukraine, du verstehst ..."

Beringer verstand gar nichts. Er schwieg.

„Wir haben ihn festgenommen, vorübergehend, versteht sich, die üblichen 48 Stunden ohne Haftbefehl. Du findest ihn im Polizeipräsidium am Konrad-Adenauer-Ring. Wir lassen dich hinbringen."

„Danke", sagte Beringer. „Ich bin lieber allein unterwegs. Ich kann dann besser nachdenken. Habt ihr seinen Namen? Seine Adresse dort?"

„Natürlich", sagte Z., „steht alles in seinem Pass, aber die Frage ist eben, ob der Pass ..."

„Wie heißt der Mann?", fragte Beringer.

Z. sah ihn erstaunt an. Weshalb war der Name wichtig? Beringer würde den Russen treffen und dessen Pass sehen.

„Ich bin gern vorbereitet auf das, was mich erwartet", sagte Beringer, als hätte er die Gedanken von Z. erraten.

„Natürlich", sagte Z. und lächelte. „Es hat ja Gründe, weshalb deine Ermittlungsarbeit allseits geschätzt wird. Der Mann heißt Koslow, Wadim Koslow."

Er sah Beringer an.

„Du kennst ihn?", fragte er.

„Nein", antwortete Beringer, „vielleicht, aber dazu müsste ich ihn erst sehen."

Er dachte an Wadim und Vera und an den Abend in Kaliningrad, als die beiden ihn zu sich nach Hause eingeladen hatten. Sie waren beim Essen gestört worden und hatten dann gemeinsam Veras Freundin aus einer illegalen Abtreibungsklinik geholt, bevor sie dort verblutet wäre.

Das Telefon klingelt und Vera geht in den Flur. Sie hören sie sprechen, ohne zu verstehen, was sie sagt. Vera kommt zurück.

„Galina. Wir müssen sie holen."

Wadim sieht ernst aus und ärgerlich.

„Tut mir leid, wir müssen unseren Abend ein anderes Mal fortsetzen. Galina, Veras Freundin, braucht Hilfe."

Er besteht darauf, mitzukommen.

„Wir werden Veras Freundin in einem Hotel in Empfang nehmen", sagt Wadim unterwegs. „Wahrscheinlich wird man uns sagen, ihr sei schlecht geworden. Im Hotel befindet sich eine Abtreibungsklinik. Sie gehört einem ehemaligen Oberst der Roten Armee, besser bekannt unter dem Namen ‚Der General'."

„Weshalb gehen die Frauen nicht in eine richtige Klinik?", hört er sich fragen.

„Haben Sie mal eine richtige Klinik von innen gesehen? Die Gänge vollgestopft mit Wartenden. Medikamente müssen Sie mitbringen, Verbandszeug müssen Sie mitbringen, Spritzen müssen Sie mitbringen. Die Behandlung wird von Wesen vorgenommen, die aus einer Drachenkolonie ausgebrochen zu sein scheinen."

„Er übertreibt", sagt Vera. „Außerdem ist die Klinik gar nicht für uns. Die meisten Frauen, die da hingehen, kommen aus Polen. Da ist Abtreibung verboten. Die Kirche ist dagegen. Daran verdient der General."

Sie finden Galina in der zweiten Etage. Sie sitzt auf dem Fußboden, jämmerlich, sehr blass, feuchte Haarsträhnen im Gesicht. Wadim trägt sie die Treppe hinunter. Sie bringen die Frau nach Hause. Vera bleibt bei ihr.

Wadim war sein Freund geworden.

Z. ließ ihn zum Ausgang bringen. Er ging die Straße hinunter, an dem grauen Block des BKA-Gebäudes vorüber ... nein, dachte er, das ist kein Block. Das ist ein riesiges Gekröse, eine Art Geschwür hinterm Drahtzaun, stumm und gewalttätig.

Dem Gekröse folgten Fachwerk-Villen, in Größe und Form Kleinstadtbahnhöfen vom Anfang des 20. Jahrhunderts ähnlich, und teure, terrassierte Eigentumswohnungen. Die Langeweile, die hinter den Terrassenfenstern zu erahnen war, hatte sich nach draußen gefressen. Sie hing als graue Grasbüschel über Balkonmauern. Es war still; sonntägliche Stille an einem gewöhnlichen Donnerstag.

Wadim / Kaliningrad

Wadim, Dienststellenleiter der Kriminalpolizei in Kaliningrad, und Stepan, sein einziger Untergebener, saßen sich in dem Büro gegenüber, das sie seit Jahren miteinander teilten. Das Büro befand sich im Parterre eines kleinen, älteren Einfamilienhauses, dessen übrige Räume unbenutzt waren.

Stepan freute sich, als Wadim aus Kaliningrad abgerufen wurde.

„Es ist keine Vertretung für mich vorgesehen", hatte Wadim auf Stepans lauernde Frage geantwortet.

„Das heißt, ich werde die Dienststelle übernehmen."

„Das heißt es wohl", antwortete Wadim und hatte dabei gedacht, dass die Arbeit der vergangenen Jahre sehr schnell zunichte gemacht sein würde. Stepan war korrupt, „in der Seele korrupt", wie Vera, Wadims Frau, es einmal genannt hatte, und damit hatte sie recht gehabt. Er war aber auch feige und faul, so dass man ihn, wenn man die nötige Strenge zeigte, durchaus im Zaum halten und manchmal sogar nützlich einsetzen konnte.

Es hatte eine Weile gedauert, bis er, Wadim, seine Stadt einigermaßen in Ordnung gebracht hatte. Er hatte die Zuhälterei nicht beseitigt, aber das Leben der Mädchen dadurch sicherer machen können, indem ein paar allzu brutale Freier bestraft wurden. Es hatte sich in bestimmten Kreisen herumgesprochen, dass man dem Geschäft der Zuhälterei ruhiger nachginge, wenn alle damit verbundenen Tätigkeiten einigermaßen manierlich abliefen.

Was natürlich nicht bedeutete, dass es nun keine Männer mehr gab, die gern schlugen.

Nun würde es sich herumsprechen, dass Stepan die Dienststelle leitete, und wer daran interessiert war, würde sehr bald wissen, wie man Stepan dazu bewegen konnte, beide Augen zuzudrücken.

Die deutsche Organisation, die sich seit einigen Jahren um die verwahrlosten Kinder im Untergrund kümmerte und mit der er Kontakt gehalten hatte, musste er sich selbst überlassen. Stepan würde diese Aufgabe nicht übernehmen, das wusste er. Die Deutschen waren ihm „unheimlich", wie er sagte. In Wirklichkeit meinte er damit, dass er ihnen nicht gewachsen war, was sicher stimmte. Diese Leute waren fürsorglich und eloquent und von so viel unschuldiger Hilfsbereitschaft durchdrungen, dass sie einem so einfachen, auf seinen Vorteil bedachten Gemüt wie Stepan, durchaus unheimlich erscheinen mochten.

Die Anordnung, den Deutschen gelegentlich auf die Finger zu sehen, hatte damit im Zusammenhang gestanden, dass Moskau seit einiger Zeit darauf bestand, von im Land arbeitenden ausländischen Organisationen die Herkunft ihrer Finanzen abzufragen. Die deutsche Kinderhilfsorganisation in Kaliningrad, die Wadim zu beobachten hatte, schien in Ordnung zu sein. Ihm war nicht aufgefallen, dass diese Leute, die die Spenden, die sie in Deutschland gesammelt hatten, in ein „offenes Heim" investierten, sich mit Dingen beschäftigten, die mit der Hilfe für Kinder nichts zu tun hatten. Offenes Heim, so nannten sie das komfortable Holzhaus mit Schlaf-, Ess- und Lerngelegenheiten. Mit dem Leiter, einem mittelalten Mann, drahtig und mit grauen, im Nacken zusammengebundenen Haaren, der aus Hamburg kam und dort schon mit Jugendlichen gearbeitet hatte, war er sogar ein paar Mal abends zusammen gewesen. Die Erfahrungen, die er Jahre zuvor mit dem

Deutschen Jean Beringer gesammelt hatte, waren ihm dabei nützlich gewesen. Offenbar gab es für Deutsche sehr unterschiedliche Motive, sich in Russland zu engagieren. Der Leiter der Hilfsorganisation war eher nachdenklich und litt offenbar unter irgendeiner Untat, die mit seiner Familie während des Großen Vaterländischen Kriegs zu tun hatte. Es musste wohl einer seiner Großväter gewesen sein, der sich auf besondere Weise schuldig gemacht hatte und dessen Schuld der Enkel abzutragen versuchte.

Wadim verstand den Mann nicht, aber es schien offensichtlich, dass sein Motiv, helfen zu wollen, ehrlich war, und er akzeptierte dessen Arbeit und erleichterte sie, wo er konnte. Dazu würde Stepan sich nicht aufraffen. Es war zu leicht, Faulheit hinter bürokratischen Hürden zu verstecken. Da mussten die Deutschen nun allein durchkommen.

Ein Problem, das größere Bedeutung erlangen konnte, blieben die Truppen der Flotte, die an der Ostsee stationiert waren. Deren Kasernierung war nach wie vor menschenunwürdig. Die sehr jungen Soldaten lebten zusammengepfercht, wurden schlecht verpflegt und streng gehalten. Immer wieder gab es Versuche, nachts auszubrechen und auf illegale Weise ein bisschen Vergnügen zu organisieren. Rauschgifthändler, die über die Kurische Nehrung einreisten, fanden in den Soldaten leichte Opfer, die bereit waren, ihren Drogenkonsum durch nächtliche Einbrüche zu finanzieren. Wo am besten etwas zu holen war, würde man ihnen schon sagen.

Wadim, der das Soldatenproblem in der Stadt als dringlich ansah, hatte damit begonnen, Kontakt zum Kommandanten herzustellen, den er zufällig bei einer gemeinsamen Parade von Militär und Polizei am 9. Mai kennengelernt hatte. Der Kommandant war neu im

Amt. Mit seinem Vorgänger, einem fetten, alten Mann, der die doppelte Ordenreihe auf seiner Brust wie einen Abwehrzaun vor sich hergetragen hatte, wäre ein Gespräch nicht möglich gewesen. Auch mit dem neuen, jungen Kommandanten war noch keine wirkliche Veränderung der Lage eingetreten, aber immerhin war ein Anfang gemacht worden, hatte ein Gespräch stattgefunden.

Das würde nun abbrechen. Abgesehen davon, dass Stepan keine Notwendigkeit sah, dem Rowdytum der Soldaten Einhalt zu gebieten, wäre er auch intellektuell nicht in der Lage, mit dem Kommandanten zu verhandeln.

Wadim, an seinem aufgeräumten Schreibtisch sitzend, sah durch den struppigen Vorgarten über den Zaun hinweg auf die Straße. Er sah Vera, die langsam die Straße heraufgeschlendert kam, und ihm wurde bewusst, dass er in Wirklichkeit gern für eine Weile aus Kaliningrad wegging, auch wenn er so viel Unerledigtes zurücklassen würde, und dass sein eigentliches Problem, das er bisher so weit wie möglich zurückgedrängt, über das er vermieden hatte nachzudenken, Vera war.

Wadim liebte seine Frau, und er war gleichzeitig in den Gedanken verliebt, durch den überraschenden Sondereinsatz Karriere machen zu können. Er hatte seine Wurzeln in Kaliningrad, und er war sich seit langem klar darüber gewesen, dass er die Stadt, außer während seiner Zeit beim Militär, wohl niemals mehr verlassen würde. Das war ausschlaggebend dafür, dass er sich darum gekümmert hatte, das Leben in der Stadt – soweit es ging – erträglich zu gestalten. Er hasste es, in unordentlichen, unübersichtlichen, von Korruption und Kriminalität geprägten Verhältnissen zu leben. Er war zu sehr Polizist, als dass er solche Verhältnisse einfach hingenommen oder – wie Stepan – sogar davon profitiert hätte. Aber alle Mühe, die er sich gegeben hatte, hätte doch niemals dahin geführt, ihn in eine größere Stadt zu versetzen, in eine Stadt wie Moskau etwa, oder, eigentliches Ziel seiner geheimen Wünsche, St. Petersburg.

Nun, durch den Sonderauftrag, bekam er, vielleicht, doch noch die Möglichkeit, versetzt zu werden. Aber für diesen Auftrag musste er Vera verlassen.

Er musste sie in der Stadt zurücklassen, von der er, zu Recht oder zu Unrecht, annahm, dass der Müll wieder an die Oberfläche quellen würde, den er mühsam zurückzudrängen versucht hatte. Er konnte auch nicht Stepan damit beauftragen, Vera zu beschützen; Stepan, von dem er nicht einmal sicher wusste, ob er ihm wenigstens in Bezug auf Vera vertrauen konnte.

Er stand auf und verließ das Büro, um Vera entgegenzugehen. Im Vorgarten, um den sich niemand mehr gekümmert hatte, seit seine Versetzung bekannt geworden war, standen vertrocknete Herbstastern in kümmerlichen Büscheln. Der Sommer war so sehr ohne Regen gewesen, dass die Früchte der Heckenrosen schon jetzt runzelig an den Zweigen hingen. Der Weg zum Tor des Vorgartens bestand aus gelbem Staub.

Vor dem Tor stand Vera und lächelte ihm entgegen. Er konnte sehen, dass das Lächeln die Traurigkeit verbergen sollte, die sie empfand. Und er nahm an, dass sich ihrer beider Gesichtsausdruck wahrscheinlich im Augenblick ziemlich ähnelte.

Sie küssten sich über das Gartentor hinweg. Wadim öffnete das Tor und sie gingen Hand in Hand zurück in sein Büro.

„Ich hätte dich immer abholen sollen", sagte Vera, „der Weg war schön. Ich hab' unterwegs Eis gegessen."

„Ja, wenn ich jeden Tag pünktlich Schluss gehabt hätte. Kommt mir so vor, als wäre heute ein Ausnahmetag."

Natürlich war dies ein Ausnahmetag. Es war sein letzter in dieser Dienststelle. Er hatte sehr unregelmäßig Dienst gehabt, und oft genug musste Vera nachts noch einmal aufstehen, um für ihn Kaffee zu kochen, wenn er nach Hause gekommen war.

Er ärgerte sich, dass er auf den letzten Tag angespielt hatte, obwohl sie doch beide wussten, dass der Abschied bevorstand.

„Stepan ist nicht da"?, fragte Vera.

Es war deutlich, dass sie sich bemühte, das Thema zu wechseln.

„Er wird gleich kommen, denke ich."

Stepan war vor einer halben Stunde gegangen, hatte behauptet, er sei gleich zurück, was immer eine halbe Stunde Abwesenheit bedeutete, und als Wadim zum Fenster hinübersah, kam Stepan die Straße herauf. Er trug etwas im Arm, in Papier eingewickelt und nicht zu erkennen.

Wadim sah Vera an, die sich am Schreibtisch von Stepan zu schaffen machte.

„Was tust du da?", fragte er. „Es ist alles abgeschlossen."

„Schade", sagte Vera. „Ich hätte zu gern gewusst, womit Stepan sich beschäftigt, wenn du weg bist."

‚Ich auch', dachte Wadim.

Laut sagte er: „Du kannst ihn fragen, er kommt gerade."

Beide sahen sie Stepan den Gartenweg entlangkommen und hörten ihn vor der Tür des Büros mit Papier rascheln. Als er eintrat, strahlte er ihnen entgegen.

„Für Sie, Chef", sagte er und hielt Wadim ein Bund Dahlien hin. „Hat mich eine Menge gekostet. Sie wissen ja, wie schwer es ist, Blumen aufzutreiben. Aber wo wir doch so gut zusammengearbeitet haben. Und wenn Sie weg sind, hat Ihre Frau auch noch was davon."

Selbst jemand, der unbefangener als Wadim gewesen wäre, hätte nicht umhin können, den hämischen Unterton zu hören, der in Stepans Worten mitklang.

„Danke, Stepan", sagte Wadim, „du hast wohl nichts dagegen, wenn wir dich jetzt allein lassen."

Später, sie saßen in ihrer Wohnung nebeneinander auf dem Sofa, die Tür zum Flur stand offen und der gepackte Koffer und Wadims Aktentasche waren zu sehen, versuchte Wadim, den Eindruck zu verwischen, den Stepans Abschiedsvorstellung bei ihnen beiden hinterlassen hatte.

„Du kennst ihn ja", sagte er. „Ich glaube nicht, dass du viel mit ihm zu tun haben wirst. Und wenn er irgendeinen Ärger macht, dann lass dich, bitte, auf nichts ein. Wende dich an seine Vorgesetzten. Er ist in Wirklichkeit nur ein kleines Licht, und sie werden ihn schnell zurückpfeifen."

‚Was rede ich', dachte Wadim. ‚Es hilft nichts. Ich muss mir nichts vormachen. Ich lasse sie allein, nur aus einem einzigen Grund: weil ich weg will aus dieser Stadt, weil ich mir einbilde, doch noch eine Chance zu haben, hier rauszukommen. Und dafür lasse ich Vera zurück, obwohl ich genau weiß, dass sie Stepan nicht vertrauen kann. Obwohl ich weiß, dass er auf die Idee kommen könnte, Vera nachzustellen, dass er ihr Schwierigkeiten machen kann, und obwohl ich weiß, dass sie es nicht leicht haben wird, sich gegen ihn zu wehren.'

Als sie hörten, dass unten auf der Straße ein Auto hielt und gleich darauf eine Autotür zugeschlagen wurde, stand Wadim erleichtert auf.

„Sie kommen“, sagte Vera.

Ihre Stimme kam ihm plötzlich sehr klein und hilflos vor. Er nahm sie in den Arm, und so, eng umschlungen, standen sie, bis die Klingel an der Wohnungstür gedrückt wurde. Vera löste sich als Erste aus der Umarmung und öffnete die Tür.

„Das Gepäck“, sagte der Soldat, der vor der Tür stand, und sah neugierig in die Wohnung. Er trat ein paar Schritte vor, griff nach dem Koffer, wandte sich ab und lief federnd die Treppe hinunter. Wadim nahm die Aktentasche auf.

„Ich liebe dich, meine kleine Vera“, sagte er. „Drei Monate, das ist nicht viel Zeit.“

„Nein“, sagte Vera, „das ist nicht viel Zeit“. Und wieder hatte sie diese kleine, hilflose Stimme, die ihm den Abschied schwer machte, obwohl er wusste, dass Vera ihm den Abschied nicht schwer machen wollte.

Er strich ihr über das Haar und lief dem Soldaten nach, der schon unten war, denn dort fiel die Tür ins Schloss. Oben hörte er Vera die Wohnungstür schließen.

Er hörte nicht mehr, dass Vera halblaut wiederholte: „Das ist nicht viel Zeit.“

Nachdenklich ging sie zurück ins Wohnzimmer, setzte sich in den Sessel neben dem Telefon und wählte.

„Galina“, sagte sie, „Wadim, er ist weg. Kannst du heute Nacht bei mir schlafen?“

Im Flugzeug nach Moskau schlief Wadim. Er hatte sich klargemacht, dass es sinnlos war, länger an Vera zu denken, und ebenso sinnlos, darüber zu spekulieren, was ihn erwartete. Er wusste, dass er in Moskau Instruktionen erhalten würde, solange konnte er nichts weiter tun als abwarten.

Am Flughafen wurde er abgeholt und in einer Unterkunft in der Nähe der Metrostation Sokol einquartiert. Ihm wurde bedeutet, dass er sich noch am Abend im Institut einzufinden habe, und er kam dem Befehl pünktlich nach. Wider Erwarten war er dort nicht allein, sondern er wurde mit zehn anderen Männern gemeinsam instruiert. Endlich erfuhr Wadim, und mit ihm offenbar auch erst die anderen Versammelten, wohin sie geschickt werden würden. Ihr Einsatzgebiet würde die Ukraine sein, seines speziell Kiew.

Der längste Teil der Instruktionen bestand darin, dass man ihnen einen detaillierten Überblick der Kräfte des CIA in Kiew gab. Sie erfuhren, dass sie, deren Status als Russen in der Ukraine ohnehin nicht unproblematisch war, keinerlei Kompetenzen hatten, in irgendeiner Form aktiv zu werden. Sie hatten sich darauf zu beschränken zu beobachten, ihre Beobachtungen zu sammeln und weiterzugeben. Andere, die die Fakten auswerteten, würden entscheiden, ob und was zu tun sei. Sollten irgendwelche Aktivitäten ihrerseits notwendig werden, würde man sie rechtzeitig informieren und einweisen.

Während Wadim dem Instrukteur zuhörte, der sich lange bei den Rivalitäten aufhielt, die zwischen den verschiedenen Geheimdiensten bestanden, die sich in Kiew niedergelassen hatten, befiel ihn ein Gefühl der Enttäuschung. Er wusste nicht mehr genau, was er sich eigentlich von seiner neuen Aufgabe versprochen hatte, aber auf jeden Fall doch nicht, in Kiew eingesetzt zu werden. Vielleicht hätte ihm der Gedanke kommen können, wenn er etwas gründlicher nachgedacht hätte, aber das hatte er nicht. Und nun dort wie ein Müßiggänger herumzulaufen, irgendwelche Gesprächsfetzen aufzuschnappen, vorübergehende Bekanntschaften mit Menschen schließen, um sie besser aushorchen zu können und hin und wieder verschlüsselte Botschaften an seine ihm unbekannten Auftraggeber zu schicken, das war ganz sicher nicht das, was er erwartet hatte.

„Sie sind nicht einverstanden?“

Wadim hatte die Frage, die an ihn gerichtet worden war, überhört und reagierte erst darauf, als sie wiederholt wurde.

„Ich? Doch, selbstverständlich. Ich hab’ nur gerade überlegt ...“

„Es wäre mir lieb“, sagte der Instrukteur mit gleichmütiger Stimme, und er richtete seine Sätze nicht an Wadim allein, sondern an die gesamte Gruppe, die vor ihm saß und ihn ansah, „wenn Sie Ihre Fragen hier und jetzt stellen würden. Sie werden dort keine Gelegenheit mehr dazu haben, müssen aber, vielleicht, Entscheidungen treffen, für die eine genaue Kenntnis aller Hintergründe notwendig ist. Im Übrigen sind Sie in unterschiedlichen Bereichen eingesetzt und werden sich nicht wiedersehen. Sollten Sie sich zufällig treffen, dann kennen Sie sich nicht.“

Die Tür des Schulungsraums wurde plötzlich geöffnet und zwei Offiziere erschienen, jüngere Männer in einfachen Uniformen, auf deren Brust außer einem unauffälligen Rangabzeichen keine Ordensgalerie prangte.

„Wir werden uns nun aufteilen“, sagte der Instrukteur, der die beiden neu Hinzugekommenen kurz begrüßt hatte. „Nachdem Sie mit den allgemeinen Hintergründen vertraut gemacht wurden, werden wir Sie jetzt in Ihr Spezialgebiet einweisen, in das Gebiet, auf dem Sie zu Spezialisten ausgebildet werden. Bitte, folgen Sie den Herren.“

Die Männer, mit denen zusammen er die ersten Einführungen in seine neue Aufgabe bekommen hatte, sollte

Wadim nicht wiedersehen. Er selbst würde in Kiew zu einer Gruppe gehören, die die Aktivitäten des CIA zu beobachten hatte. Er war darüber verwundert, denn auf Grund seiner besseren Deutsch- als Englischkenntnisse hatte er damit gerechnet, zur Beobachtung des BND eingesetzt zu werden.

„Es steht Ihnen frei", sagte sein Instrukteur, den er am Ende des Tages darauf ansprach, „Informationen außerhalb Ihres Spezialgebiets zu sammeln, allerdings immer erst an zweiter Stelle, niemals unter Vernachlässigung Ihrer eigentlichen Aufgabe."

Diese Bemerkung ist es, die Wadim beschäftigt, während er in dem Zug sitzt, der ihn nach Kiew bringen wird.

Die Schaffnerin hat am Abend weiße Laken über die Polster gespannt. Die meisten Reisenden haben inzwischen Abendbrot gegessen – mitgebrachte gebratene Hähnchen, Weißbrot, Tomaten, Äpfel –, Kaffee oder Tee bekam man beim Zugpersonal. Die Gespräche von Schlafstelle zu Schlafstelle sind verstummt. Ein leichter Essengeruch hängt in der Luft, und Wadim hat das Gefühl, erst jetzt könnte er in Ruhe nachdenken. Er wirft noch einen Blick auf die Frau, die den Platz auf der anderen Seite des Ganges belegt hat. Es gibt keinen Vorhang, mit dem man sich vor den Blicken der anderen schützen kann, aber niemand scheint sich daran zu stören. Ruhig und diskret vollzieht sich der Übergang vom Abend zur Nacht. Die Frau ihm gegenüber hat sich bequem eingerichtet. Sie stützt den Kopf auf die linke Hand und versucht, die Taschenlampe möglichst dicht an die Seiten ihres Buches zu halten, um niemanden zu stören.

Wadim wendet den Blick ab, sieht einen Augenblick auf den braunen Läufer im Gang, auf dessen mäanderndes Muster an den Rändern und schließt die Augen. Von dem Fettwanst unter ihm sind grunzende Geräusche zu hören. Er weiß, dass er nicht schlafen wird.

Vor vier Tagen hat er Vera in Kaliningrad verlassen, und alles schien ihm klar. Er würde einen Einsatz haben. Er würde sich auszeichnen und zu Vera zurückkehren. Man würde auf ihn aufmerksam geworden sein, und er würde sich nach St. Petersburg bewerben. Man würde ihn nicht übergehen können. Vera und er würden umziehen. Endlich würde die Zeit in Kaliningrad vorüber sein. Endlich würde er eine Arbeit haben, die seinen Fähigkeiten entsprach.

Und nun?

Wie sollte er beweisen, dass er ein guter Polizist war, wenn er nichts weiter zu tun hatte, als herumzulaufen und irgendwelche Amerikaner zu beobachten, die sich von ihm ganz sicher nicht in die Karten schauen lassen würden. Kiew. Noch nie hatte er sich für diese Stadt interessiert, und seit sich die Oligarchenregierung der Ukraine nach Westen orientierte schon gar nicht. Ihm wurde plötzlich bewusst, dass er bisher vollauf damit beschäftigt gewesen war, in Kaliningrad Verhältnisse herzustellen, in denen ein einigermaßen sicheres Leben möglich war. Das war immer ohne große Politik gegangen, mit kleinen Schritten, sorgfältigem Knüpfen von Beziehungen, aber mit sichtbaren Ergebnissen. Und nun?

Natürlich war es den Instrukteuren gelungen, ihnen klarzumachen, dass die Amerikaner nicht aus Freundschaft zu Russland in der Ukraine aktiv geworden waren. Sicher war es richtig, die Aktivitäten fremder Mächte an den Staatsgrenzen zu beobachten. Aber er, Wadim, war dafür nicht der richtige Mann. Hätten sie ihn in den Donbass geschickt, er wäre zwar im ersten Augenblick erschrocken, aber er war sicher, dort wäre ihm sein Einsatz nicht sinnlos vorgekommen. Natürlich, er war kein Soldat. Er war Polizist, aber nun war er einer, der sich selbst nicht mehr ernst nehmen konnte.

Polizist sein, das hieß, aktiv sein, eingreifen, für die Einhaltung der Gesetze sorgen, mit friedlichen Mitteln, wenn möglich, mit Gewalt, wenn nötig; Gesetze, mit deren Inhalt er einverstanden war, die er kannte. Keine verschwommenen Ansagen über Feinde, die die Heimat bedrohten. Heimat ...

Stattdessen lag er in diesem Zug von Moskau nach Kiew, litt unter den Ausdünstungen des Fettwanstes in dem Bett unter dem seinen, der sich die Hände nicht gewaschen hatte, mit denen er das Hähnchen zerrupft und in den Mund geschoben hatte; der nach dem Wodka roch, den er dazu getrunken hatte, nicht ohne Wadim ein Glas davon anzubieten, und der beim Schlafen einen merkwürdigen, hohen Pfeifton von sich gab, der seine Zugnachbarn am Einschlafen hinderte.

Irgendwann wurden ihm das Schnarchen und der Gestank unerträglich. Er begann, im Zug herumzulaufen. Die Schaffnerin wurde auf ihn aufmerksam und begann leise zu schimpfen Nachdem er sie beruhigt hatte, durfte er ihr etwas Geld in die Hand drücken, und sie überließ ihm einen freien Schlafplatz. Schlafen konnte er trotzdem nicht.

Irgendwann wurde der Zug langsamer und hielt an. Wadim sah aus dem Fenster. Von draußen war Hundegebell zu hören. Männer und Frauen in Uniform, die starke Taschenlampen in den Händen hielten, liefen am Zug entlang.

„Halten Sie Ihre Pässe bereit. Bleiben Sie auf Ihren Plätzen“, schrie die Schaffnerin.

Sie hatten die Grenze erreicht. Wadim ging an seinen Platz zurück.

Er war sicher, dass seine Papiere in Ordnung waren. Die Frau ihm gegenüber hielt ihre Taschenlampe in die Handtasche und kramte darin herum. Der Fettwanst unten hatte den Pfeifton abgestellt und rülpste laut. Vorn im Abteil wurde die Tür aufgerissen und ein Mann im Tarnanzug, der von einem Drogenhund begleitet wurde, betrat das Abteil; hinter ihm ein zweiter Mann, der „Pässe“ rief.

Der Drogenhund erledigte seine Arbeit schnell und war bald wieder verschwunden. Der Pass-Kontrolleur brauchte länger. Umständlich las er die Papiere und befragte die Fahrgäste nach dem Grund ihrer Reise. Wadim, dessen Papiere ihn als ukrainischen Staatsbürger, wohnhaft in Kiew, auswiesen, hatte keine Probleme. Die Frau im Abteil gegenüber fand ihren Pass erst, nachdem der Kontrolleur schon eine Weile vor ihr stand. Sie verhielt sich so unruhig, dass der Mann misstrauisch wurde. Die Kontrolle dauerte lange. Es war, als suche er nach einem Hinweis, dass irgendetwas nicht in Ordnung war. Er fand nichts, gab endlich, nach einem langen Blick auf die Frau, den Pass zurück und ging zum nächsten Fahrgast. Die Frau lehnte ihren Kopf erleichtert an die Abteilwand. Wadim sah im Licht der Laternen, die draußen angegangen waren, dass ihr Gesicht blass war. Plötzlich setzte sie sich auf, sah sich hilfesuchend um und griff hastig nach ihrer Handtasche, die auf ihren Knien gelegen hatte. Wadim wandte sich ab.

Die Frau versuchte, sich geräuschlos zu übergeben, aber es gelang ihr nicht. Es gelang ihr auch nicht, den Geruch des Erbrochenen zu vermeiden, der die Passagiere in ihrer Nähe erreichte. Der Dicke begann zu schimpfen.

Wadim legte sich hin und zog sich die Decke über den Kopf. So blieb er liegen, bis der Zug wieder anfuhr und es dauerte noch lange, bis er einschlief. Da hatte er genügend Zeit gehabt, darüber nachzudenken, ob es ein Fehler gewesen war, sich für einen Sondereinsatz zu bewerben, der ihn in ein Zugabteil mit kotzenden Frauen und stinkenden Fettwänsten geführt und dessen Sinn ihm bisher noch niemand wirklich klargemacht hatte.

Klein / Wiesbaden

Anna-Maria Klein, zweiundvierzig Jahre alt, 1,70 Meter groß, blond, dünn, die Polizei-Uniform eine Sonderanfertigung, stand vor dem Spiegel wie jedes Mal, bevor die Schicht begann. Niemand würde ihr nachsagen, sie sei nachlässig gekleidet; jetzt nicht und erst recht nicht in dem Job, der auf sie wartete.

„Du kommst dann um zwei?"

Die Stimme ihres Sohnes aus der Küche. Die Abiturfeier.

„Ja", sagte sie, „ich geh' dann. Leg dich noch einmal hin, ab heute hast du frei."

„Ja", antwortete er, während sie an der offenen Küchentür vorüberging. Ihr Sohn hielt einen Becher mit Kaffee in der Hand und sah sie an.

„Drei Wochen hab' ich frei."

Er sagte das ohne besondere Regung, zu gelassen für einen, der sein Abitur mit viel Arbeit und viel Mühe bestanden hatte und in drei Wochen die Ausbildung in dem ersehnten Beruf beginnen würde. Sein Großvater war bei der Kripo gewesen, seine Mutter war bei der Kripo, und er würde die Familientradition fortsetzen. Sie war stolz auf ihn, und sie würde ihren Sohn in jeder Beziehung fördern. Das würde sie auch von Berlin aus tun, in dem neuen Job, der sie erwartete.

Als sie aus dem Haus trat und das Auto sah, das ihr seit ein paar Tagen gehörte, lächelte sie. Das Auto war blau und neu und ein bisschen verrückt; nicht wirklich ein Sportwagen, aber flach und mit breiten Kotflügeln und breiten Reifen. Zwanzig Minuten später parkte die Klein vor dem Polizeipräsidium.

Im Haus wurde sie schon erwartet. Eine Besuchergruppe war angekommen, die sie, noch verantwortlich für Presse- und Öffentlichkeitsarbeit, zu führen haben würde. So eine Führung gehörte nicht zu ihren regelmäßigen Aufgaben. Sie hatte selbst entschieden, die Kollegin zu vertreten, die krank geworden war.

Eine Abwechslung, hatte sie gedacht. Sie verwarf den Gedanken, als sie die Gesichter der Besucher sah. Dumpfe Neugierde, mehr nicht, und deshalb leicht zufrieden zu stellen. Einzig im Polizei-Museum lebte die Gruppe ein wenig auf. Die Ausstellung „Ordnungshüter und ihre Kopfbedeckungen im Wandel der Zeiten" belebte die Leute. Sie hielt die Ausstellung für albern, aber das Museum war lange vor ihrer Zeit eingerichtet worden.

Es kamen ein paar Fragen, die sie freundlich beantwortete. Auch die Frage, die sie besonders hasste, war darunter.

„Und wie fühlt man sich so als Frau bei der Polizei?"

Sie würde dem Frager nicht den Gefallen tun, ihm in sein dumpf-lüsternes Gesicht zu sagen, wie es gewesen war, mit welchen Mitteln die Kollegen versucht hatten, sie zum Aufgeben zu zwingen.

„Ganz prima", antwortete sie und strahlte. „Wir sind ein moderner Dienstleistungsbetrieb, Team-Arbeit, verstehen Sie, eine große Familie."

„Gegen den Rest der Welt", sagte ein Mann leise neben ihr.

Sie hatte ihn bisher kaum beachtet und sah ihn nun genauer an. War das Beringer?

Der Mann gefiel ihr nicht. Er war älter als sie, sehr gut gekleidet, ein intelligentes Gesicht; kein Intellektueller, aber jemand, der sich auf seinen Verstand etwas einbildete. Polizist, gewesener. Vielleicht war es der

Stallgeruch, der sie misstrauisch machte? Weshalb war er hier? Kein Mensch, der den Apparat kannte, würde sich für dieses lächerliche Museum interessieren.

„Wenn Sie mir bitte folgen würden“, sagte sie zur Gruppe gewandt. „Wir gehen zum Abschluss der Führung in den Keller.“

Sie ging voran, und die Gruppe folgte brav. Der Mann, der ihre Aufmerksamkeit erregt hatte, hinkte leicht.

Die leeren, weiß gekachelten Räume, die im Keller für Abschiebehäftlinge bereitgehalten wurden, bewegten die verkümmerte Phantasie der Besucher nur wenig. Klein verzichtete darauf, Szenen zu schildern, die sich hier unten abgespielt hatten. Es gab keine Flecke von Blut oder Scheiße, weder an den Wänden noch auf den Fußböden, die nach einer Erklärung verlangten. Unwillkürlich sah sie auf den Mann, der an einer offenen Zellentür stehen geblieben war und sie zu beobachten schien. Jetzt lächelte er zu ihr herüber. Sie wandte ihre Aufmerksamkeit wieder der Gruppe zu.

„Und da vorn vor dem Fenster sehen Sie den Innenhof, der es den Häftlingen ermöglicht, einmal am Tag frische Luft zu atmen.“

Sie wies auf das Fenster, vor dem ein kleiner, hoch eingemauerter Hof zu erkennen war.

„Da liegt einer“, rief eine Frau aus der Gruppe.

„Darf ich Sie bitten, den Raum zu verlassen“, sagte die Klein.

Ihre Stimme war lauter geworden. Die veränderte Stimme oder der Anblick des Klumpens auf dem Hof riss die Gruppe aus ihrer Lethargie. Man drängte zum Fenster.

„Wenn Sie so freundlich sein wollen“, sagte der Mann, der sie beobachtet hatte, laut, breitete die Arme aus und trieb die Neugierigen in Richtung Kellerausgang. „Folgen Sie umgehend den Anweisungen der Kollegin."

„Bringen Sie die Leute nach oben", sagte die Klein, während sie an ihm vorüberging. „Ich muss mich um das da kümmern."

„Ich warte auf Sie", sagte Beringer.

Es dauerte dreißig Minuten, bis die Klein zurückkam. Beringer saß im Foyer des Präsidiums und beobachtete dunkelhaarige, verunsicherte Bürger, die entweder bestellt worden waren oder um Hilfe nachsuchen wollten. Merkwürdigerweise waren beinahe alle dunkelhaarig und sehr dick. Die Polizisten, die zur Spezialwache im Haus gehörten, lässig hin und her liefen und desinteressiert über den Betrieb im Foyer hinwegsahen, waren dagegen groß, schlank, sportlich und blond. Gegen die Wachhabenden wirkte die Klein, als sie wieder erschien, dann beinahe zerbrechlich.

‚Aber nicht weich', dachte Beringer, ‚sie ist zäh. Und sie ist wütend und weiß nicht, wohin mit ihrer Wut.' Er stand auf und ging ihr entgegen. Deutlich sah er, dass sie sich vorgenommen hatte, kühl zu wirken.

„Danke", sagte sie und lächelte dabei nicht. „Manchmal passieren Dinge, mit denen man nicht rechnet."

Beringer hatte sich der Gruppe, die durch das Haus geführt worden war, angeschlossen, weil er zu früh im Präsidium eingetroffen war. Er hatte die Klein beobachtet (ihr Name stand auf dem Schild an der Uniform), und ihm war die Idee gekommen, sie nach der Führung anzusprechen.

„Gibt es hier so etwas wie eine Kantine", fragte er, „wir könnten zusammen einen Kaffee trinken."

Sie sah auf ihre Armbanduhr, ein riesiges blaues Ding, viel zu groß für ihr schmales Handgelenk.

„Ich hab' gleich Schluss", antwortete sie, „wenn Sie einen Augenblick warten wollen?"

„Ich bin hier, um mich mit einem gewissen Koslow zu unterhalten", sagte er. „In einer halben Stunde bin ich mit ihm verabredet. Diesen Termin würde ich gern einhalten."

„Wenn Sie mit Koslow verabredet waren, dann haben Sie nun alle Zeit der Welt", sagte sie. „Warten Sie hier, ich bin gleich wieder da."

Sie war nicht „gleich wieder da", aber sie kam.

„Wir gehen", sagte sie und verließ, ohne auf Beringer zu warten, das Präsidium.

Was für ein scheußliches Auto, war er versucht zu sagen, als er sich in den kleinen blauen Flitzer zwängte. Er sagte es nicht, und auch die Klein blieb stumm, bis sie vor einem Café in Biebrich hielten.

„Die haben den besten Kuchen", sagte sie, „und nun erzählen Sie: Was wollten Sie von Koslow?"

Er betrachtete die Frau, die ihm gegenübersaß und ihn abwartend anblickte, als sähe er sie zum ersten Mal. Er nahm aber nur wahr, was er auch bisher schon gesehen hatte: eine dünne Person, Anfang vierzig, gut sitzende Uniform, blonde Haare, große, blaue Augen, intelligent, müde.

„Koslow ist also tot", sagte er.

Die Klein schaute ihn an und schwieg. Der Besitzer des Cafés kam, brachte zwei Cappuccino und zwei Käsekuchen, die sie nicht bestellt hatten, begrüßte die Klein wie eine gute Bekannte und verschwand wieder.

„Ja, er ist tot", sagte die Klein. „Wir wissen nicht, weshalb er das getan hat. Vielleicht können Sie uns weiterhelfen."

„Was getan hat?", fragte Beringer.

„Er ist aus dem Fenster gesprungen. Man hatte ihn gerade ins Vernehmungszimmer gebracht. Er sollte dort auf Sie warten."

„Weshalb wurde er festgenommen?"

Sie hob die Schultern.

„Keine Ahnung", sagte sie, „ich war mit der Sache nicht befasst."

„Weshalb möchten Sie dann von mir wissen, warum ich ihn treffen wollte?"

Er sah sie an. Ihr Gesicht hatte sich verändert. Die Haut schien dünn und grau. Die Klein antwortete nicht. Beringer stand auf und deutete eine kurze Verbeugung an.

„Ich gehe dann", sagte er, „vielen Dank für die Einladung."

Er wandte sich zur Tür. Ihre Stimme in seinem Rücken war hell und klar.

„Ich hab' Informationen", sagte sie, „ich weiß, wen Sie suchen."

Er blieb stehen und wandte sich zu ihr um. Diese komische, kleine Polizeioffizierin lächelte ihn an mit einem Ausdruck, der verführerisch sein sollte. Er sagte nichts, sah sie nur abwartend an.

„Milena", sagte sie. „Sie suchen eine Frau, die Milena Proháska heißt. Sie sind seit drei Tagen in der Stadt, aber Sie haben nicht gefunden, was Sie suchen. Ich möchte Ihnen behilflich sein."

„Weshalb?", fragte er.

Er stand noch immer unbeweglich in der Mitte des Raums, als die Tür aufging. Zwei ältere Damen, Perlenketten, Handtaschen, über dem Arm beigefarbene Mäntel, betraten das Café. Die Klein sah auf ihre Armbanduhr und sprang auf. Sie lief beinahe an ihm vorbei.

„Ich hab's eilig, tut mir leid", sagte sie. „Sie nehmen am besten den Bus zurück in die Stadt. Ich bin heute Abend um zehn in der Bar des Kleinen Spiels."

Er war so überrascht von ihrem plötzlichen Aufbruch, dass er einfach stehen blieb und ihr und dem grässlichen Auto durch die Scheiben des Cafés nachschaute.

„Es ist alles bezahlt", sagte der Wirt neben ihm.

Er betrachtete den Tisch, an dem sie gesessen hatten. Niemand hatte etwas gegessen oder getrunken. Niemand hatte bezahlt.

Z. hatte ihn im Nassauer Hof einquartiert. Der Kontrast zwischen dem Zimmer, das er in den vorangegangenen Nächten bewohnt hatte, und den Räumen, in denen er nun untergebracht war, entsprach dem geteilten Charakter der Stadt. Er lag auf einem breiten Bett, wartete auf den Anruf von Z., der ihm mitteilen würde, dass sich sein Auftrag erledigt hätte, und dachte darüber nach, weshalb Wadim aus dem Fenster gesprungen sein sollte und weshalb es so lange dauerte, bis Z. ihn über das überraschende Ende seines Verhörkandidaten informierte, obwohl er sicher schon darüber Bescheid wusste. Irgendwann schlief er ein und wurde durch das Telefon geweckt.

„Ich warte auf Sie", sagte die Klein. „Kleines Spiel, Sie erinnern sich?"

Beringer entschuldigte sich und versprach, in wenigen Minuten dort zu sein. Die Stimme einer Sängerin trällerte in der Hotel-Bar, als er durch die Drehtür das Hotel verließ.

Die Bar im Casino gegenüber war still und leer, bis auf eine sehr junge Frau hinter der Theke, schwarz gekleidet, die ihn freundlich lächelnd nach seinen Wünschen fragte. Er beschrieb die Klein, und die junge Frau versicherte, eine solche Dame habe sie nicht gesehen.

„Sie hat mich gerade von hier aus angerufen“, sagte er und kam sich im selben Augenblick lächerlich vor.

„Mit dem Handy“, sagte die junge Frau, „aber das kann man doch von überall ...“

„Natürlich“, sagte er schnell. „Ich war hier verabredet. Deshalb habe ich einfach angenommen ... ich warte.“

„Möchten Sie etwas trinken?“

„Einen doppelten Wodka.“

Er sah zur Tür, und die Klein kam herein; nicht in Uniform, sondern den Mantel überm Arm und in einem dunklen Etwas, das einen zu tiefen Ausschnitt hatte. Sie nickte ihm zu und steuerte einen der roten Ledersitze im Hintergrund an.

„Bringen Sie uns zwei Doppelte“, sagte er und folgte der Klein.

„Z.“, sagte sie, „er weiß nicht, dass ich hier bin. Hat er Ihnen inzwischen mitgeteilt, dass dieser Koslow sich aus dem Fenster gestürzt hat?“

„Sollte er?“, fragte Beringer, „sollte das nicht Ihre Aufgabe sein?“

Die junge Frau brachte den Wodka, vielleicht blieb die Klein deshalb still.

„Und nun“, sagte er, als sie wieder allein waren. „Sie erinnern sich? Sie wollten mir etwas sagen.“

„Ja“, antwortete die Klein. Sie sah ihn aufmerksam an, so, als wollte sie auf jede Reaktion gefasst sein. „Milena Prohàska, sie arbeitet für uns.“

Welche Reaktion die Klein auch immer erwartet haben mochte, sie kam nicht. Beringer reagierte nicht auf ihre Mitteilung, jedenfalls nicht sichtbar. Er blieb eine Weile still, sah nachdenklich auf das Glas in seiner Hand, und plötzlich meldete sich sein Handy.

„Entschuldigung“, sagte er, sah auf dem Display, dass es Ronny war, der anrief, und entfernte sich ein paar Schritte.

„Ich würde Sie nicht stören“, sagte Ronny, „aber es könnte wichtig für Sie sein. Es heißt, nein, man munkelt, ach, ich weiß nicht, keine Ahnung, jedenfalls Ihr Freund Z. ist am Ende. Man hat ihn abgelöst. Ob er in Ruhe seine Pension genießen kann, ist fraglich. Er hat zu viele

Fehler gemacht und das Konkurrenzgerangel nicht überlebt. Ich glaube nicht, dass sein Nachfolger dem NSU gefährlicher wird. Im Gegenteil, das wird bloß die Untersuchung verzögern, und daran ist vielen Leuten ...“

„Danke“, sagte Beringer.

Er ging zurück an den niedrigen Tisch, an dem die Klein saß und ihm entgegensah. Sie fasste nach der dünnen, silbernen Kette im zu tiefen Ausschnitt ihres Kleides und spielte damit. Die knochigen Schlüsselbeine verdeckte sie damit nicht.

„Z. hat mich nicht geschickt“, wiederholte sie endlich.

„Was wollen Sie von mir“, fragte Beringer, „wer schickt Sie dann?“

Ihre Stimme war leise, fast freundlich. Er glaubte der Frau, die vor ihm saß, und wusste gleichzeitig, dass alles falsch war, was sie sagen würde.

„Ihr Freund hat zu viele Fehler gemacht“, sagte die Klein. „Der Tod dieses Koslow war eigentlich schon überflüssig. Ein Freund von Ihnen, schade. Koslow war dazu ausersehen, Z. einen dringend benötigten Erfolg zu verschaffen. Das musste man verhindern. Es sind nicht immer die saubersten Methoden, die am schnellsten zum Erfolg führen, das wissen Sie selbst.“

Sie schwieg einen Augenblick.

„Sie werden das Stillschweigen, zu dem Z. Sie verpflichtet hatte, selbstverständlich auch uns gegenüber einhalten“, sagte sie dann.

„Wer ist ‚uns‘?“, fragte er.

Die Klein lächelte entspannt.

„Lesen Sie morgen im Zug die Zeitung“, sagte sie. „Wir hielten es für richtig, ein wenig über Ihren Freund Z. aus dem Nähkästchen zu plaudern. Ich würde gern noch etwas trinken.“

Er gab der Frau an der Bar ein Zeichen.

„Und Milena?“, fragte er.

„Ach, lieber Beringer, Sie brauchen Abstand von Milena. Es könnte sonst sein, dass Sie zu leicht verwundbar werden. Wir arbeiten aber gern mit Menschen zusammen, die ihre Schwächen beherrschen.“

Die Barfrau brachte zwei Gläser Wodka und eine Schale mit Erdnüssen.

„Woher wollen Sie wissen, ob ich bereit bin, mit Ihnen zusammenzuarbeiten?“

„Ja, woher kann ich das wissen“, sagte die Klein. „Wir denken, dass Sie ein tüchtiger Ermittler sind. Vielleicht ist Wiesbaden einfach nur zu klein für Sie? Aber Berlin ... In Zeiten wie diesen wächst die Bedeutung der Nachrichtendienste. Der Bundesnachrichtendienst braucht Menschen wie Sie.“

Sie lächelte Beringer an und hob ihr Glas.

Der BND. Er dachte an Milena, die verschwunden war, an seinen Freund Wadim, der tot sein sollte, und an den entmachteten Z., der sich in seinen eigenen Intrigen verheddert hatte. Das Glas in seiner Hand war eiskalt.

„Auf Kiew“, sagte sie. „Wir hätten Sie gern in Kiew.“

Er trank ihr zu.

Milena / Kiew

An diesem Tag habe ich gegen Mittag einen Spaziergang gemacht. Ich kann das Angenehme mit dem Nützlichen verbinden. Angenehm an der Aufgabe, mit der ich seit Jahren beschäftigt bin, ist, dass ich vollkommen frei über meine Zeit verfügen kann. Ich bestimme, wann und wie lange ich Freizeit habe. Niemand bei meinem Auftraggeber, dem Bundesnachrichtendienst, käme auf die Idee, mir vorzuschreiben, wie ich meine Arbeit zu tun hätte; abgesehen davon, dass die Herren in Pullach und in Berlin keine Ahnung davon haben, wie ein Bordell zu führen ist. Man ist dort an Ergebnissen interessiert, und Ergebnisse bekommen sie.

Nützlich ist, wenn ich mich bei Gelegenheit in bestimmten Gegenden umsehe, um die Frauen im Auge zu behalten, die sich öffentlich anbieten. Dabei sind es eigentlich weniger die Frauen, die mich interessieren, als die Zuhälter oder Möchtegern-Zuhälter, die versuchen, ins Geschäft zu kommen. Es gibt eine gewisse Konkurrenz unter den Etablissements, die sich in Kiew befinden, und unser Interesse daran, dass fremde Staaten, insbesondere Frankreich, sich ebenfalls hier etablieren, ist ausgesprochen gering.

Ich hab' nicht mehr darüber nachgedacht, dass es natürlich kein Zufall war, dass der BND mich für eine Aufgabe gewonnen hatte, die zum Bereich Prostitution gehörte. Das ist, vielleicht, noch am Anfang meiner neuen Existenz der Fall gewesen, war aber für mich schon lange kein Problem mehr. In dem Prozess gegen mich in Hamburg war meine Vergangenheit, die Arbeit für das Hamburger Syndikat, meine Bemühungen, deren Verbrechen aufzuklären, bei denen ich auch vor der Arbeit in einem Bordell nicht zurückgeschreckt war, öffentlich und in allen Einzelheiten bekannt geworden. Im Grunde hatte mein Leben wie eine Steilvorlage zur Anheuerung beim BND wirken müssen. Was mich allerdings noch immer wunderte, war die Schnelligkeit, mit der der BND nach mir gegriffen hatte. Als „schnell" habe ich meinen Arbeitgeber eigentlich nie kennengelernt.

Nach dem Spaziergang habe ich mich gefragt, ob die Tageszeit richtig gewählt war. Es hätten mehr Frauen im Park sein können, die privat, auf eigene Rechnung nach Kunden Ausschau hielten. Das Café war in Ordnung. Die Geschäftsführerin versteht ihr Handwerk. Sie ist früher, so wird erzählt, selbst im Park unterwegs gewesen. Das war vor meiner Zeit. Wahrscheinlich hat man sie nicht hinausgeworfen, weil man ihre Fähigkeiten erkannt hatte. Das wird der Grund gewesen sein, denn im Allgemeinen gibt sich die Organisation nicht mit ausrangierten Frauen ab. Während ich dort saß und ein Glas Wasser trank, habe ich sie bei der Arbeit beobachtet. Im Park, der vor mir lag, gab es leider nicht viel zu sehen. Im Grunde sah sie arbeitsfähig aus, aber ich hielt es für möglich, dass sie sich in der Zeit, seit der sie im Café eingesetzt ist, wieder erholt hat. So schön kann die Arbeit im Schewtschenko-Park sein, wenn man nicht auf High Heels und in kurzen, engen Röcken über Kieswege wandeln muss. Der Schewtschenko-Park ist nicht unbedingt geeignet, neue Frauen zu entdecken. Sonntags auf dem Maidan geht es besser. Ich langweilte mich und ging, aber nicht nach Hause, obwohl ich das hätte tun können. Ich hatte Lust bekommen, einen Tee im Ukraina zu trinken. Auf dem Weg dahin hatte ich genug Zeit, ein wenig über die Funktion des Schewtschenko-Kults nachzudenken, wahrscheinlich ausgelöst durch den Namen des Dichters, der mir auf Schritt und Tritt begegnete. Ich hatte nicht selbst miterlebt, dass Menschen auf dem Maidan, bevor die Scharfschützen ihr

Werk begannen, seine Gedichte vortrugen, aber ich hatte davon gehört. Der Staat Ukraine hat noch kaum eine eigene Geschichte. Umso stärker sind die Versuche, den Menschen ein Nationalbewusstsein anzuerziehen. Dazu ist jedes Mittel recht, auch ein Dichter wie Schewtschenko, der vor zweihundert Jahren in der Ukraine geboren, seine wesentlichen kulturellen Impulse aber in Russland bekommen hat und dessen Kult schon betrieben wurde, als die Ukraine noch zur Union der Sozialistischen Sowjetrepubliken gehört hatte. Wahrscheinlich hatten die Älteren auf dem Maidan seine Gedichte noch zu Sowjetzeiten in der Schule gelernt. Heute dient er jungen Schriftstellern nicht selten als Zielscheibe ihres Spotts.

Im Foyer des Ukraina traf ich auf einen lebenden Dichter; ich traf auf Sergey. Er weiß nicht, was ich über ihn weiß. Er ist sehr von sich überzeugt, aber das ist eigentlich nur zu verständlich. Es hat eine Menge Geld gekostet, seine Bücher in Deutschland erscheinen zu lassen. Er ist einer von denen, auf die von unserer Seite langfristig gesetzt wurde. Seine Herkunft, sein Hass auf die Sowjetunion und seine Begabung haben dabei eine Rolle gespielt. Ich glaube, inzwischen ist die Liste seiner Stipendien in Deutschland länger als die Liste seiner Werke. Aber man hat auf den Richtigen gesetzt. Sergey ist nicht ohne Talent; einer aus der langen Reihe derer, die, jeder auf seine Art, Bulgakow nacheifern, die aber ohne unsere Förderung niemals im Westen angekommen wären. Inzwischen glaubt er so sehr an sein Talent, an seine Sendung, dass seine Artikel in der FAZ geradezu pathetisch nach Freiheit für sein Land rufen. Manchmal frage ich mich, wenn ich Geschöpfe dieser Art sehe, wie das menschliche Gehirn eigentlich funktioniert. Dieser Sergey ist nicht dumm. Er ruft, wie er es gelernt hat, nach Unabhängigkeit, und merkt nicht, in welche Abhängigkeit er sich damit begibt.

Ich ging auf ihn zu, und während ich den schwarzen Ledersessel ansteuerte, in dem der Dichter sich niedergelassen hatte, fiel mir ein, dass all sein Stolz auf sich selbst und seine besondere Bedeutung im Unabhängigkeitskampf für sein Volk ihn uns gegenüber nicht selbstbewusster gemacht hatte. Selbstbewusst war er, wenn er zu seinen eigenen Leuten sprach. Ich hatte ihn auf dem Maidan erlebt, bei einer dieser Sonntagsveranstaltungen. Er hielt eine flammende Rede. Seine dunklen Haare lagen am Anfang sanft auf dem Kragen seines Samtjacketts und flatterten am Ende wild um seinen schönen (ich finde ihn nicht schön), melancholischen Kopf. Zwei ältere Ukrainerinnen, die neben ihm standen, lauschten ihm geradezu verzückt. Daran dachte ich, als ich auf ihn zuging, das Samtjackett sah, das zu seiner Selbststilisierung gehört wie der Hut bei Beuys. Ich wusste, gleich würde er sich erheben, und während er mir seine Hand entgegenstreckte, würde es ihm nicht gelingen, den winzigen Ausdruck von Servilität aus seinem Gesicht und aus seiner Körperhaltung zu verbannen.

„Sergey, Verehrter, wie geht es Ihnen? Seit wann sind Sie hier? Keine Lesereise in Deutschland? Kein neues Buch?“

Ein Schatten flog über sein Gesicht. Ich hatte nicht die Absicht gehabt, ihn zu verletzen. Ich hatte auch nicht die Absicht gehabt, ihn zu einem längeren Gespräch zu ermuntern.

„Sie werden mich verstehen“, sagte er, während er die rituellen Küsschen auf beide Hälften meines Gesichts platzierte, die sich auch hier unter den Kulturschaffenden eingebürgert haben. Es blieb mir nichts anderes übrig, als mich in dem Sessel niederzulassen, den er mir hinschob. Dann ging er zum Kiosk am Ende des Foyers, um Tee und Gebäck für uns zu holen. Ich sah ihm nach. Ein Dichter

ging über schwarzen und weißen Marmor, Licht aus Kristalllüstern leuchtete auf seinem Weg, sein dunkelblaues Samtjackett passte gut in die Umgebung. Sein Arsch war ein wenig zu fett.

Während er zurückkam, in den Händen ein Tablett mit dickwandigen Teetassen, in denen Beutel schwammen, überlegte ich, ob es nützlich sein könnte, dem Verteidiger der Freiheit einmal wieder einen Besuch bei einer unserer Damen anzubieten; als eine kleine Geste des Trostes, vielleicht. Aber ich verwarf den Gedanken. Sollte er mir erzählen, was ihn bedrückte. Das würde für heute genügen.

„Eva, Liebste, Sie werden mich verstehen, ich weiß es."

Seine Stimme war leise, ein einlullender Singsang, passend zum Samtjackett. Ich sagte nichts, sah ihn nur aufmerksam an.

„Die Sprache der Dichtkunst ist international, nicht wahr?"

Ich nickte. Ich hatte keine Ahnung, worauf er hinauswollte. Flüchtig fiel mein Blick auf einen als Kosaken verkleideten alten Mann, der durch die Drehtür gekommen und stehengeblieben war. Er sah sich um und verschwand wieder durch dieselbe Tür, alles ein Auftritt von Sekunden. Sergey war meinem Blick gefolgt. Er schüttelte den Kopf. In einer anderen Situation, wollte er damit sagen, wäre er gern bereit, einen intelligenten Kommentar zum Auftritt des Alten abzugeben, aber jetzt nicht.

„Wie kann es also sein, dass ich im eigenen Land nicht gehört werde?"

Jetzt ahnte ich, was ihn bedrückte. Für die Dienste war es ein langer Weg gewesen, ihm internationale Bedeutung zu geben. Der übliche Weg: Man sucht einen begabten, oppositionellen Jungschreiber, in der Jugend sind sie alle oppositionell, jedenfalls wenn sie etwas von sich halten. Man bietet ihm, ganz offiziell, im Kulturapparat gibt es immer Leute, mit denen man zusammenarbeiten kann, einen Auslandsaufenthalt an. Dieser erste Auslandsaufenthalt entscheidet darüber, ob man brauchbares Material eingekauft hat. Ist der Kandidat beeindruckbar durch westliche Lebensweise? Hat er Talent zu öffentlichen Auftritten? Hat er überhaupt Talent zum Schreiben? Es hat keinen Sinn, der literarischen Öffentlichkeit eine Eintagsfliege, einen Nichtskönner vorzusetzen. Zu schnell würde so einer unglaubwürdig werden. Diese Literaten, es gibt auch andere Berufe, die sich für solche Aufgaben eignen, aber Literaten wirken in intellektuellen Kreisen besonders glaubwürdig, diese Literaten sollen irgendwann mit der Stimme ihres Volkes sprechen. Dafür müssen sie sich eignen. Ihre Statements in den großen Zeitungen des westlichen Auslands sind dann getragen vom Pathos des Rufes nach Freiheit. Sie glauben an sich und ihre Mission und deshalb wirken sie besonders glaubwürdig. Nicht alle – es hatte schon Fälle gegeben, da war den Kandidaten ihre Freiheit schlecht bekommen. Ein finanziell gesichertes Stipendium am Starnberger See, Feldafing, zum Beispiel, die Großstadt München schnell mit der S-Bahn zu erreichen, konnte durchaus zur Falle werden. Glücklicherweise war Sergey der Versuchung nie erlegen. Er glaubte an sich, an sein neues Leben, an das, was er schrieb, und bald auch an die Mission, die man ihm nahegelegt hatte. Aber er verstand nicht, dass er sich damit der Heimat, deren Freiheit ihm doch so sehr am Herzen lag, entfremdete. So dachte ich, während ich darauf wartete, dass Sergey sich erklärte. Und ich war nicht überrascht, als er damit begann aufzuzählen, wo er schon überall gewesen und aufgetreten war.

„Ich bin nicht eitel“, sagte er leise. „Sie müssen mir einfach glauben. Ich wurde dort verstanden. Hier, in meinem eigenen Land, aber ist es so, als brauche man mich nicht.“

Ich begann, mich zu langweilen. Dieser tragikomische Dichterling, der alle Freiheiten der Welt genoss und aus dem Konflikt, der in seinem unglücklichen Land ausgetragen wurde, kräftig Kapital schlug, ging mir auf die Nerven. Ich dachte an Olga, die Portiersfrau in dem Haus, in dem ich wohne. Sie las; immer, wenn ich kam, saß sie hinter ihrem Tresen und las: Liebesromane, Abenteuerromane, Kriminalromane, aber nichts, was auch nur im Entferntesten mit einer Auseinandersetzung um die politische Zukunft ihrer Heimat zu tun hatte. Darauf aber war Sergey spezialisiert, davon verstand er etwas. Olga war nicht sein Publikum. Die Leute, für die Sergey schrieb, lebten im Westen. Ihnen konnte er sein Land in seiner Zerrissenheit darstellen. Die, die darin lebten, wussten, wovon er sprach. Sie wollten nicht auch noch darüber lesen. Ich stand auf. Er erhob sich sofort.

„Es tut mir leid, Sergey. Ich verstehe, was Sie bedrückt. Ich wollte, ich hätte jetzt Zeit, mit Ihnen darüber zu sprechen. Besuchen Sie mich, bitte. Sie kennen die Adresse."

„Immer noch im Elegant?"

Ich nickte, nicht überrascht davon, dass er so schnell bereit war, seine Klagen zu vergessen. Er hatte einen Eindruck erzeugen wollen, und das war ihm gelungen, wenn auch sicher einen anderen, als er glaubte. Während wir uns verabschiedeten, lächelte er sanft. Sein Parfüm, sehr dezent, erst zu spüren, wenn man ihm sehr nah kam, duftete angenehm, fast ein wenig weiblich.

Der Platz vor dem Hotel war leer. Das Ukraina liegt auf einer Anhöhe im Osten des Maidan. Man hat von dort einen großartigen Blick auf die Stadt. Noch aufregender ist dieser Blick, wenn man im Hotel ein paar Stockwerke höher fährt. Für Scharfschützen – aber das war eine andere Geschichte, über die ich mir verbot nachzudenken.

Einmal, es war Monate her, hatte ich vor dem Ukraina einen weißhaarigen Deutschen getroffen, der mich um Feuer für seine Zigarette bat. Im Gespräch, ich ermunterte ihn zum Reden, es war etwas an ihm, das mich interessierte, und ich wollte prüfen, ob meine Vermutung richtig war, stellte sich heraus, dass er zu den Nostalgie-Touristen gehörte. Es gibt sie von links und von rechts, beide Arten werden aus Altersgründen weniger. Bei uns im Club sehen wir sie eher selten. Manchmal verirrt sich jemand zu uns, aber der verschwindet schnell wieder, wenn er einen Blick auf die Preise geworfen hat, die auf der Getränkekarte stehen. Wir halten diese Leute nicht, denn für das, was wir sonst noch anbieten, sind sie schon aus Altersgründen ungeeignet. Der Mann, der mich um Feuer gebeten hatte, gehörte zu den Linken. Er war zum letzten Mal in Kiew gewesen, als die Ukraine noch zur Sowjetunion gehört hatte. Nun suchte er jemanden, dem er sein Heimweh nach vergangenen Zeiten offenbaren konnte.

„Damals war Kiew eine aufblühende Metropole, mit einer Brücke über den Dnjepr, Paton-Brücke, nach dem Namen des Ingenieurs, der sie entworfen hat. Der ist damit in die Architekturgeschichte eingegangen. Das Hotel Ukraina ..."

Nachdem ich herausgefunden hatte, wes Geistes Kind er war, hatte ich keine Lust mehr, dem Mann noch länger zuzuhören. Ich ließ ihn einfach stehen, als er nicht aufhören wollte zu reden; ein Akt der Unhöflichkeit, der mir nun, beim Überqueren des Platzes vor dem Hotel wieder einfiel und ein leises Gefühl der Scham in mir zurückließ.

‚Zuerst Sergey, der dich gelangweilt hat, dann eine lächerliche Erinnerung, die dir peinlich ist, was kommt als nächstes?'

Ich beschloss, dem Tag eine positive Wendung zu geben. Das war allerdings weniger einfach als gedacht. Es gelang mir erst, als ich das Gesicht des Kaninchens, das an verschiedenen Stellen auf großen Transparenten über den Straßen hing, mit der Wirklichkeit in Verbindung brachte. Das erheiterte mich. Kaninchen ist der Spitzname für einen ukrainischen Politiker, der gewählt werden wollte. Ob er wohl ahnte, dass die Transparente, auf denen sein Kopf übergroß dargestellt war, besonders gut geeignet waren, seinen Spitznamen zu rechtfertigen? Ich schlenderte den Kreschtschatik hinunter, und als ich am Bessarabischen Markt angekommen war, hatte ich das Kaninchen dahin getan, wohin es gehörte: nämlich in die Reihe unserer Kunden, denen gewisse Sonderbehandlungen gegeben wurden, weil sie impotent sind, und deren begeistertes Gequieke, wenn es denn dazu kommt, bei den Damen eine gewisse Befriedigung auslöst, weil sie eine größere Summe erwarten können als sonst. Das Titelblatt einer Zeitschrift, das ich an einem Kiosk entdeckte, zeigte das Kaninchen mit Familie: schöne Frau, fröhliche Kinder und einen Vater mit mildem Lächeln, dem jeder Mann und jede Frau abnahm, dass bei ihm die Staatsmacht in den richtigen Händen liegen würde.

Olga saß am Empfang und las Stephen King. Ich nahm an, dass Bill, mein amerikanischer Freund, ihr das Buch mitgebracht hatte, denn es schien eine englischsprachige Ausgabe zu sein.

„Drei Anrufe für Sie", sagte Olga, während sie das Buch zur Seite legte und nach dem Zettel suchte, auf dem sie die Anrufe notiert hatte.

Das Elegant ist ein Apartment-Hotel, und es hat sicher eine Menge Geld gekostet, die Wohnung im obersten Stockwerk zu kaufen. Sie ist nicht für mich gekauft worden, sondern für Residenten, die mein Arbeitgeber in Kiew unterbringen möchte. Sie wurde renoviert, bevor ich dort einzog. Ich bin während der Renovierung ein paar

Mal dort gewesen, um den Handwerkern meine Wünsche mitzuteilen. Es war nicht zu übersehen, und die Handwerker hielten auch nicht damit hinter dem Berg, dass der Vorbewohner einen Hang zum Vandalismus gehabt haben musste. Irgendwann später erfuhr ich von einem Journalisten, dass er nichts weiter als ein gewöhnlicher Alkoholiker im Endstadium gewesen war. Vielleicht ist es bei dieser Gelegenheit gewesen, dass ich zum ersten Mal darüber nachdachte, welche Folgen für die Persönlichkeit die Tätigkeit haben konnte, die dieser Mann ausgeübt hatte. Manchen Menschen fällt es schwer, die Einsamkeit auszuhalten, die mit unserer Arbeit verbunden ist. Allein der Zwang, einen anderen Namen anzunehmen, kann auf die Dauer zu Persönlichkeitsstörungen führen. Mein Name, das bin ich, und wenn ich einen anderen Namen habe, dann bin ich jemand anders. Aber wer? Ich erinnere mich nicht, dass ich damals schon bereit war, mich selbst in diese Überlegungen einzubeziehen; was sicher klug gewesen wäre, denn schließlich hatten wir denselben Arbeitgeber.

„Wenn Sie mich fragen", hatte der Journalist geflüstert und er hatte sich dabei kurz umgesehen, so, als fürchte er, belauscht zu werden, „wenn Sie mich fragen, so sage ich Ihnen: Der BND hat nicht immer ein gutes Händchen bei der Wahl seiner Mitarbeiter."

Ich unterließ es einfach, ihm zu widersprechen. Das war an der Bar des Kreschtschatik, wo sich, darüber war ich vorher informiert worden, die Journalisten trafen; nie früher als 22.00 Uhr, nachdem sie die Statements abgeschickt hatten, die von ihnen erwartet wurden.

Damals habe ich tatsächlich einen Augenblick lang überlegt, ob ich mir eine andere Wohnung suchen sollte. Dagegen sprach, dass die Journalisten, die ich kennenlernte, allesamt zu faul waren, um sich dafür zu interessieren, wer wann in der BND-Wohnung logierte. Auch der wunderbare Blick über die Stadt, der Blick auf den prächtig renovierten Bahnhof, weit genug entfernt, um dem Lärm der Züge zu entgehen, aber noch nah genug, um seine Architektur zu bewundern, die goldenen Kuppeln der Klöster, die neuen, modernen Hochhäuser, das Grün der Parks und die Stille, in der ich das alles genießen konnte, sprachen dagegen. Ich blieb also im Elegant und hab's bis heute nicht bereut. Olga schob mir ein paar Zettel zu, die ich an mich nahm, und dann fuhr ich nach oben. Ich rief noch einmal in der Rezeption an und bat, für die nächsten zwei Stunden keine Telefonanrufe durchzustellen.

„Keine, Olga", wiederholte ich, „auch die nicht, die es besonders eilig haben."

Sie kicherte und versicherte, sich genau an meine Anweisungen halten zu wollen. Ich legte auf, sah mich in der Wohnung um, und mir gefiel, was ich sah. Weiß und Gelb waren die Farben, die ich ausgesucht hatte. Es war nicht schwierig gewesen, ein paar passende Möbel aufzutreiben. Für Leute mit Geld gibt es in Kiew alles zu kaufen. Einen winzigen Augenblick lang hatte ich ein anderes Haus, andere Zimmer vor mir, Bilder eines Hauses, in dem ich bis an mein Lebensende hatte bleiben wollen; ein altes Haus im Tudor-Stil mit einem Tisch, so groß und so schwer, dass er in keine andere Wohnung gepasst hätte, eingebaute Schränke mit dunklen Holztüren, Messingstangen um den Herd in der Küche, ein von innen beleuchteter Klingelkasten mit verschiedenen Nummern für verschiedene Zimmer. Mir war schon klar, weshalb ich die Farben Weiß und Gelb für die Wohnung in Kiew gewählt hatte. Zu einem anderen Leben gehörten andere Farben, ganz andere. Damals hatte ich noch kein Problem damit, unliebsame Erinnerungen zu verdrängen. Das wäre, viel-

leicht, anders gewesen, wenn mein neues Leben langweilig gewesen wäre. Aber das war es nicht. Im Gegenteil.

Ich dachte daran, dass ich am Abend den Boxer treffen würde, und ich musste lachen. Erst vor wenigen Tagen waren die Transparente mit seinem Konterfei, auf denen er treuherzig versicherte, dass er Urkrainer sei, aus den Straßen der Stadt entfernt worden. Zu viele Menschen hatten sich darüber lustig gemacht. Ich war sicher gewesen, er würde trotzdem gewählt werden, und so war es auch gekommen. Nun musste man ihn allerdings darauf vorbereiten, dass er als Mitglied der Regierung nicht mehr in Frage kam. Für uns war das eine ärgerliche Geschichte. Man hatte eine Menge Geld und den einen oder anderen Personaltrainer darauf verwendet, den Boxer als unseren Mann in die neue Regierung zu setzen. Dass das den amerikanischen Freunden nicht gefiel, war erst spät deutlich geworden; zu spät, um ihn vor den Wahlen noch problemlos aus dem Verkehr ziehen zu können. Dann war er gewählt worden, was sein Selbstbewusstsein unerhört befördert hatte. Sicher sah er sich danach nicht gerade als Staatschef, aber, vielleicht, als Minister für Sport und Gesundheit?

Ich würde ihn am Abend treffen, und ich freute mich darauf. Dieser Mann war so vollkommen arglos, dass es sinnlos war, in seinem Beisein eine ironische Sprechweise anzuwenden. Er verstand Ironie einfach nicht. Er nahm jedes Wort ernst. Das hatte schon die komischsten Situationen heraufbeschworen, und ich fragte mich manchmal, wer überhaupt auf die Idee gekommen sein konnte, ihn in die Politik zu schicken. Man sprach von einer bestimmten deutschen Stiftung, aber es lohnte sich nicht, die Sache weiter zu verfolgen. Stiftungen waren in Mode, jede Seite benutzte sie. Sie waren einfach nützlich, weil mit ihrer Hilfe die wirklichen Geldgeber im Hintergrund bleiben konnten. Die Sache mit dem Boxer aber war nun einmal passiert. Die Bilder von ihm, auf denen er mit unseren deutschen Politikern bis hin zum Außenminister im Wahlkampf zu sehen gewesen war, hatten eine Weile bei vielen Menschen Eindruck hinterlassen. Sie hatten Hoffnungen geweckt und bewirkt, dass sich der Boxer wichtig nahm.

Trotzdem, ich war sicher, dass es mir gelingen würde, seine politischen Ambitionen auf das rechte Maß zurückzustutzen, ohne sein Selbstwertgefühl zu verletzen.

Während ich in der Badewanne lag, dachte ich darüber nach, was ich zu dem Treffen mit ihm anziehen würde. Auf jeden Fall musste ich elegant sein, das würde ihm das Gefühl geben, wichtig zu sein. Irgendetwas, dachte ich, bei dem er sich so groß und so stark fühlen konnte, wie er in Wirklichkeit nicht war; oder nur äußerlich, versteht sich. Oder sollte ich die Naive spielen? Irgendetwas Dunkelblaues, Braves, mit weißem Kragen und weißen Manschetten. Die Haare hochgesteckt und nur eine einzelne kleine Locke, die lose überm Ohr hinge.

‚Ein Spiel', dachte ich, ‚ein Spiel, das Spaß macht und obendrein gut bezahlt wird.'

Das war ungefähr die Art, in der ich mir angewöhnt hatte, für mich selbst erträglich zu sein.

Ich war aus der Wanne gestiegen, hatte mich in meinen Bademantel gewickelt und war auf dem Weg zum Telefon, als der Apparat zu klingeln begann. Ich sah auf die Uhr: Die zwei Stunden, in denen ich ungestört sein wollte, waren tatsächlich um.

„Hier ist ein Herr, der wartet seit einer halben Stunde", sagte Olga.

„Sagen Sie ihm, er soll sich später wieder melden. Wir können dann einen Termin vereinbaren. Ein Herr? Hat

der Mann einen Namen? Olga, ich brauche dringend etwas zu essen. Bestellen Sie das Übliche? Wie heißt der Mann? Er wird Ihnen doch seinen Namen genannt haben.“

„Jean Beringer“, sagte Olga, „er behauptet, er sei ein Bekannter von Ihnen“.

Ich habe Olga nicht geantwortet. Ich habe ganz langsam den Hörer aufgelegt. Ich fühlte, wie meine Knie nachgaben, und setzte mich auf den Sessel neben dem Telefon. Ich hatte ihn vergessen. Das rächte sich jetzt. Ich hatte die Szene, als wir uns zum letzten Mal gesehen hatten, wochenlang in meinem Kopf gehabt. Ich hatte sie so lange betrachtet, bis sie mir in allen Einzelheiten bekannt war, bis ich sie betrachten konnte wie einen ausgewrungenen Lappen, bis sie keine Emotionen mehr in mir hervorrief. Am Ende sah ich mich mit Beringer in der schäbigen Kantine des Hamburger Strafjustizgebäudes sitzen. Ich sah, wie ich mich großartig fühlte nach dem Freispruch, den ich gerade in eigener Sache erreicht hatte. Ich sah ohne besondere Regung dabei zu, wie ich versuchte, so etwas wie Begeisterung in ihm zu wecken. Ich fand mich großartig und bemerkte, wie nüchtern der Mann blieb, der da vor mir saß.

„Du warst großartig“, sagte er und sah dabei in seine Kaffeetasse.

„Erinnerst du dich? Ich war schon immer eine gute Hure. Erinnerst du dich an den Beginn unserer Bekanntschaft?“

Inzwischen konnte ich nüchtern zusehen, wie Beringer ungerührt sitzen blieb und in seinen Kaffee starrte. Damals hat mich das rasend gemacht. Ich wollte Lob, ich wollte Bewunderung, ja, Bewunderung – stattdessen dieser Holzklotz vor mir. Ich war der Situation nicht gewachsen, damals. Ich war aufgeregt. Ich war stolz dar-

auf, dass ich den Prozess gewonnen hatte, aber ich ahnte auch, dass damit mein Ruf als solide Strafverteidigerin endgültig verloren gegangen war. Ich war außer mir; in Wirklichkeit nicht souverän, sondern von der Anspannung der Gerichtsverhandlung gezeichnet, war ich kaum in der Lage, mich zu beherrschen. Ich wollte nicht laut werden, aber am liebsten hätte ich geschrien.

„Du wirst ewig der verdammte Spießer bleiben, der du bist. Und ich werde immer das tun, wozu ich Lust habe. Lust, verstehst du?", sagte ich leise.

Ich erinnerte mich sehr gut daran, wie viel Kraft es mich damals gekostet hatte, meine Stimme zu beherrschen und wie fassungslos ich Beringer nachgesehen hatte, als er mir nicht antwortete, sondern aufstand und ging. Er hatte sich entschieden. Gegen mich.

Neben mir klingelte das Telefon. Ich war nicht sofort in der Lage, den Hörer aufzunehmen.

„Das mit dem Essen geht klar", sagte Olga. „Aber der Herr wartet immer noch. Möchten Sie ihn empfangen?"

„Nein, das möchte ich nicht", sagte ich und legte den Hörer zurück.

Beringer / Hamburg

Der Abend mit der Klein war nicht besonders lang gewesen, obwohl Beringer zwischendurch den Eindruck gehabt hatte, dass die Frau durchaus gewillt war, ihn auszudehnen. Da sie trotzdem über genug Disziplin verfügte, Beruf und Privates voneinander zu trennen, war es leicht gewesen, das Gespräch zu beenden, als er den Eindruck gewonnen hatte, es sei alles gesagt, was seinen Auftrag beträfe. Er würde nach Kiew fahren, Kontakt mit Milena aufnehmen und herausfinden, ob sie tatsächlich, so wie die Klein vermutete, für die Russen arbeitete. In Kiew würde er sich als Tourist aufhalten. Die Aufenthaltsdauer würde verlängert werden, so lange, bis er Ergebnisse vorweisen könnte.

„Ich vermute, zu Ihnen werde ich dort keinen Kontakt haben", hatte er am Ende gesagt.

Sie hatten das dritte Glas getrunken. Es war nicht zu erkennen, dass der Wodka die Frau veränderte. Ihm wurde bewusst, dass er nichts gegessen hatte. Er war sicher, dass er nicht betrunken war, aber er hatte trotzdem den Eindruck, dass sein Blick auf sein Gegenüber anders geworden war. Er hätte nicht beschreiben können, was sich verändert hatte. Es war so, als hätte die Organisation, für die sie arbeitete, zu der sie „wir" sagte, wenn sie von ihr sprach, sie größer gemacht. Es war nicht der Wodka, der seinen Blick verändert hatte. Seit wann ließ er sich einschüchtern. Er war nicht eingeschüchtert, er war verwirrt.

Diese kleine, knochige, komische Person war so selbstverständlich aus einer anderen Welt aufgetaucht, einer Nachrichtenwelt, die von der handfesten Welt von Z., für den er bisher gearbeitet hatte, weit entfernt war. Er war Kriminalist. Er hatte sich immer an Tatsachen gehalten, die zu beweisen waren. Solange man sie nicht beweisen konnte, existierten sie nicht wirklich. Sie existierten als Hypothesen, denen nicht zu trauen war, bis man sie bewiesen hatte.

Was waren dagegen Nachrichten? Spekulationen, nichts weiter. Spekulationen, mit denen Politik gemacht wurde, die sich oft genug als falsch oder gefährlich herausgestellt hatte. Er war davon überzeugt, dass jeder Staat Kriminalisten brauchte. Er hatte, solange er aktiv im Dienst gewesen war, sich immer als ein Rad in der Maschine begriffen, die dazu da war, den Staat von Verbrechern frei zu halten und die Gesellschaft vor Verbrechen zu schützen. Beides war notwendig, um das Chaos zu vermeiden, in das menschliche Gesellschaften zu verfallen drohten, wenn man sie nicht regulierte. Spekulationen, mit denen sich Geheimdienste beschäftigten, waren in seinen Augen dazu angetan, dem Chaos Vorschub zu leisten.

„So nachdenklich, Beringer?“

Er hatte sich entschuldigt, er habe tatsächlich nachgedacht.

„Darf man fragen, worüber?“

Er lächelte verbindlich. Er würde der Klein nicht sagen, was er über den Verein dachte, dem sie offenbar mit Begeisterung angehörte. Er würde ihren Auftrag als Vorwand nutzen, um Milena wiederzusehen. Es würde ihm gelingen, sie davon zu überzeugen, zurückzukommen. Es waren zwölf Jahre vergangen, seit sie in Hamburg vor Gericht gestanden hatte. Wer würde sich nach zwölf Jahren noch an die Details in einem Mordprozess erinnern, der mit einem glänzenden Freispruch beendet worden war. Sie mussten die Kanzlei nicht gleich wieder unter ihrem Namen eröffnen. Ronny würde sich mit Begeisterung in die Arbeit stürzen. Er würde für

Milena den Boden bereiten. Darauf hatte er gewartet, seit er sein Studium beendet hatte. Er würde Ronny von der Chance erzählen, die sie durch diesen Auftrag bekämen.

„Es gibt etwas, das ich vor meiner Abreise noch klären möchte", hatte er geantwortet. „Mein Haus ..."

„Es soll sehr schön sein", sagte die Klein. „Ich hab's nicht gesehen, nur Fotos, Sie verstehen, flüchtig, das Haus ist natürlich für uns weniger wichtig als für Sie."

‚Was weiß diese Frau von meinem Haus', dachte er.

An einen anderen Satz der Klein, den Satz „der BND braucht Menschen wie Sie", dachte er, während er sich am nächsten Morgen im Taxi zum Bahnhof fahren ließ. Die Stimme der Klein hatte dabei einen Klang angenommen, der verführerisch sein sollte. Was er allerdings da schon genau wusste, war, dass weder die Klein noch die Arbeit für den BND irgendetwas Verlockendes für ihn hatten.

‚Und wenn die auch nur die geringste Ahnung hätten, mit wem sie es in meiner Person wirklich zu tun haben, dann würden sie sich jemanden anderen suchen', dachte er.

Er hatte für Z. gearbeitet, weil er sich durch das, was er zu tun bekam, in seinen Fähigkeiten bestätigt fühlen konnte. Seine Arbeit als Kriminalist war immer konkret gewesen. Natürlich war auch Phantasie nötig, aber selbst die blühendste Phantasie war am Ende nicht so viel wert gewesen, wie die genaue Kombination von Fakten, damit ein Sachverhalt geklärt, ein Täter überführt werden konnte. Es war bei ihm nicht anders gewesen wie bei allen Menschen, die ihr Leben viele Jahre in demselben Beruf verbrachten, sich darin vervollkommneten, sich wohl fühlten: Seine Arbeit war zu einem Teil seiner Persönlichkeit geworden. Das hatte er verstanden und dafür gesorgt, zumindest ein kleines Gegengewicht zu schaffen. Das Gegengewicht war seine Lektüre geworden. Es hatte Gelegenheiten gegeben, da war ihm Marcel Proust geradezu zum Lebensretter geworden.

„Auf Grund des unlösbaren Zusammenhangs, der zwischen den verschiedenen Teilen einer Erinnerung besteht und die unser Gedächtnis wohl ausgewogen in seiner Gesamtheit bewahrt, an die wir nicht rühren, von denen wir nichts weglassen dürfen ...“

Das war so ein lebensrettender Satz gewesen. Es war lange her, aber er hatte den Satz nie vergessen, manchmal auch wieder gelesen und dabei Dankbarkeit empfunden. Er war nicht verknöchert. Er liebte seine Arbeit, und seine Lektüre hielt ihn lebendig, und dann waren ja auch Ronny und Milena in seinem Leben aufgetaucht.

Und als Milena verschwunden war, er die Kanzlei geschlossen und Ronny sich hauptsächlich mit seinem Studium beschäftigt hatte (offiziell wenigstens), war er Z. dankbar gewesen für die Möglichkeit, hin und wieder für ihn zu arbeiten, seine Fähigkeiten lebendig zu halten, seine Kenntnisse des Apparats nicht veralten zu lassen. Es war unglaublich, wie schnell technische Entwicklungen die kriminalpolizeiliche Arbeit veränderten. Aber auch dabei war seine Arbeit immer konkret geblieben.

Natürlich standen auch dem BND alle technischen Neuentwicklungen zur Verfügung.

‚Nur‘, dachte Beringer, ‚hat sich, während wir Kriminalisten präziser werden konnten, der Bundesnachrichtendienst mehr und mehr zu der Luftnummer entwickelt, zu der er von Anfang an tendierte.‘

Es hatte ein paar, nicht viele, aber immerhin einige Gelegenheiten gegeben, bei denen sich kurze Berührungspunkte während seiner Arbeit mit Mitarbeitern des BND ergeben hatten. Nie, auch nicht in einem einzigen Fall, war von denen eine präzise Antwort auf eine konkrete Frage gekommen. Jedes Mal hatte man sich hinter „geheimdienstlichen Dienstanweisungen" versteckt, Aussagegenehmigungen, die nicht erteilt worden waren. Es hatte eine Weile gedauert, bis er verstanden hatte, dass die durch verweigerte Aussagegenehmigungen nicht beantworteten Fragen gar nicht beantwortet werden konnten. Die Leute hatten von Fakten keine Ahnung. Sie lebten von Vermutungen, von Phantasie-Kombinationen, von wertlosem Zeug, das sie wichtig nehmen mussten, um ihre Existenz zu rechtfertigen. Und je größer dieser Rechtfertigungszwang wurde, man musste ja nur an den Palast denken, den die Bundesregierung in Berlin genehmigt hatte, desto wilder mussten die Luftnummern werden, die im BND fabriziert wurden.

‚Mit Vergnügen werde ich für diese Truppe arbeiten. Ich lasse sie dafür zahlen, dass ich Milena zurückgewinne. Dann haben sie wenigstens einen winzigen Teil des Geldes, das sie zur Verfügung haben, sinnvoll angelegt', dachte Beringer.

Das 1.-Klasse-Abteil im Zug war beinahe leer. Er nahm sich eine Zeitung, bestellte beim Kellner einen Kaffee und begann, nach Informationen über das Schicksal von Z. zu suchen, die die Andeutungen bestätigen konnten, die Ronny gemacht hatte. Er nahm nicht an, dass aus den Verlautbarungen des BKA der wahre Hintergrund der Entmachtung von Z. hervorginge, aber ein wenig von dem, was geschehen war, würde er sich vielleicht trotzdem zusammenreimen können.

Er fand nichts, nicht den kleinsten Hinweis. Sollte vielleicht ... Er legte die Zeitung beiseite und bat den Kellner, der den Kaffee brachte, ihm das Boulevard-Blatt zu bringen. Politiker nutzten mehr und mehr das schmierige Blatt, um offiziöse, manchmal sogar offizielle, Stellungnahmen abzugeben; eine Tatsache, die vor Jahren als unmöglich, ja, beinahe als ehrenrührig gegolten hätte. Vor Wochen hatte ihn der Zeitungsleser Ronny auf diese Entwicklung aufmerksam gemacht und versucht, ihm an diesem Beispiel die allgemeine Verkommenheit des politischen Systems zu verdeutlichen. Beringer, der wusste, dass Ronny zu Pessimismus neigte, was die gesellschaftliche Entwicklung allgemein und die Deutschlands im Besonderen betraf, hatte versucht zu widersprechen. Er war aber gegen Ronnys gründliche Kenntnis der Zeitungslandschaft machtlos gewesen.

„Ich erwarte ja gar nicht, dass Sie etwas dagegen tun", hatte Ronny gesagt, „mir scheint, die Entwicklung ist unaufhaltsam. Aber man sollte sie zur Kenntnis nehmen, um sich bei Gelegenheit entsprechend verhalten zu können."

Beringer dachte kurz daran, dass er gerade beschlossen hatte, seinen zukünftigen Arbeitgeber für seine eigenen Zwecke zu benutzen, ein Verhalten, das, an strengen Maßstäben gemessen, ebenfalls durchaus als fragwürdig bezeichnet werden konnte und das ihm während seiner aktiven Dienstzeit sicher ehrenrührig erschienen wäre.

Er musste, während er versuchte, halbnackte, minderjährige Vergewaltigungsopfer in zweifelhaften Posen, verstümmelte Soldaten und aufgedunsene Wasserleichen am Strand von Sizilien zu übersehen, Ronny nachträglich recht geben. Er fand die Erwähnung, die er suchte. Sie war in einer Kolumne versteckt, sollte also der Öffentlichkeit mitgeteilt werden, ohne viel Aufsehen zu erregen:

> „Niemand in diesem Land, und sei er noch so sehr verbeamtet und hält sich für unentbehrlich, kann sicher sein, ewig auf einem Posten zu sitzen. Fehler, die jeder Mensch einmal macht, werden aufgedeckt und die Konsequenzen daraus gezogen. Auch Z., der bis vor Kurzem unumstrittene Chef des BKA, musste seinen Hut nehmen. Ein weiterer Beweis dafür, dass wir uns, im Gegensatz zu Putin-Land in einer funktionierenden Demokratie befinden."

Das war alles, und auch Beringer, der geübt darin war, zwischen den Zeilen zu lesen, war nicht in der Lage, einen konkreten Hinweis auf die Entlassung von Z. zu finden. Nicht einmal die Erwähnung von Putin-Land konnte ihm weiterhelfen, die eigentlich im Zusammenhang mit dem BKA unpassend war. Es war einfach Mode geworden, bei jeder Gelegenheit Stimmung gegen Russland zu machen; eine Tatsache, die wesentlich von der Redaktion des Schmierblattes mitgetragen wurde und die also in jede Kolumne gehörte, gleichgültig, mit welchem Thema man sich befasste.

Den Rest der Zeit während seiner Rückreise nach Hamburg nutzte Beringer, um zu schlafen. Der Abend im Kleinen Spiel hatte sich für seine Verhältnisse sehr lang ausgedehnt, nicht so sehr, weil die Klein bereit gewesen war, über die Arbeit, die ihn erwartete, zu reden. Er würde in Hamburg Besuch bekommen und mündlich weitere Informationen erhalten. Jetzt wolle sie den Abend mit ihm genießen. Sie habe wenig Gelegenheit, mit einem intelligenten Mann zu plaudern. Die Klein hatte tatsächlich das Wort „plaudern" benutzt, und er hatte sie nach wie vor komisch gefunden. Wahrscheinlich war es der Wodka gewesen, der ihn zu lange dabei zusehen ließ, wie sie versuchte, ihn zu verführen.

‚Merkwürdig', dachte er im Halbschlaf, ‚sie war gar nicht enttäuscht, als wir uns trennten, ohne dass sie ihren Plan hatte in die Tat umsetzen können.'

Er war ins Hotel zurückgegangen. Dort hatte in der Bar noch immer die Sängerin geträllert. Am Empfang war eine Nachricht für ihn gewesen ...

Beringer schreckte hoch. Er hatte den Umschlag eingesteckt und vergessen. Wo hatte er ihn hingetan? Jackett, Hosentasche, Trenchcoat ... er fand den ungeöffneten Umschlag in der Tasche des Mantels. Kein Absender, natürlich nicht. Innen ein Briefbogen des Hotels, auf den jemand handschriftlich eine Notiz gekritzelt hatte.

„Werde Sie nicht abholen. Kann das Haus nicht verlassen. R."

Was für ein Unsinn! Ronny hatte ihn noch nie vom Bahnhof abgeholt. Er musste doch wissen, dass er, Beringer, nicht damit rechnete, abgeholt zu werden.

Was wollte er ihm wirklich mitteilen? Auf keinen Fall, dass er verletzt wäre, nicht gehen könnte ... es war etwas, das mit dem Haus zu tun hatte und das er nicht hatte offen aussprechen wollen.

Beringer war jetzt wach. Er sah aus dem Fenster und versuchte, sich zu orientieren, sah auf seine Armbanduhr ... nicht mehr weit bis Hamburg ... Wenig später fuhr der Zug an Hittfeld vorüber, Harburg und dann stand er in Hamburg auf dem Bahnsteig und versuchte, sich einen Weg zu bahnen durch das Menschengewühl, das den Rolltreppen entgegenstrebte.

Was war los? Der Zug war beinahe leer gewesen. Woher kamen plötzlich diese Leute und wo wollten sie hin? Eine seltsame Mischung aus Männern mit blau-weißen Schals und herausgeputzten jungen Mädchen und Frauen, deren Schnattern man nur als erwartungsvoll bezeichnen konnte ...

„Wenn Fußball und Shoppen aufeinandertreffen, sollte der Mensch lieber zuhause bleiben", erklärte der Taxifahrer wenig später auf Beringers Bemerkung über undurchdringliche Menschenmassen im Bahnhof, „nicht dass ich nicht gern Kunden hätte, aber von denen nimmt keiner ein Taxi. Nur solche wie Sie ..."

Der Mann redete nicht weiter, vermutlich hatte er auf Beringers behinderten Gang anspielen wollen und war sich im letzten Moment darüber klargeworden, dass sein Gast ärgerlich reagieren könnte.

„Verstehe", sagte Beringer.

Er ließ sich nicht vor seinem Haus absetzen, ging die letzten Meter zu Fuß, langsam und ohne die ruhige Straße und das Haus, das bald zu sehen war, aus den Augen zu lassen. Nichts. Alles wie immer. Er kam sich plötzlich lächerlich vor. Was hatte er erwartet? Autos mit besonderen Kennzeichen? Männer, die harmlos durch die Gegend schlenderten und dabei in den Himmel starrten? Nachbarn, die auf den Terrassen ihrer Villen standen und ihm erwartungsvoll entgegensahen, um zu prüfen, ob und wie er dem Schrecken, der sich hinter den Mauern seines Hauses verbarg, gewachsen wäre?

Er erreichte die Gartenpforte, ärgerte sich wie jedes Mal, wenn er die von einem ungeschickten LKW-Fahrer zerstörten und unschön reparierten Pfeiler sah, öffnete die Haustür, schloss sie hinter sich und blieb einen Augenblick bewegungslos stehen.

Nichts. Kein Laut. Kein „Hallo, da sind Sie ja endlich."

Mit langsamen Bewegungen hängte Beringer seinen Mantel an die Garderobe, ging auf die offene Küchentür zu, betrat die Küche (Fußboden mehr als hundert Jahre alt, Terrazzo, wird nicht mehr hergestellt), setzte sich an den Tisch (älter als der Fußboden, so groß, dass es unmöglich gewesen war, ihn durch die geöffnete Küchentür nach draußen zu befördern, als seine Ex-Frau, Gott hab sie selig, ihn stehlen wollte), sah auf den von innen beleuchteten Kasten mit den Zeichen für die Zimmer im ersten Stock (durch die seine Großeltern ihre Wünsche an das Personal in der Küche weitergegeben hatten) ... nichts, alles wie immer.

Nur Ronny, der stand plötzlich in der Tür, war geräuschlos aufgetaucht und hielt einen Finger vor die Lippen. Beringer versuchte, sein Lachen zu unterdrücken, ein ernstes Gesicht zu machen. Er hob fragend die Schultern.

Ronny zeigte durch das Küchenfenster in den Garten, wandte sich um und verschwand. Beringer erhob sich und ging ihm nach. Ronny verließ den Garten und Beringer folgte ihm auf die Straße. Das Laub auf den Bürgersteigen war gelb und es roch nach Herbst.

„Ich nehme an, Sie glauben mir, dass diese Vorsichtsmaßnahme nötig war“, sagte Ronny. Ich hab nicht vor, Ihnen die Notwendigkeit näher zu erläutern.“

Beringer sah ihn von der Seite an. Der junge Mann wirkte ernst und unaufgeregt.

„Natürlich“, versicherte er schnell, „aber ließen sich nicht einfach ein paar wirkungsvolle Gegenmaßnahmen ergreifen?“

„Nein“, sagte Ronny, „es ist ganz sicher, dass Sie abgehört werden, und natürlich weiß ich inzwischen, wie die Sache funktioniert. Aber wenn wir etwas dagegen unternehmen, dann sind Ihre Freunde gewarnt. Darf man wissen, um wen es sich dabei handeln könnte? Ihr Freund Z. kommt ja wohl nicht mehr in Frage. Für wen sind Sie so wichtig, dass dieser Aufwand betrieben wird?"

Beringer dachte einen Augenblick nach, bevor er antwortete. Er hielt es durchaus für möglich, dass der BND ihn überwachen ließ, seit er das Angebot der Klein angenommen hatte. Abhörtechniken waren inzwischen so weit entwickelt, dass es wahrscheinlich nicht einmal nötig geworden war, Techniker unter irgendeinem Vorwand ins Haus zu schicken. Wie Ronny das wohl entdeckt hatte ... Er würde es ihm bei Gelegenheit erzählen, da war Beringer sicher. Er begann, Ronny die neue Situation zu erklären.

Ronny schwieg eine Weile, bevor er sich äußerte. Seit Beringer ihn kannte, war er nie schnell mit Äußerungen gewesen, die sich auf eine neue Faktenlage bezogen.

Sie erreichten ein Restaurant, Beringer ging über eine Terrasse, auf der Tische und Stühle zum Abräumen bereitgestellt worden waren, und trat ein. Ronny war ihm gefolgt, und sie nahmen in einem entlegenen Winkel Platz.

„Ich esse nicht", sagte Ronny, „aber ich würde gern etwas trinken."

Beringer bestellte zwei große Bier. Er sah dem Kellner nach, sah aus dem Fenster auf die mit Laub bedeckte Terrasse und glaubte, noch immer den Herbst zu riechen.

„Sie werden Milena also auf Staatskosten suchen", sagte Ronny. „Assistenten sind dabei vermutlich nicht gefragt?"

„Nein", Beringer lächelte, „jedenfalls nicht in Kiew. Hier zuhause könnte ich Sie allerdings gut gebrauchen. Bezahlt, natürlich."

„Man wird sehen“, sagte Ronny gleichmütig, „wann denken Sie, werden Sie reisen?“

Der Kurier des BND, genauer gesagt die Kurierin, denn es handelte sich um eine Frau, die, zumindest was ihr Aussehen und ihre Aufmachung betraf, in jedem Bond-Film eine Gespielin des Helden hätte abgeben können, kam drei Tage später. Beringer war allein.

‚Was für ein Aufwand‘, dachte er, ‚während er die Dame in sein Büro bat. Er schob das Buch, in dem er gelesen hatte, zur Seite, beobachtete, dass die Frau sich bemühte, den Titel zu entziffern, und sah an ihrem Gesichtsausdruck, dass sie ihn nicht kannte.

„Proust“, sagte Beringer.

„Ah, ja,“ sagte die Frau.

Beringer dachte, dass er selten in ein so dummes Gesicht gesehen habe, während jemand „Ah, ja“ gesagt hatte. Es reizte ihn, die Situation auszukosten.

„Sodom und Gomorra“, sagte er.

„Eine schlimme Sache das“, sagte Miss Bond.

Sie machte eine kleine Pause, in der sie überlegte, wie sie das Terrain, auf dem sie sich nicht wohl fühlte, verlassen könnte, ohne eine Schwäche eingestehen zu müssen.

„Namen tun nichts zur Sache“, sagte sie endlich entschlossen. „Die Informationen, die ich Ihnen zu geben habe, sind in dieser Mappe. Sie werden sie, bitte, genau ansehen und dann vernichten. Es ist nicht nötig, dass man sie im Hotel bei Ihnen findet.“

„Im Hotel?“

„Der Name des Hotels liegt zwischen den Unterlagen. Wir gehen davon aus, dass die Zimmer der Gäste des Hotels in Kiew durchsucht werden, ganz sicher die der Ausländer.“

„Die Regierung in Kiew?"

„Die Regierung und die Opposition und die Amerikaner und die Russen und dann noch ein paar Rechtsradikale, die die Aufträge der jeweiligen Oligarchen ausführen, die sie finanzieren; von der Geisterarmee der Kommunisten ganz zu schweigen", sagte die Frau ungerührt.

Beringer schwieg. ‚Vielleicht musste man als BND-Mitarbeiterin nicht unbedingt Proust kennen', dachte er. Die Arbeit scheint auch so schon kompliziert zu sein. Luftnummern innerhalb eines Landes zwischen Gruppen, die sich bekämpfen. Was für ein Unsinn, was für eine Geldverschwendung.

Er streckte die Hand aus, und die Frau übergab ihm eine graue Mappe. Ihre schmale, hellbraune Hand mit rotlackierten Fingernägeln sah hübsch aus auf dem grauen Papier.

„Kontakt mit uns besser nicht", sagte sie, „nur im äußersten Notfall, der aber nicht eintreten wird, weil Sie als intelligent und erfahren gelten. Wenn es uns nötig erscheint, werden wir mit Ihnen Kontakt aufnehmen."

Sie erhob sich, auch Beringer stand auf, ein wenig mühsam, verglichen mit ihren lässig-eleganten Bewegungen. Er brachte sie zur Tür, und die Dame verschwand, ohne sich zu verabschieden.

Beringer ging zurück ins Büro. Einen Augenblick blieb er in der Tür stehen, bevor er den Raum betrat. Er betrachtete den schwarzen Schreibtisch, an dem schon sein Großvater gesessen hatte und von dem er wusste, dass er dem Schreibtisch von Tolstoi nachgebaut worden war; eine sehr große, rechteckige Platte, eingefasst von einem zierlichen, gedrechselten Geländer, das er als Kind „Zaun" genannt hatte, den tiefen Ledersessel, der von seinem Vater angeschafft worden war und den er weiter benutzte, obwohl es ihm schwerfiel, daraus aufzustehen, den großen Teppich in verschiedenen Beigetönen, dessen Muster in den Dreißigerjahren des vergangenen Jahrhunderts modern gewesen war, und den Proust-Band, in dem er gelesen hatte, bevor Miss Bond erschienen war. Die Mappe, die sie mitgebracht hatte, lag daneben.

Hinter ihm stand plötzlich Ronny. Er hatte nicht gehört, dass jemand gekommen war, und als Ronny lautlos an ihm vorbei zum Schreibtisch ging, die Mappe aufnahm und ihn fragend ansah, nickte Beringer. Ronny verschwand mit der Mappe, und Beringer nahm das Buch zur Hand. Im Augenblick interessierte ihn die Stelle, an der er seine Lektüre hatte unterbrechen müssen, mehr als der Inhalt der Mappe.

„Leider sind in der Gesellschaft ebenso wie in der Welt der Politik die Opfer so feige, daß man den Henkern nicht lange böse sein kann", las er, und er legte das Buch noch einmal zur Seite, um über den Satz nachzudenken.

„Sie heißt dort Eva Kovac", sagte Ronny im Hintergrund. „Passen Sie auf, dass Sie sich nicht versprechen."

Seiner Meinung nach hatten sie länger als nötig darüber diskutiert, ob es klug sei, ihn das Hotel wechseln zu lassen. Die Deutschen hatten das Recht, ihre Leute dort unterzubringen, wo sie wollten. Weshalb sie auf die Idee gekommen waren, ihren Mann im Holiday Inn einzuquartieren, wusste er nicht. Wahrscheinlich, sicher sogar, war es ein ziemlich dummer Zufall, dass sie sich ausgerechnet das Hotel ausgesucht hatten, in dem er selbst wohnte.

Für ihn war das Hotel eine Art Heimat geworden. Er hasste die russischen Hotels, von denen die Ukrainer behaupteten, sie seien nicht russisch, sondern ukrainisch. Wahrscheinlich glaubten sie, wenn sie ein paar neue Fahnen aufhängten und die bedienenden Weiber in Kleider aus einem ukrainischen Kostümfilm steckten, sei alles Russische verschwunden. Dabei hatte der Kostümfilm garantiert einen russischen Regisseur gehabt, und mit Fahnen und Kostümen veränderte man keine Architektur. Im Gegenteil. Er, Bill, konnte sogar riechen, dass dort die Vergangenheit noch lebte.

Man hatte ihn vor zwei Jahren nach Kiew geschickt, und er hatte sich sorgfältig auf seine neue Aufgabe vorbereitet. Er hatte vor seiner Abreise so viele Filme über die Ukraine gesehen, Spielfilme, Dokumentarfilme, abgefilmte Diskussionsrunden und Politikerporträts über Russen und Ukrainer, dass dieses Land seine zweite Heimat hätte werden können, wenn es ihm nur ein wenig gelungen wäre, Land und Leute zu lieben. Glücklicherweise gehörte es nicht zu seinen Aufgaben, die Länder und die Bewohner zu lieben, in denen er eingesetzt wurde. Aber hier war er der freundliche Amerikaner, und ein bisschen Liebe hätte die Arbeit einfacher gemacht.

Bill streckte die Hand nach der Fernbedienung aus, die auf dem Nachttisch lag. Der riesige Bildschirm an der Wand gegenüber zeigte irgendwelche Kriegshandlungen in Afrika, die ihn nicht interessierten. Im ukrainischen Sender erschien das Bild des Kaninchens. Sein Kopf in Riesengröße ließ deutlich sehen, dass er seinen Spitznamen zu Recht trug. Bei ihren Treffen war es eine Zeitlang ein Spaß gewesen, wenn von dem Mann gesprochen worden war, die Oberlippe hochzuziehen und die Mundpartie schnuppernd in Bewegung zu setzen. Die Zeit war vorüber, nicht nur, weil solche Witze sich nie lange hielten, sondern weil sie selbst sich inzwischen ein bösartiges, korruptes Kaninchen nicht mehr vorstellen konnten.

‚Eher ist der ein glitschiges Reptil', dachte er. Sogar in der westlichen Presse, die zu verfolgen zu seinen täglichen Aufgaben gehörte, war von „auffälliger Flexibilität" die Rede, wenn es um das Kaninchen ging; eine freundliche Umschreibung für den grenzenlosen Opportunisten, als den er den Mann inzwischen kennengelernt hatte.

Bill schaltete den Fernseher aus, schob die Bettdecke beiseite und begann seine morgendliche Gymnastik. Er war jetzt Ende vierzig und in Top-Form; allerdings nur, weil er sich angewöhnt hatte, Gymnastik, das Fitness-Studio und die tägliche Laufstrecke ernst zu nehmen. Die extra harte Matratze war auf seine Anweisung in das Hotelbett gelegt worden. Die gymnastischen Übungen hatte er sich selbst ausgedacht. Er wusste am besten, was ihm guttat. Noch eine Kerze, die Beine über dem Kopf an die Wand, eine Minute ausharren ... Schluss.

Mit einem Schwung setzte er sich auf und sah durch das Fenster auf die Skyline von Kiew. Da war eine Menge gebaut worden in den letzten Jahren. Internationale Gesellschaften hatten investiert in der Hoffnung auf das große Geschäft. Dabei war die Ukraine bankrott, und wenn die Europäer nicht bald die angekündigten Milliarden schickten, war ein Ende mit Schrecken nicht mehr auszuschließen; was in Wirklichkeit natürlich nur bedeutete, dass sein Land einspringen musste.

War es da ein Wunder, dass sie sich für diesen Fall abgesichert hatten?

Bill dachte an das Gesicht, das die Chefin der Ukrainischen Zentralbank gemacht hatte, als sie öffentlich zugeben musste, der Goldschatz des Landes habe sich in Luft aufgelöst.

Zuerst gab es ein großes Geschrei. Es tauchten sogar Zeugen auf, die gesehen haben wollten, dass maskierte Männer das Gold nachts aus der Staatsbank geholt und in ein Flugzeug geladen hätten, das „in Richtung USA" davongeflogen sei. Es hatte einiger Anstrengung bedurft, der aufgebrachten Bevölkerung, die ja täglich die Verschlechterung der ökonomischen Situation am eigenen Leib zu spüren bekam, die Sache wieder auszureden. Man musste die Zeugen verschwinden lassen, und ein paar Journalisten waren gewarnt worden.

Dem Kaninchen musste man nichts vormachen. Es war informiert worden. Bill war allerdings nicht sicher, ob man es vorher informiert oder ihm hinterher einen Zettel zugesteckt hatte mit der Botschaft, dass er sicher Verständnis dafür habe, dass man sich hätte absichern müssen.

Für den Coup mit dem Gold liebte Bill seine Regierung. In anderen Fragen war er nicht unbedingt mit ihr einverstanden. So hielt er den Einfall, mit Farben- und Pflanzennamen die Aufstände zu betiteln, die sie nacheinander in Georgien (2003), in der Ukraine (2004), im

Libanon (2005), in Kirgisien (2005), im Iran (2009) und in Tunesien (2011) angezettelt hatten, für allzu durchsichtig. Jedem einigermaßen aufmerksamen Journalisten war inzwischen der Kranz von Rosen-, Orange-, Zedern-, Tulpen-, Grün- und Jasmin-Revolutionen aufgefallen. Er hatte das vorausgesehen. Seine Vorgesetzten aber, oft in Unkenntnis der fremden Länder, ihrer Sitten und Gebräuche, waren zumindest eine Zeitlang begeistert gewesen von ihrer Idee. Ob sie es jetzt noch waren?

Bill hätte sich mehr Phantasie gewünscht in der Benennung der sichtbaren Erfolge der langjährigen Vorbereitungszeit, die solche Aufstände brauchten. Andererseits war man wohl auch nicht immer frei gewesen in der Wahl des Namens. Natürlich waren die Träger der Aufstände am Anfang jedes Mal aus sehr unterschiedlichen Kräften zusammengesetzt. Man brauchte erst einmal jeden, um die Sache zum Erfolg zu führen, auch die Demokratie-Schwärmer, die den Begriff ernst nahmen. Etwas ganz anderes war es, später die Spreu vom Weizen zu trennen, eine Sache, um die es auch hier in Kiew eine Zeitlang gegangen war. Das war erledigt, und er hatte dabei geholfen.

Bill stand vor dem Spiegel im Bad und lächelte sich zu. Im Großen und Ganzen war er einverstanden mit sich und der Politik seines Landes. Seit seiner Zeit in Frankreich hatte er eine Menge dazugelernt. Damals hatte er noch in kriminellen Kategorien gedacht, was allerdings seiner Aufgabe, mitzuhelfen bei der Eindämmung der Drogenproduktion im Mittelmeerraum, angemessen gewesen war. Inzwischen hatte er gelernt, in politischen Kategorien zu denken, die zwar das Kriminelle nicht ausschlossen, aber doch weit darüber hinausgingen. Und er hatte gelernt, jede Tarnung, die von ihm erwartet wurde, perfekt auszuführen.

Beringer also. Er erinnerte sich genau an den Mann, dem der Ruf eines guten Kriminalisten vorausgegangen war. Ihm selbst war er eher hilflos vorgekommen, im Gehen behindert und deshalb in seinem Aktionsradius eingeschränkt. Milena dagegen – wieder lächelte Bill, diesmal schon damit beschäftigt, sein Jackett anzuziehen, um zum Frühstück hinunterzufahren. Sie war ihm schon in Vence durch ihre schnellen Reaktionen aufgefallen. Damals war sie für ihn ohne Bedeutung geblieben. Am Ende wurde Beringers Geliebte – oder seine Frau? – erschossen. Das war sein Auftrag gewesen. Milena hatte er damit vielleicht einen Gefallen getan ...

Danach waren sie verschiedene Wege gegangen, bis sie sich hier in Kiew wieder trafen. Er fand diesen Zufall seltsam und hatte im Hauptquartier der CIA in Langley, einem Vorort von Washington nachgefragt, ob man etwas über sie wisse. Dort und beim Sitz des CIA in Frankfurt hatte man sich mit Milena beschäftigt und ihm anschließend ein Dossier geschickt, sogar mit einer gewissen Dankbarkeit, mit der man sonst knauserig war. Bei den Recherchen war nämlich deutlich geworden, für wen sie arbeitete. Offenbar war sie bis dahin dem CIA irgendwie durchs Netz gerutscht, was seltsam war, denn der deutsche Nachrichtendienst hielt gewöhnlich mit Personalfragen nicht hinter dem Berg. Die Zusammenarbeit zwischen CIA und BND war offiziell gut.

Sie hatten die Situation so belassen, wie die Deutschen sie offenbar haben wollten. Und ihm war die Aufgabe zugefallen, Milena/Eva kennenzulernen. Er hatte zuerst Bedenken gehabt, denn Vence war ihr sicher im Gedächtnis geblieben, auch wenn er seit damals aus ihrem Leben verschwunden und ihre Bekanntschaft eher oberflächlich gewesen war. Auch er selbst hatte ja nicht damit gerechnet, sie noch einmal wiederzusehen. Eine Weile hatte er darüber nachgedacht, ob er sich seine Aufgabe leichter machen könnte, wenn er sie aus der Ferne beobachtete. Er hatte darauf verzichtet und sich mit Eva bekanntgemacht. Sein Eindruck war, dass sie an seiner Legende nicht zweifelte. Seit sie sich kannten, war sie ein paar Mal mit ihm ausgegangen, und dabei waren sie sich nähergekommen.

Der Frühstücksraum war beinahe leer, wie immer morgens gegen 11.00 Uhr. Bill liebte das amerikanische Frühstück, und während er am Büfett seine Wünsche bekanntgab, die Spiegeleier over easy und dazu drei Scheiben Bacon, und auf seinem Teller die Pancakes anhäufte und mit Sirup beträufelte, dachte er daran, wie er in Süd-Frankreich am meisten darunter gelitten hatte, was sich irgendein Frankreich-Experte der Firma als besonders raffinierte Tarnung ausgedacht hatte: An jedem verdammten Vormittag, den Gott da unten hatte werden lassen, war er gezwungen gewesen, eine Flasche Champagner zu trinken und dazu rohe Artischocken zu essen!

Im Grunde war ich immer eine Frau, die Überraschungen liebt. Ich nehme sie als Herausforderungen und bin begeistert von mir, wenn ich elegant mit ihnen fertig geworden bin. Diese Eigenschaft hat mir geholfen, mit der Überraschung Beringer fertig zu werden.

Olga bestellte das Essen, ich trank ein Glas Champagner, während ich darauf wartete, und dachte eine Weile nach. Als der Kellner aus dem kleinen Restaurant am Komintern-Boulevard vor der Tür stand, hatte ich mich wieder gefasst.

Die Kellner in den Restaurants von Kiew sind für mich immer noch kleine Wunder. Sie sprechen gut Englisch, ganz im Gegensatz zum Rest der Bevölkerung, ihr Servieren genügt höchsten Ansprüchen und sie sind von vollendeter Höflichkeit. Man könnte den Verdacht hegen, sie seien noch in einer sozialistischen Geheimdienst-Kellnerschule ausgebildet worden, aber dafür sind sie zu jung. Wahrscheinlich ist, dass die Schulung der Kellner nicht das Einzige sein wird, was der ukrainische Geheimdienst von seinem Vorgänger übernommen hat.

Erst während des Essens überlegte ich, wie ich mich Beringer gegenüber verhalten sollte. Ich beschloss, ihm aus dem Weg zu gehen. Mir war klar, dass er, wenn er ernsthaft die Absicht hatte, mich zu treffen, weitere Versuche unternehmen würde. Ich würde auch denen ausweichen. Ich hatte mit dem Kapitel Beringer abgeschlossen. Es war mir dabei gut gegangen, und so sollte es bleiben. Ich musste damit rechnen, dass er es, wenn ich mich weigerte, ihn zu empfangen, mit einer überraschenden Begegnung versuchen würde. Darauf bereitete ich mich vor. So wäre der Augenblick der Überraschung ausgeschaltet, und ich war im Vorteil, sollte er tatsächlich auftauchen.

Was konnte er wollen? Was auch immer er vorhatte, wahrscheinlich würde er mich als Türöffner, Eintrittskarte, Informationszentrum nutzen wollen. Sein Interesse an meiner Person war immer äußerst gering gewesen. Meine Fähigkeiten und Kenntnisse hatten ihn hingegen immer begeistert. Ich war von Anfang an nichts weiter gewesen, als Beringers Handlangerin. Ich brauchte nur daran zu denken, wie es ihm damals gelungen war, mich davon zu überzeugen, ihn nach Süd-Frankreich zu kutschieren und ihm bei der Jagd auf diesen Drogenhändler zu helfen, Keizer, so hatte der Kerl geheißen. Bei seiner Verfolgung wäre ich beinahe draufgegangen. Wenn nicht der Amerikaner damals erschienen wäre und mich aus den Klauen der Mafia befreit hätte, wäre ich sicher nicht mit heiler Haut davongekommen. Dagegen hatte Beringer, für den ich mich schließlich engagiert hatte, meine Situation kaum zur Kenntnis genommen.

Bill, der Amerikaner. Der Gedanke an Bill beruhigte mich endgültig. Ich war am Abend mit dem Boxer verabredet, und anschließend wollte ich Bill treffen.

Ich würde ihn anrufen, und er würde mir zuhören, während ich ihm klagte, ich müsse den langweiligsten Kerl der Welt treffen und brauche anschließend unbedingt ein wenig Aufmunterung.

Das Wunderbare an Bill ist, außer, dass wir fast so etwas wie eine gemeinsame Vergangenheit haben, dass er immer Zeit hat. Seine Arbeit ist ihm wichtig, aber nie wichtiger als die Menschen, mit denen er umgeht.

„Ich bin ein Humanitär“, sagt er und strahlt dabei.

„Du meinst, ein Humanist,“ sage ich.

„Wie ihr Europäer das nennt, ist doch egal. Ich erinnere mich daran nicht, denn ich bin zu jung und war deshalb nicht dabei, aber es heißt doch, die amerikanischen Sol-

daten, die 1945 Kaugummi und Schokolade verteilt haben, handelten humanitär?"

Er ist von der humanitären Aufgabe der US-Amerikaner so sehr überzeugt, dass er mir manchmal lächerlich vorkommt. Aber als ich ihn zum ersten Mal in der umgebauten Lagerhalle inmitten eines Haufens von verwahrlosten Jungen sah, von denen ich keinem hätte im Dunkeln begegnen mögen, die aber zu Bill aufsahen, als erwarteten sie von ihm ein neues Leben, da war ich beeindruckt.

„Ein neues Leben, genau das brauchen sie", sagte er und er strahlte, als wir das Gebäude verließen.

Es war eine gute Idee, Bill zu treffen, wenn ich den Boxer beruhigt hätte. Ich trank noch ein Glas Champagner, bevor ich ihn anrief.

„Schwalbe", sagte er, „wo bist du? Werden sich unsere Wege kreuzen beim Segeln durch den Abend?"

Bills Versuche, so zu sprechen, wie er sich verliebte Europäer vorstellt, waren rührend und komisch zugleich. Ich war froh, dass ich ihn angerufen hatte. Beringers überraschendes Erscheinen hatte mich mehr beunruhigt, als ich zugeben wollte, aber ich war dabei, mir ein Beruhigungsmittel zu verordnen, das wirksam sein würde und obendrein Spaß versprach.

„Ich muss den langweiligsten Menschen treffen, den diese Stadt beherbergt", sagte ich. „Hilfst du mir anschließend, ins Leben zurückzukehren?"

„Um zehn im Ukraina?"

Ich hatte für heute genug vom Ukraina. Womöglich saß dort noch immer der klagende Dichter und überhaupt: das viel zu große, viel zu leere Foyer, alte Wichtigtuer, die als Soldaten verkleidet, in dem Versuch elastisch zu wirken, die Treppen hinaufliefen, so, dass man Angst bekam, sie könnten nicht heil oben ankommen, die Gale-

rie der Kriegsplakate, die den Weg säumten, bevor man das Hotel überhaupt erreicht hatte ...

„Bill, nicht das Ukraina, bitte."

Wir einigten uns darauf, dass Bill mich im Kreschtschatik abholen würde, und ich legte auf.

Ich traf den Boxer, und in seinem Gesicht sah ich sofort, dass die Wahl meines Kleides richtig gewesen war und dass er inzwischen ahnte, wie sehr sein Weg in die Politik mit Steinen gepflastert sein würde.

Der Abschied vom Sport hatte ihm nicht gutgetan. Man konnte nicht sagen, dass er fett wurde, aber sein Gesicht, seine Haltung hatten sich verändert. Die Elastizität, die den Champion ausmacht, fehlte ihm inzwischen.

Während wir uns begrüßten, der Boxer über meine Hand gebeugt – die Stiftung, die seinen politischen Aufstieg finanziert hatte, war eben auch damit befasst gewesen, in die Manieren des zukünftigen Politikers zu investieren –, dachte ich, dass es nicht besonders schwierig sein würde, ihn zu beruhigen.

Der hintere Teil der Bar im Kreschtschatik war leer. Ich dirigierte ihn dorthin. Er blieb stehen, bis ich mich gesetzt hatte. Beinahe zierlich nahm er die Getränkekarte in die Hand, sah mich fragend an, „Champagner?"

Ich nickte, und während er bestellte, wartete ich und sagte dann: „Alexey, Sie sehen unglücklich aus."

Das war eine brutale Eröffnung, aber mein Gegenüber war im wirklichen Leben Boxer gewesen, in seiner Selbstwahrnehmung war er es wahrscheinlich immer noch, und so sollte er mit direkten Attacken umgehen können.

„Ich bin nicht unglücklich", sagte er, „ich bin ..."

Er suchte nach einem Wort, das seine Verfassung beschreiben und ihn gleichzeitig nicht schwach aussehen ließe. So ein Wort gab es in seinem deutschen Wortschatz nicht, aber ich ließ ihn trotzdem eine Weile grübeln. Er hatte Glück, denn der Kellner kam und störte ihn. Wir tranken uns zu, und ich spürte, als wir die Gläser abstellten, dass er sich gefangen hatte. Von vorn aus der Bar hörten wir lautes Lachen. Alexey verzog schmerzlich sein Gesicht.

„Sie haben gehört, wie man mit mir umgeht?“

„Sie wissen, wie sehr ich Sie schätze, Alexey“, sagte ich. „So sehr, dass ich Sie niemals hintergehen könnte. Von mir können Sie nur die Wahrheit erwarten. Und die Wahrheit“ – ich machte absichtlich eine Pause, in der ich ihn ernst musterte, so, als wollte ich erkunden, ob er die Wahrheit ertragen könnte –, „die Wahrheit ist, dass die Menschen in Kiew Sie als Bürgermeister brauchen. Verstehen Sie, Alexey, nicht das Land ist es, das Sie zurzeit braucht, sondern die Menschen in Kiew. Das Land ist im Krieg. Ihre menschlichen Fähigkeiten, nicht Ihre kriegerischen, Ihre menschliche Wärme wird in der Hauptstadt gebraucht.“

Das war so sehr gelogen, als hätte ich behauptet, Sonne und Mond hatten sich verabredet, nur noch gemeinsam aufzutreten. Und jedem, der nur ein bisschen weniger naiv gewesen wäre als der Kandidat, den die Stiftung als Vertreter deutscher Interessen ausgewählt hatte, wäre die Lüge sofort aufgefallen.

Alexey fiel sie nicht auf. Allerdings war er noch nicht ganz überzeugt, oder sagen wir, er tat so, als sei er von meinen Worten noch nicht überzeugt. Er brauchte mehr Lob, um über seine Niederlage hinwegzukommen. Der Mann war so durchsichtig wie der Schleier der Königin von Saba, der nicht vorhandene.

„Wann sind Sie zuletzt auf dem Maidan gewesen?“, fragte ich und gab meiner Stimme Nachdruck.

Alexey kniff die Augen zusammen und runzelte die Stirn. Das tat er immer, wenn er angestrengt nachdachte.

Man hatte diese Bewegung in den letzten Wochen so oft im Fernsehen gesehen, dass man ihn für einen Philosophen hätte halten können, wenn der Ausdruck, den sein Gesicht dabei annahm, nicht eher an Verzweiflung erinnert hätte. Der arme Alexey eignete sich nicht besonders gut zum Politikstar; oder sagen wir: Er war der geborene Medienstar für einfache Gemüter.

„Sehen Sie", sagte ich, „da müssen Sie nachdenken. Ich war vorhin dort. Ich stand zufällig in der Nähe eines Ihrer Wahlplakate und konnte deutlich hören, was die Menschen über Sie sagten."

Alexey sah mich so erwartungsvoll an, dass er mir leidtat, und ich beschloss, dicker aufzutragen, als ich vorgehabt hatte.

„Die Menschen warten auf Sie, und die Frauen liegen Ihnen zu Füßen. Aber das wissen Sie doch, oder?"

„Wenn ich boxe", antwortete er zögernd, „aber jetzt ..."

„Beweisen Sie ihnen, dass Sie für diese Stadt boxen können. Was ist mit den Rechten der armen Leute, die ihre Blumen und Äpfel und Kartoffeln an den Bahnhöfen verkaufen? Jeder weiß, dass es böse Menschen gibt, die Standmiete kassieren, obwohl sie kein Recht dazu haben. Was ist mit ‚Breschnews Tochter'? Soll sie noch länger an die Russenzeit erinnern? Das Lenin-Denkmal wurde abgerissen ..."

„Das hat aber nicht jedem gefallen", unterbrach mich Alexey.

Ich ging nicht auf seinen Einwand ein. Er hatte recht. Es waren ein paar, meist ältere, Leute beim Abriss des Denkmals dabei gewesen, die laut protestiert hatten. Sie waren schnell abgedrängt worden. Vermutlich hatte man ihre Personalien aufgenommen und sie wieder laufen lassen. Die Ansammlung war zu klein gewesen, um für irgendwen bedrohlich zu wirken.

„Und dann das Essen für die Kinder in den Schulen", sagte ich. „Sie wissen, dass Ihr Land sich in einer schwierigen wirtschaftlichen Situation befindet, Sie wissen, dass es Familien gibt, in denen Hunger herrscht. Die Kinder, Alexey, der Stolz der Ukraine sind ihre Kinder. Auch wenn Sie länger nicht auf dem Maidan gewesen sind, werden Sie die jungen Mädchen schon gesehen haben, die dort auftreten. Sie singen für eine neue Ukraine. Sie brauchen Unterstützung."

Ich hörte mir beim Reden zu, und jetzt wundere ich mich, dass mir nicht übel wurde. Im Gegenteil, ich fand mich großartig in meiner Überzeugungsarbeit. Ich konnte sehen, dass ich Erfolg haben würde. Ich schob Alexey mein leeres Glas hin, und er löste sich aus der nachdenklichen Haltung, die er eingenommen hatte. Er reichte mir das gefüllte Glas mit einer Geste, die Entschlossenheit ausdrückte.

„Eva", sagte er, „ich weiß, Sie sind klug. Ich werde mich dankbar erweisen. Sie haben meine Zweifel beseitigt. Ich sehe nun einen Weg für mich, der wichtiger ist als …"

Er redete und redete, und ich sah ihn aufmunternd an, aber er sprach nicht mehr davon, dass es sein Traum gewesen war, Ministerpräsident zu werden oder mindestens Minister und mit einer Bande von Oligarchen zu verhandeln, die er, wenn er ehrlich zu sich selbst gewesen wäre, eher hätte fürchten müssen.

‚Vielleicht vergehen Träume schneller, wenn sie nicht auf eigenem Mist gewachsen sind', dachte ich. Denn genauso, wie es nicht Alexeys Idee gewesen war, Bürgermeister von Kiew zu werden, hatte er, bevor man ihn mit der Möglichkeit konfrontierte, für ein Regierungsamt zu kandidieren, auch daran nicht im Traum gedacht.

„Ich glaube, Sie sind der Klügere von uns beiden", sagte ich, als er eine kleine Pause machte, wobei er die

Fingerspitzen leicht aneinanderlegte und zwinkerte, „aber wenn Sie wollen, werde ich Sie gern weiter beraten."

„Das wird nicht nötig sein", antwortete Alexey. „Sie wissen doch, dass ich einen Stab von Beratern habe. Ich werde denen ein paar andere Ziele vorgeben. Die Kinder, zum Beispiel, und dann hat sich jemand beschwert, dass die Leute in der Schlucht von Babi Yar picknicken. Ich weiß im Augenblick noch nicht, was daran so schlimm sein soll. Ich hab' mir sagen lassen, das Gelände sei windgeschützt. Aber ich lass' mich hinfahren und verschaffe mir selbst einen Eindruck. Vielleicht lässt sich ein Kompromiss finden."

Er sah mich so erwartungsvoll an, dass ich mich veranlasst fühlte, seinen Worten Beifall zu spenden.

„Sie wissen, was Ihrer Stadt guttut, Alexey. Niemand weiß das so gut wie Sie. Und Sie werden auch die Frauen nicht vergessen, deren Männer im Osten kämpfen, ich weiß es. Der richtige Mann am richtigen Ort, das ist es, worauf es ankommt."

„Die Zeiten sind schwierig, ich weiß das", sagte er.

Seine Stimme klang tatsächlich schon so bescheiden, wie sie (nahm er an) bei einem aufrichtigen Diener der Bürger von Kiew klingen sollte. Ich begann, darüber nachzudenken, wie ich den Abend mit Alexey beenden könnte, sah aber an seinem Gesicht, dessen Ausdruck sich verändert hatte, dass das nicht so einfach sein würde. Offenbar hatte auch er das Gefühl, dass der offizielle Teil des Abends beendet sei. Im Gegensatz zu mir aber legte er Wert auf den inoffiziellen.

Ich kannte meine Pflichten, hoffte aber im Stillen, dass es mir gelingen möge, wenigstens das Schlimmste zu verhindern. Unter anderen Umständen hätte es mir wahrscheinlich nichts ausgemacht, mit Alexey zu schlafen. An diesem Abend aber freute ich mich auf Bill. Ich hasse es, am selben Abend mit zwei Männern ins Bett zu gehen.

Alexey bestellte eine zweite Flasche Champagner. Er stand auf, entschuldigte sich für einen Augenblick und verschwand. Aus der Bar hörte ich die Stimmen der Journalisten, die sich dort abends trafen, um Informationen auszutauschen. Sie waren lauter geworden. Wahrscheinlich ging es nicht mehr um Politik, sondern um Restaurant-Adressen und Weiber. Gegen 23.00 Uhr würden sie verschwunden sein; einige, um die Tipps auszuprobieren, die sie bekommen hatten, andere, um zurück in ihr Hotelzimmer zu gehen und die oberflächlichen Hinweise, die sie an der Bar aufgeschnappt hatten, zu bedeutenden Informationen zurechtzumachen, die sie anschließend ihren Redaktionen als Insiderwissen übermittelten. Wichtig war dabei, dass die antirussischen Hinweise nicht fehlten, und die konnte man jederzeit elegant einflechten. Ich kannte die Rüge des deutschen Presserats über die einseitige Berichterstattung zur Lage in der Ukraine, und die Journalisten kannten sie auch. Ihre Berichterstattung hatte sich nicht geändert. Dazu wären gute Kenntnisse und mehr Mut notwendig gewesen. Beides hatten sie nicht.

Ich nutzte Alexeys Abwesenheit, um Bill anzurufen. Er nahm ab, und ich konnte gerade noch „Kreschtschatik, sobald wie möglich“ flüstern, bevor Alexey zurückkam.

Ich bin nicht ungeübt darin, Small Talk zu führen und Gespräche zu initiieren, die mein Gegenüber fesseln, um Zeit zu gewinnen und nachzudenken, aber es ist nicht unbedingt einfach, einen Mann, der findet, es sei genug geredet worden und man könne nun wohl zur Sache kommen, hinzuhalten, bis Rettung naht. Am sichersten funktioniert in solchen Situationen das Thema Kindheit, das klappt in den meisten Fällen. Ob Alexey darauf eingehen würde, wusste ich nicht, aber ich hatte Glück.

Wir tranken, und ich nannte ihn „kleiner Junge“ und sagte ihm, dass ich ihn gern gesehen hätte, als er noch wirklich ein kleiner Junge gewesen war. Sein Gesicht wurde weich, die Gier verschwand daraus, verträumt und ängstlich zugleich sah er mich an. Alexey gehörte nicht zu denen, die fanden, dass sie eine unglückliche Kindheit gehabt hätten, aber über seine Kindheit zu reden, gefiel ihm trotzdem.

„Ich war schon immer ein richtiger Mann“, sagte er, „auch, als ich noch klein war. Aber sie haben es einfach nicht gesehen. Die Handschuhe, die Mütze, das ganze gestrickte Zeug. Dabei haben sie es gut gemeint. Man kann als richtiger Mann nicht in einem Weiberhaushalt aufwachsen. Drei Frauen, kein Mann, kein Vorbild.“

„Sie haben es trotzdem geschafft, Alexey.“

Er war nicht zu bremsen.

„Es gibt Dinge, die vergisst man nie. Verzeihen Sie, Eva, wenn ich ein wenig ins Detail gehe. Ich träume heute noch manchmal davon, dass ...“

„Alexey!“

Ich wollte nicht hören, was den Boxer bis in seine Träume verfolgte. Ich kann jammernde Männer nicht ausstehen. Im Fall Alexey kam hinzu, dass er zwar nicht Regierungsmitglied geworden war, weil unsere amerikanischen Freunde auf das Kaninchen gesetzt hatten, er aber auch als Bürgermeister noch genügend Macht haben würde, um sich wohl zu fühlen; Macht, die er, vielleicht, ohne lange zu überlegen, für sich und für seine Familie nutzen würde. Das wusste er, und das Theater, das er mir gerade vorführte, war einerseits dazu gedacht, Mitleid zu erwecken, aber andererseits auch dazu, sich als weichherzig hinzustellen. Was er ganz bestimmt nicht war.

„Verzeihen Sie mir“, sagte er und sah mich treuherzig an. „Lassen Sie uns austrinken, und dann gehen wir. Es gibt schönere Orte als diesen.“

Er wies mit dem Kopf zur Bar hinüber, und ich dachte daran, während ich mich umwandte und seinem Blick folgte, dass auch Alexey eine Blondine und zwei reizende Kinder sein Eigen nannte. Sie hatten alle zwei reizende Kinder und eine Blondine, jedenfalls, wenn sie dazu auserwählt worden waren, im Fernsehen aufzutreten und Wahlplakate zu zieren.

An der Bar standen nur noch die beiden Leibwächter von Alexey und in einigem Abstand von ihnen Bill.

Ich hob die Hand, um ihn zu grüßen, und er setzte sich in Bewegung und kam auf uns zu. Alexey blickte zu mir hin und ich sah die Enttäuschung in seinem Gesicht. Er sah auch ein ganz kleines bisschen verschlagen aus, als er aufstand, um Bill zu begrüßen.

„Gut, dass Sie kommen, mein Freund“, hörte ich ihn sagen. „Die Pflicht ruft. Ich hätte diese bezaubernde Dame sonst allein hier sitzen lassen müssen. Sie werden ihr Gesellschaft leisten, hoffe ich.“

Wir sahen ihm nach, ich fröhlich, Bill mit einem Ausdruck im Gesicht, den ich schwer deuten konnte. Verachtung?

Bill war eingeschlafen, und ich lag neben ihm, bedachte den Abend und war zufrieden. Wir hatten ein Taxi genommen, nachdem wir eine Weile gewartet hatten, bis wir sicher sein konnten, dass Alexey und sein Tross verschwunden waren. Der Weg in meine Wohnung führte über ein paar Hauptstraßen, und ich wunderte mich, dass die Wagenburgen noch an den Straßenrändern standen. Sie waren das Erste gewesen, das mir bei meinen anfänglichen Informationsspaziergängen durch das Zentrum von Kiew aufgefallen war. An den Straßenrändern standen, halb auf den Bürgersteigen geparkt, so dass Fußgänger gezwungen waren, darum herum zu gehen, eine Ansammlung von fünf oder sechs oder mehr großen, schwarzen Limousinen. Davor, die Arme über der Brust gekreuzt, befanden sich junge Männer in dunklen Anzügen, die nichts zu tun hatten, rauchten und sich langweilten. Ich brauchte eine Weile, um zu verstehen, dass es sich um die Kaleschen bedeutender Männer handelte: Politiker? Unternehmer? Schieber?, von denen es in Kiew und Umgebung eine Unmenge zu geben schien. Trat einer von ihnen, oder traten mehrere, aus dem Gebäude, vor dem die Limousinen standen, dann kam Bewegung in die mit den dunklen Anzügen. Zigaretten flogen in hohem Bogen zur Seite, gleichgültig, ob sie jemanden trafen, Autotüren wurden aufgerissen und auf dem Weg dahin die eine oder andere Person angerempelt oder zur Seite gestoßen. Die Rücksichtslosigkeit dieser Hanswürste, die sich durch ihren Job als Fahrer himmelhoch erhoben über den Rest der Bevölkerung glaubten, wurde nur noch übertroffen von den blasierten Mienen der Herren, die sich auf die Polster der Rückbänke in den Autos fallen ließen.

An dem Abend, als Bill und ich durch die Stadt fuhren, war es eigentlich schon zu spät für Konferenzen. Die Tatsache, dass die schwarzen Anzüge und die schwarzen Autos noch immer im Dienst waren, ließ darauf schließen, dass etwas Besonderes im Gang war. Ich versuchte, Bill darauf aufmerksam zu machen, aber er war nicht interessiert.

„Ich hab' keine Ahnung", sagte er, „und außerdem hab' ich andere Sorgen."

„Ich finde, es fällt wirklich auf", sagte ich.

„Diese verdammte Stadtverwaltung ist nicht in der Lage, mein Kinderhaus ausreichend mit Heizung und Winterkleidung zu versorgen. Der Winter kommt, weißt du, und wir werden dasitzen und frieren. Ich möchte wissen, wo das Geld bleibt, das wir ihnen geben."

Sein Kinderhaus – er war der Sendbote einer reichen Stiftung in den USA, die humanitäre Ziele verfolgte, irgendwelche Rockefeller-Nachkommen oder Bill-Gates-Ableger, die Bill dazu angestellt hatten, ihr Gewissen zu erleichtern. Sie bezahlten ihn gut, aber das war wohl auch Voraussetzung dafür, dass er den Job überhaupt angenommen hatte. Als ich Bill vor Jahren in Vence getroffen hatte, war er ganz ohne Job gewesen und hatte trotzdem sehr gut gelebt. Damals hab ich ihn für eine Art Hemingway-Verschnitt gehalten, und ich wäre sicher schon dort nicht abgeneigt gewesen, mich mit ihm einzulassen, wenn ich nicht zu der Zeit von dem Gedanken besessen gewesen wäre, Beringer für mich zu gewinnen. Er war mir einfach sympathisch, obwohl – oder, vielleicht gerade deswegen? – er etwas Undurchsichtiges an sich gehabt hatte, irgendetwas Geheimnisvolles, mit dem zu beschäftigen ich eben damals aus bestimmten Gründen keine Lust gehabt hatte.

Inzwischen fand ich Bill kaum noch geheimnisvoll. Ziemlich sicher hatte er nebenbei mit dem CIA zu tun, aber das war mir egal. Viele der in Kiew anwesenden Ausländer hatten irgendwelche Beziehungen zu irgendwelchen Firmen oder Interessengruppen oder Geheimdiensten. Das war nichts Besonderes. Es gab andere Dinge, die mich an Bill interessierten, die mich für ihn einnahmen: seine Offenheit, das Engagement, das er für die verwahrlosten Jungen zeigte, die Unerschrockenheit, mit der er bestimmten staatlichen Stellen gegenübertrat, auch der Witz, den er an den Tag legte, wenn er mir die Marotten einiger neureicher Ukrainer beschrieb, mit denen er zu tun hatte. Das waren übrigens Details, an denen meine Dienststelle in Berlin besonders interessiert war. Was mich aber besonders für ihn einnahm, war die Tatsache, dass er aus Boston kam. Denn in Boston studierte Tita. Und wenn ich mit Bill über Boston sprach, dann hatte ich das Gefühl, ich sei meiner Tochter näher. Das da ein kleiner, winziger Rest von Misstrauen vorhanden war, darüber machte ich mir zu dieser Zeit keine Gedanken.

„He, du, ich rede mit dir!"

Ich hatte nicht einmal seine Stimme gehört und auch seine Hand auf meinem Bauch hatte ich nicht wahrgenommen.

„Entschuldige, Bill."

Ich wandte ihm mein Gesicht zu, sah auf die braune Haut seines Oberarms und rutschte höher, um ihn ansehen zu können. Er nahm die Hand nicht von meinem Körper.

„Ich meine, wenn du dich schon mit dem zukünftigen Bürgermeister triffst, dann könntest du beim nächsten Mal den Herrn vielleicht darauf hinweisen, dass es in seiner Stadt Kinder gibt, die dringend seiner Hilfe bedürfen. Außerdem hab' ich Hunger."

Bill nahm meine Hand und legte sie sich auf den Bauch. Wir schliefen noch einmal miteinander, bevor ich dazu kam, etwas zu essen zu bestellen.

Später, während ich im Bad war, hörte ich, dass er am Telefon mit jemandem sprach. Ich verstand nicht, was er sagte. Aber er hatte sich angezogen, als ich zurück ins Wohnzimmer kam.

„Das war Wassili. Im Heim ist ein verdammtes Wasserrohr geplatzt", sagte er. „Du hast die Halle doch gesehen. Angeblich steht sie unter Wasser."

„Und jetzt gehst du hin und hältst das Loch zu?"

„Ach, Eva, du weißt doch, wie die Leute sind. Sie geraten in Panik, wenn der Chef nicht da ist. Sie halten mich nämlich für den Chef, weißt du? Und in Wirklichkeit bin ich das ja auch. Außerdem ist der Hausmeister neu, Wassili, der kennt sich noch nicht gut genug aus. Aber im

nächsten Leben, das versprech' ich dir, lass' ich sie ihren Scheiß allein machen."

Er küsste mich flüchtig und verschwand so schnell, dass mir keine Zeit für eine Antwort blieb. Ich sah ihm erstaunt nach, aber nie im Leben wäre ich auf die Idee gekommen, dass es zwischen den in der Nacht auf den Straßen wartenden Chauffeuren und Bills eiligem Aufbruch einen Zusammenhang geben könnte.

Ich zog den Bademantel enger um mich und versuchte, die Enttäuschung zu analysieren, die Bills schnelles Verschwinden in mir ausgelöst hatte. Ich war nicht verliebt in Bill. Er war intelligent, ein aufmerksamer Partner im Bett, immer gut gelaunt und voll von interessanten Geschichten. Er genoss das Leben und war mit dem, was er tat, so einverstanden, dass jemand, der ihn nur oberflächlich kannte, ihn durchaus für dumm hätte halten können. Bill war nicht dumm, im Gegenteil. Er gefiel mir aus vielerlei Gründen. Aber ich war nicht in ihn verliebt. Er war meine Erholung, meine Ablenkung; er diente mir als Mauer, die ich vor ein anderes Leben, eine andere Frau, die nicht Eva, sondern Milena war, vor eine andere Zeit gezogen hatte.

Ich stand auf, als ich mit meinen Überlegungen bis hierher gekommen war, um mir ein Glas Wodka einzuschenken. Das brauchte ich jetzt, denn ich verstand plötzlich, dass die Mauer, die bis jetzt gehalten hatte, zu bröckeln begann. Sie bekam Risse, diese verdammte Mauer, und das Verrückte war, dass ich durch diese Risse auf mich selber sehen konnte. Das Bild, das sich mir darbot, gefiel mir nicht.

Wadim / Kiew

Wadim hatte ein paar Stunden tief geschlafen und war erst wach geworden, als der Zug schon langsam durch die Außenbezirke der Stadt fuhr. Er sah einen riesengroßen Friedhof und endlose Reihen von fünfstöckigen, gelben Wohnhäusern, die genauso in Moskau hätten stehen können, in der Umgebung des Instituts, in dem er vor Kurzem gewesen war. Jetzt, nach dem Schlaf und belebt durch den Tee, den die Schaffnerin ihm gebracht hatte, fühlte er sich besser als in der Nacht zuvor. Die Adresse der Wohnung, die sein Zuhause werden sollte, und die Metro-Station, an der er aussteigen musste, hatte er im Kopf. Er wollte sich im Bahnhof nach einem Metroplan umsehen, vielleicht einen Stadtplan kaufen, den er benutzen konnte, um die Wohnung zu finden. Er wusste, dass er bei russischen Menschen angemeldet war, denen er vertrauen könnte. In seinen Auftrag waren sie nicht eingeweiht, und es war ihm untersagt, mit ihnen darüber zu sprechen.

Dann stand er in der Halle des Bahnhofs und war beeindruckt von der Sauberkeit, der Stille, die ihn umgab. Jemand musste viel Geld investiert haben, um das Gebäude zu restaurieren, das aussah, als sei es in den 30er Jahren des vergangenen Jahrhunderts gebaut worden. Vielleicht war der Bahnhof ein Dokument für die widersprüchliche Politik Stalins in dieser Zeit. Im Gegensatz zu den Bahnhöfen, die er kannte, bewegten sich die Menschen hier ruhig, zivilisiert.

Auf der Suche nach einem Stadtplan betrat Wadim den Wartesaal, einen großen, dunklen, niedrigen Raum. Auch hier: Stille. Von zehn Schaltern waren zwei geöffnet, einer davon ausgewiesen als Schalter für Kriegsopfer. Am Ende des Raums gab es ein Café. Die ausgestellten Waren sahen appetitlich aus, auf dem Boden nicht mal ein Krümel. Wadim hätte sich gern dort niedergelassen, aber es drängte ihn, die Wohnung zu finden. Er fühlte sich ausgeschlafen, aber schmutzig, und er brauchte dringend eine Dusche.

Er verließ den Wartesaal, fand auch in der Bahnhofshalle keinen Plan, aber nach langem Suchen einen Bahnangestellten, der bereit war, ihn in sein Büro mitzunehmen und ihm auf einem Stadtplan, der dort an der Wand hing, die Metro zu zeigen, die er benutzen musste. Der Mann bot ihm auch an, seinen Koffer für eine Weile aufzunehmen. Die Suche nach dem Quartier könne er ohne Gepäck leichter hinter sich bringen und den Koffer abholen, wenn er sich davon überzeugt habe, dass das Quartier in Ordnung sei.

Als er das Bahnhofsgebäude verließ und zur Metro ging, traf er auf vertraute Bilder. Der Bahnhofsvorplatz, die Straße waren dicht an dicht mit Verkaufsständen besetzt. Kisten, niedrige Tische, manchmal Tücher auf dem Boden waren belegt mit Waren, die zum Verkauf angeboten wurden. Es gab Hühner, gerupfte und ungerupfte, nackte Kaninchen, Kartoffeln, Äpfel, Gemüse, Blumen, Stände mit Kaffee und Keksen, auch Kleidung, die offenbar getragen und zum Verkauf wieder zurechtgemacht worden war.

Wadim ging langsam an den Ständen vorbei, und als er den Metro-Eingang erreicht hatte, war in ihm ein Gefühl entstanden, als käme er nach Hause. Er dachte an Vera. Was hätte er mitgebracht, wenn er wirklich nach Hause gekommen wäre?

Am Ausgang der Metro-Station, in der Nähe der Wohnung, erwartete ihn das gleiche Bild. Auf dem Weg in sein neues Zuhause wieder eine lange Reihe von Verkaufsständen, ärmlicher als die am Bahnhof, die Frauen hinter den Tischen älter, anders angezogen, dicker vermummt. In der kalten Herbstluft war es sicher kein Vergnügen, den ganzen Tag draußen zu stehen. Wadim beobachtete zwei Männer, die von Stand zu Stand gingen. Sein geschulter Blick erkannte in ihnen die Geldeintreiber, die sie waren; unangenehme Burschen, der jüngere erinnerte ihn an Stepan. Auch Stepan hatte sich darin gefallen, von Straßenhändlern Geld zu kassieren; kein Schutzgeld, nein, irgendwelche Gebühren für irgendwelche Übertretungen, die niemand so recht erkennen konnte, denen aber auf Grund seiner durch die Uniform hervorgehobenen Autorität Glauben geschenkt werden musste.

Wadim verdrängte den Gedanken an Stepan und konzentrierte sich darauf, das Haus zu finden, in dem seine Gastgeber wohnten. Eine alte Frau schlurfte an ihm vorüber, die ihre spärlichen Einkäufe an einem Wägelchen hinter sich herzog. Unter dem Saum ihres Mantels hing ein Stück Futter heraus, und die Absätze ihrer Schuhe waren schief. Sollte er die Alte nach dem Namen der Menschen fragen, die er suchte? Ihr misstrauischer Blick hielt ihn davon ab. Er fand das Haus, an dessen Türen die Nummern fehlten, so dass er gezwungen war, in fünf Eingängen sämtliche Namensschilder zu studieren.

Er drückte den Klingelknopf und wartete. Eine Frau und ein kleines Mädchen, die Frau mit langen Armen vom Tragen schwerer Einkaufstaschen, stellten sich neben ihn und warteten, dass er die Tür öffne. Es kam aber auf sein Klingeln keine Antwort, und die Frau stellte die Einkäufe ab und kramte in ihrer Manteltasche nach Schlüsseln. Wadim half ihr, die Taschen durch die Tür zu bugsieren, und hielt die schwere Tür für das Mädchen auf.

„Wohin wollen Sie denn?“, fragte die Frau.

In ihrem Gesicht stritten sich Misstrauen und Dankbarkeit. Fremde ließ man nicht ein, aber Höflichkeit war selten und erzeugte Dankbarkeit. Wadim nannte den Namen seiner Gastgeber. Die Frau wandte sich der Treppe zu.

„Warten Sie“, sagte Wadim, ging ihr nach und versuchte, ihr die schwerere Tasche aus der Hand zu nehmen. „Was ist? Weshalb laufen Sie weg? Ich will doch nur meine Freunde besuchen.“

„Freunde“, sagte die Frau, blieb stehen und musterte ihn. Das Mädchen versteckte sich hinter ihrem Rücken, steckte den Kopf hervor und sah Wadim neugierig an.

„Ihre Freunde wohnen nicht mehr hier.“

Sie zögerte einen Augenblick, überließ dann Wadim die schwere Tasche, griff mit der freien Hand nach der Hand des Mädchens und stieg schnell die Treppe hinauf. Wadim folgte ihr bis in die zweite Etage. Dort blieb sie stehen. Auf dem Treppenabsatz gab es zwei Wohnungstüren. Während die Frau das Mädchen losließ und eine der Türen aufschloss, sah Wadim auf die andere Wohnungstür. Sie war nur angelehnt und gewaltsam geöffnet worden. Das Holz an der Seite, an der das Türschloss gesessen hatte, war gesplittert.

„Kommen Sie, sagte die Frau, worauf warten Sie denn? Da kommt keiner mehr. Da ist keiner mehr.“

Sie betrat eilig ihre Wohnung, zog das Mädchen hinter sich her, Wadim griff die Taschen und folgte ihr. Sehr schnell schloss er die Tür von innen.

Der Flur, auf dem sie sich befanden, lag im Halbdunkel. Nur eine der Türen, die davon abgingen, war geöffnet – die Küchentür. Die Frau ging in die Küche, gefolgt von dem Mädchen und von Wadim.

„Setzen Sie sich, ich mach’ Tee“, sagte sie.

Wadim setzte sich an den Küchentisch, sah sich um, eine gewöhnliche Küche, aufgeräumt, mit ein paar Kleinigkeiten dekoriert, die nicht hässlich waren. Es roch nach Zitronen. Er beobachtete die Frau, die jetzt ruhig hantierte, mit selbstverständlichen Bewegungen Wasser aufsetzte, Warenje und Zucker auf den Tisch stellte, kleine Löffel auf die Untertassen legte. Erst jetzt nahm er sie wirklich wahr: eine große Frau, sicher so groß wie er selbst, in Jeans und schwarzem Pullover, schwere dunkle Haare, im Nacken zusammengebunden, vielleicht vierzig Jahre alt. Das Kind bekommen, bevor es endgültig zu spät gewesen wäre? Oder ist es gar nicht ihr eigenes?

„Haben Sie genug gesehen?", fragte die Frau. „Wir können gleich Tee trinken. Ich bring' nur noch die Kleine zu ihrer Mutter."

Sie verließ die Wohnung, und er hörte sie mit dem Kind sprechen, während sie im Hausflur die Treppe emporstieg. Sie hatte die Wohnungstür offen gelassen. Er stand auf und ging noch einmal auf den Flur hinaus. Oben klingelte die Frau heftig an einer Wohnungstür. Er überquerte den Flur, schob die aufgebrochene Tür zurück und betrat schnell die fremde Wohnung. Der Flur war mit Regalen vollgestellt, auf denen Gläser mit Obst und Gemüse standen, mehr als hundert, die Ernte des Jahres, Vorrat für einen langen Winter.

Er ging durch die Wohnung und besah deren Zustand mit geübten Augen. Hier waren mehrere Personen sehr schnell aufgebrochen Sie hatten nicht einmal Zeit gehabt, die Schränke zu schließen, aus denen sie Mäntel oder Jacken genommen hatten.

In der Küche war die Schublade des Küchentisches herausgerissen und der Inhalt auf den Boden geschüttet worden. Mit der Schublade des Schreibtisches im

Wohnzimmer war das Gleiche geschehen. Alle anderen Dinge lagen oder standen an ihrem Platz.

Schnell verließ er die Wohnung. Oben unterhielt sich die Frau jetzt mit einer Nachbarin. Ihm fiel auf, dass sie nun Ukrainisch sprach.

Als die Frau ohne das Mädchen in die Küche zurückkam, hatte er das kochende Wasser auf die Teeblätter gegossen und stand neben der Teekanne.

„Setzen Sie sich“, sagte die Frau. „Hier ist es üblich, dass die Hausfrau den Tee zubereitet.“

Sie saßen dann am Tisch, noch immer in der Küche. Durch das Fenster im Rücken der Frau sah Wadim auf die Rückseite des Nachbarhauses. Dort standen auf den Balkons Fahrräder, Tische, Stühle, zusammengeklappte Liegestühle und Töpfe mit Pflanzen, denen der Herbst zugesetzt hatte. Menschen waren nicht zu sehen. Sein Blick ging zurück auf die Frau ihm gegenüber. Die ganze Zeit hatte sie ihn schweigend und aufmerksam angesehen, und es dauerte auch jetzt noch eine Weile, bevor sie zu sprechen begann.

‚Das war eine Prüfung‘, dachte Wadim, ‚kann sein, ich hab’ sie bestanden.‘

„Ich weiß nicht, wer Ihre Freunde denunziert hat“, sagte sie. „Es war vielleicht auch gar nicht nötig, sie zu denunzieren. Sie haben so getan, als sei noch immer alles beim Alten. Es ist aber nun mal so, dass sich die Zeiten geändert haben, seit hier Krieg geführt wird. Besonders für Russen haben sie sich geändert. Aber Ihre Freunde hatten beschlossen, davon keine Notiz zu nehmen.“

„Aber Sie sind auch Russin“, sagte Wadim, „Sie haben vorhin Russisch gesprochen und jetzt wieder.“

„Ich spreche beide Sprachen“, sagte die Frau, „und in meinem Pass steht, dass ich Ukrainerin bin. Was in meinem Herzen geschrieben steht, das ist dem Passamt bisher verborgen geblieben. Ihre Freunde verstanden nicht, den Mund zu halten, wenn es darauf ankam."

„Sagen Sie mir, was geschehen ist."

„Das ist entweder eine sehr lange Geschichte, oder es ist ganz einfach. Nehmen Sie noch Tee?"

„Gern", sagte Wadim, „er ist sehr gut."

Zum ersten Mal lächelte die Frau, während sie einen schnellen Blick auf Wadim warf und die Teekanne zurück auf den Tisch stellte.

„Wenn sie nicht zu lang ist ..."

„Also: Ihre Freunde haben einen Sohn – und ich auch. Unsere Kinder sind befreundet, seit sie zusammen in den Kindergarten gegangen sind. Oleg und Mischa, Mischa ist meiner. Sie haben vor einem halben Jahr den Gestellungsbefehl bekommen, nach Osten, verstehen Sie? Sie mussten in den Krieg ziehen, da war nichts zu machen. Sie wurden nicht ausgebildet, bekamen unzureichende Kleidung und zu wenig zu essen. Das wissen wir, weil sie am Anfang noch Nachrichten geschickt haben. Nachrichten gibt es schon seit zwei Monaten nicht mehr. Wir haben ein paar Versammlungen abgehalten, die Mütter der Soldaten, bevor wir mit den Demonstrationen angefangen haben. Gegen die Versammlungen ist man nicht eingeschritten. Aber als wir plötzlich auf der Straße zu sehen waren, ein paar hundert, naja, vielleicht auch nur ein paar mehr als hundert Mütter, die schreien, dass sie ihre Söhne wiederhaben wollen – das hört keine Regierung gern. Die Menschen könnten anfangen zu zweifeln, dass sie von den Richtigen regiert werden. Da musste man eingreifen."

„Aber Sie? Ihre Wohnung wurde nicht demoliert."

„Die Nachbarn haben Nachricht bekommen. Oleg ist tot. Er war zwanzig. Ihre Freunde haben Zettel hergestellt, auf denen der Regierung Soldatenmord vorgeworfen wurde. Sie haben die Zettel auf dem Kreschtschatik verteilt, bis zum Maidan sind sie gar nicht mehr gekommen. Man hat sie verprügelt, Schläger vom Rechten Sektor, man hat sie im Krankenwagen abtransportiert. Das war vor zehn Tagen. Vor zwei Tagen kam die Miliz. Die haben die Tür eingetreten, sind aber bald wieder gegangen."

Die Frau machte eine Pause, dann sagte sie: „Es kann sein, dass man nach Ihnen gesucht hat."

Er hatte selbst schon daran gedacht, aber jetzt, so plötzlich mit der Frage konfrontiert, das offene Gesicht der Frau vor sich, wusste er keine Antwort.

Die Frau stand auf und räumte das Teegeschirr beiseite. Sie verließ einen Augenblick die Küche. Als sie zurückkam, brachte sie Zigaretten und ein Feuerzeug. Wadim schüttelte den Kopf. Die Frau nahm einen Aschenbecher aus dem Regal über dem Küchentisch und setzte sich wieder. Sie zündete sich eine Zigarette an und musterte Wadim eine Weile schweigend, so lange, bis er aufstand.

„Bleiben Sie ruhig sitzen", sagte die Frau. „Sie können mich Irina nennen. Wenn Sie Ihre Sprache wiedergefunden haben, werden Sie mir sicher auch Ihren Namen mitteilen. Ich nehme an, Sie sind der Besuch, der da drüben erwartet wurde. Niemand weiß, dass Sie gekommen sind, wenn die beiden nicht darüber sprechen. Wenn sie noch sprechen können."

Sie machte eine Pause. Wadim dachte an die durchsuchten Schubladen in der Nachbarwohnung.

„Sie können hierbleiben", sagte sie. „Mischas Zimmer ist leer. Ich nehme an, dass Sie Gepäck haben. Holen Sie es her. Sie sind mein Cousin aus Jaroslawl. Den gibt es wirklich. Das wissen die Leute hier im Haus. Die sind außerdem nicht neugierig, jeder ist mit seinen eigenen Problemen beschäftigt. Die meisten sind alt, man muss sehen, wie man überlebt."

„Weshalb tun Sie das?"

Wadim sah sie an. Er wartete auf eine Erklärung. Das Gesicht der Frau blieb verschlossen. Er fand sie schön, wie sie da saß, selbstbewusst, entspannt, ohne Angst, eine Frau, die wusste, was sie wollte und wie sie es erreichte. Sie machte die erst halb gerauchte Zigarette aus und lächelte.

„Ich hab' Ihnen doch gesagt, Mischas Zimmer ist leer. Über die Miete werden wir uns einigen. Sie bekommen einen Schlüssel für die Wohnung. Ich arbeite tagsüber. Heute ist mein freier Tag. Holen Sie Ihr Gepäck. Ich würde mich freuen, wenn Sie mich heute Abend ins Theater begleiten. Die zweite Karte war für Ihre Freundin von nebenan. Mögen Sie Tschechow?"

„Die Menschen fliegen nicht zum Mond. Sie gehen ins Büro, streiten mit ihrer Frau und essen Suppe", sagte Wadim.

Er sprach langsam, so als dächte er beim Sprechen über den Sinn der Worte nach oder als hörte er sie zum ersten Mal. Er wusste nicht, weshalb ihm gerade diese Tschechow-Worte eingefallen waren. Er verstand nur, dass sie richtig waren.

„Richtig", sagte die Frau. „Tschechow will man nun von den Spielplänen streichen. Er war Russe. Wir sollten die Chance nutzen, uns *Onkel Wanja* anzusehen, bevor er für ein paar Jahre in der Versenkung verschwindet. Sie haben mir nicht gesagt, weshalb Sie nach Kiew gekommen sind, und ich will es nicht wissen. Jedenfalls im Augenblick nicht. Holen Sie Ihr Gepäck."

Wenige Minuten später fand Wadim sich auf dem Weg vor dem Haus wieder. Er ging ein paar Schritte in

Richtung der Metro-Station, dann blieb er stehen und sah sich noch einmal um. Er sah auf das Haus, in dem Irina wohnte: gelbe Klinker, vier Stockwerke, Mosaiken an den Wänden, die an manchen Stellen abgefallen waren, einfache Gardinen vor den Fenstern und hinter dem Haus Bäume, deren Blätter durch die Luft segelten, obwohl kein Wind wehte, auf der Rückseite schmale, verglaste Balkons: auf einem davon der Schatten einer Frau, die ihm nachsah und stehenblieb, auch als er sie entdeckt hatte.

Wadim wandte sich ab und setzte seinen Weg fort. Er würde Irinas Angebot annehmen. Er ging vorbei an sechs oder sieben dieser gelben Häuserblocks, die alle gleich aussahen, ein wenig heruntergekommen und still.

Beringer / Kiew

Weshalb man ihn im Holiday Inn einquartiert hatte, war Beringer unklar. Er war kein Freund amerikanischer Hotelketten und hätte es schöner gefunden, in einem der alten Hotels in der Innenstadt untergebracht zu sein. Er bezweifelte auch deshalb, weil er seinen Auftraggebern keine besonderen Fähigkeiten zutraute, den Sinn dieser Unterbringung, hatte aber beschlossen, keinen weiteren Gedanken daran zu verwenden. Er war sicher, dass man sich irgendwann bei ihm melden würde, und bis dahin würde er sich frei fühlen. Die Instruktionen, die Miss Bond ihm übergeben hatte, waren äußerst dürftig gewesen; im Grunde nichts weiter als eine Adresse und der Name, unter dem er Milena finden würde. Dazu ein Bündel Hundert-Euro-Scheine, die seine Ausgaben in den nächsten Wochen decken sollten. Gemessen an dem Geld, das er bisher für seinen Lebensunterhalt gebraucht hatte, schien man von ihm zu erwarten, ein Luxusleben zu führen.

In dem Stadtplan, der sich außerdem in der grauen Mappe befunden und den er nicht vernichtet hatte, war die Adresse angekreuzt gewesen. Er hatte es für möglich gehalten, dass sie ihn nicht empfangen würde, und genau das war eingetreten. Vielleicht war es falsch gewesen, sie so schnell aufzusuchen. Vielleicht wäre es richtiger gewesen, sich zuerst mit der Stadt, mit dem Leben hier vertraut zu machen. Er neigte doch eigentlich nicht zu impulsiven Handlungen, und er wunderte sich über sich selbst, während er das Treppenhaus des Apartment-Hotels verließ und beschloss, den Rückweg in sein Hotel zu Fuß anzutreten.

Von nun an würde er sich Zeit lassen, die Stadt kennenzulernen, Menschen treffen, die ihm die Stimmungslage in der Bevölkerung deutlich machen würden. Er fühlte sich frei, von niemandem gedrängt, und war vollkommen sicher, dass er irgendwann Milena treffen und verstehen würde, was in ihr vorgegangen war; was sie veranlasst hatte, eine Arbeit anzunehmen, die sie, wäre sie noch bei Verstand gewesen, für absolut lächerlich hätte halten müssen.

Es vergingen mehrere Tage, in denen Beringer in der Stadt herumwanderte. Die Hundert-Euro-Scheine waren kaum weniger geworden. Niemand hatte sich bei ihm gemeldet, und wenn er weniger erfahren gewesen wäre, dann hätte er annehmen können, er sei vergessen worden. Er lächelte, während er vor dem Spiegel seine Krawatte band.

Den Mann, mit dem er verabredet war, hatte er beim Frühstück im Hotel kennengelernt. Er sprach Deutsch, aber mit einem Akzent, den er nicht einordnen konnte. Obwohl der Frühstücksraum leer gewesen war, hatte sich der Mann an seinen Tisch gesetzt, nicht ohne sich zu verbeugen und seinen Namen zu sagen.

„Von Koesen, mit oe."

Die Verbeugung, auch das Äußere des Mannes waren tadellos gewesen. Während sie sich unterhielten, hatte sich herausgestellt, dass Herr von Koesen privat in Kiew war, aber gute Beziehungen zur diplomatischen Vertretung der Bundesregierung besaß. Dort hatte man ihm zwei Theaterkarten in die Hand gedrückt.

„Vermutlich, um mich loszuwerden", hatte von Koesen gesagt, „denn die Herren wirkten irgendwie verstört und hatten es ziemlich eilig, in den Hinterzimmern der Botschaft zu verschwinden. Ich weiß nicht, ob Ihnen aufgefallen ist, dass in der Stadt eine gewisse Unruhe herrscht, zusätzlich zu verschiedenen Hinweisen darauf, dass sich das Land im Osten im Krieg befindet.“

Beringer war nicht umhingekommen, seinem Gesprächspartner zuzustimmen.

„ Und trotzdem sind Sie nach Kiew gefahren?“, fragte er.

„Mein Lieber, ich bin nicht so schnell abzuschrecken, wenn ich ein Ziel habe. Unsere Familie hat andere Zeiten überstanden. Aber lassen wir das, Sie haben wohl nicht zufällig Lust, mich ins Theater zu begleiten?“

„Es ist langweilig allein“, sagte er, als er sah, dass Beringer zögerte. „Und außerdem werden uns die Taxifahrer zu zweit nicht so leicht übers Ohr hauen können.“

Beringer hatte zugestimmt, und sie waren im Frühstücksraum sitzen geblieben, bis die Ungeduld der jungen Mädchen, die sie bedienten, nicht mehr zu übersehen gewesen war. Er hatte erfahren, dass von Koesen damit beschäftigt war, im Auftrag seiner Familie durch die Ukraine zu reisen, um ein geeignetes Gut ausfindig zu machen, auf dem man sich niederlassen könnte.

„Nicht um Landwirtschaft zu betreiben, Gott bewahre. Aber seit dem Großvater meiner Frau versprochen worden ist, er könne Rittergutsbesitzer in der Ukraine werden, wenn der Krieg gewonnen sei, hat sich der Rittergut-Gedanke in ihrer Familie festgesetzt. Das war natürlich lange Zeit nur ein Traum, der von Generation zu Generation weitergegeben wurde. Aber nun glaubt man, dass die Verhältnisse sich ändern. Oder was meinen Sie?“

„Ich verstehe nichts von Politik“, hatte Beringer geantwortet.

Er war vollkommen überrascht gewesen von der Selbstverständlichkeit, mit der von Koesen seine Absichten vorgetragen hatte.

„Aber was wollen Sie mit einem Gut, wenn Sie an Landwirtschaft nicht interessiert sind?“, hatte er gefragt und war sich einfältig vorgekommen, weil ihm tatsächlich die Phantasie gefehlt hatte, sich das vorzustellen.

„Na, Sie sind gut. Schließlich gibt es Verwalter. Zu einem ordentlichen Gut gehören sie dazu. Und man kann jagen und fischen und Bienen züchten. Jagen, fischen, Obst anbauen, eine der Tanten meiner Frau liebt Kirschen. Sie wird vermutlich einen Kirschgarten anlegen. Meine Frau möchte gern auf dem Gut eine Privatschule gründen. Sie ist ein wenig verrückt, müssen Sie wissen. Aber andererseits, irgendwelche Kinder, die Erziehung nötig haben, werden sich bestimmt auftreiben lassen. Man kennt doch das Chaos, das die Kommunisten in den Köpfen hinterlassen haben.“

Das Telefon läutete, und die Rezeption informierte Beringer, dass im Foyer Herr von Koesen auf ihn warte. Er verließ sein Zimmer, nicht ohne noch einmal einen Blick in den Spiegel geworfen zu haben, war zufrieden mit dem, was er sah, und musste sich eingestehen, als er von Koesen traf, dass der ihm an Eleganz unbedingt überlegen war.

Man kann in Sachen Kleidung einfach nur ein paar Differenzierungen einhalten, und trotzdem immer einigermaßen richtig gekleidet sein. Man kann aber auch für viele verschiedene Gelegenheiten immer unterschiedlich und dennoch genau richtig angezogen sein. Die Qualität der Stoffe, der Schnitt von Anzug, Hose oder Sakko, die Farben, die man bevorzugte, das Zubehör, Schuhe, Socken, Schals und Tücher, Duft und Schmuck, dezent, sehr dezent, aber manchmal eben einfach notwendig, all das, die ganze Kunst des Darstellens, des Sich-Ausstellens, ohne unangenehm aufzufallen, beherrschte von Koesen offenbar perfekt.

Beringer dachte, während er von Koesen in einem der breiten Sessel im Foyer gegenübersaß und auf das Taxi wartete, dass er bisher nur selten Gelegenheit gehabt hatte, Männer wie von Koesen kennenzulernen. Die, mit denen er sich gewöhnlich beschäftigt hatte, waren von anderem Kaliber gewesen. Auch deshalb interessierte ihn sein neuer Bekannter, nicht nur, weil völlig klar war, dass der Mann sich ihm aufgedrängt hatte. Weshalb, das war die Frage, die ihn zu interessieren begann.

Auf der Fahrt durch die Stadt hörte Beringer von Koesen zu, der beschlossen hatte, ihm seine Eindrücke von Kiew mitzuteilen.

„Also, was ich bisher gesehen habe: Grässliche, gewöhnliche Großstadt, Reklame, Wahlreklame, sehen Sie sich die Transparente über den Straßen an, grässlich, alle Modefirmen aus dem Westen sind vertreten, dicke Autos, wohin man sieht. Ich glaube nicht, dass das meiner Frau gefallen wird. Obwohl ich diese teuren Schuhe gesehen habe, Louboutin, die sie bevorzugt. Ich kann mir nicht vorstellen, welche Dame sich hier Schuhe kaufen kann, die bei tausend Euro anfangen, umgerechnet ... naja, egal, meine Frau stößt so etwas ab, da bin ich sicher, obwohl sie diese Dinger natürlich kauft, aber doch nicht hier. Das ist nicht russisch, wird sie sagen. Sie müssen wissen, dass sie Russland und die Ukraine manchmal noch durcheinanderbringt. Die Gute. Sehen Sie die da?“

Er wies auf eine Wagenburg von schwarzen Luxuskarossen und einen Haufen rauchender Jünglinge, die daneben standen. Da ihr Taxi gerade an einer Ampel hielt, hatten sie ausreichend Gelegenheit, die blassen Gesichter der jungen Männer zu betrachten.

„Anscheinend wird hier Tag und Nacht gearbeitet. Ob das etwas nützt?“

Beringer blieb die Antwort schuldig. Auch ihm waren während der Fahrt durch die Stadt die Versammlungen von Autos und Jünglingen aufgefallen, aber sie interessierten ihn nicht sonderlich. Von Koesen fuhr fort, die „romantischen Sperenzchen“ seiner Frau zu beschreiben, die von Sommerabenden auf Terrassen und bärtigen Bediensteten schwärme.

Der Taxifahrer setzte sie vor dem Molodiy-Theater ab; einem einfachen, dreistöckigen Stadthaus, das er, wäre er allein gewesen, übersehen hätte. Sie betraten den Hausflur und gingen über eine Marmortreppe in den zweiten Stock. Ein kahler Raum mit knarrenden Holzdielen, im Hintergrund ein improvisiert wirkendes Büffet mit Wurstbroten und verschiedenen Schnaps- und Wodkaflaschen, empfing sie. Während sie jeder einen doppelten Wodka tranken, betrachteten sie schweigend das Publikum, von Koesen mit einem Blick, dem man ansah, was er seiner Frau berichten und was er weglassen würde; Beringer überrascht, weil er sich an seinen Theaterbesuch in Wiesbaden erinnerte, an das aufgetakelte Publikum und an die dummen Bemerkungen über das Stück, die er dort gehört hatte. Tschechow war gespielt worden, *Drei Schwestern*, und nun wieder Tschechow: *Onkel Wanja*.

Von Koesens diplomatische Beziehungen hatten ihnen gute Plätze in der dritten Reihe beschert, zwischen zwei Frauen in Strickjacken, denen warm war und die sich mit dem Programm, einem einfachen Blatt Papier, Kühlung zufächelten.

Die Inszenierung war so realistisch, dass man meinte, Hühner gackern zu hören, obwohl die, die malerisch auf der Bühne herumstanden, eindeutig aus Pappmaché gemacht waren. Der Samowar summte allerdings wirklich, gestickte Tücher hingen über Sessellehnen und Holzbalken, Bauernstuben andeutend, gaben den Schauspielern den Rahmen, natürlich zu spielen.

„Das ist einfach schön", flüsterte von Koesen in der Pause. „So soll es auf dem Land sein, genau so wird meine Frau es lieben. Sehen Sie sich das Publikum an. Sehen so Menschen aus, deren Land gerade Krieg führt?"

„So war es, vielleicht, vor hundert Jahren", sagte Beringer, dachte an die hässliche Großstadt, die von Koesen im Taxi beschrieben hatte und bezahlte die beiden doppelten Wodka, derentwegen sie sich in die Schlange am Büffet eingereiht hatten. Er wandte sich seinem Begleiter zu, die Plastikbecher, in denen der Wodka serviert wurde, in der Hand, schwieg und blieb wie erstarrt stehen.

„Was ist los mit Ihnen?", fragte von Koesen.

Beringer sah auf die Becher in seinen Händen, hielt sie stumm von Koesen entgegen, starrte auf das essende und trinkende und diskutierende Publikum. Er sah blass aus. Von Koesen hatte ihm einen Becher abgenommen. Beringer bewegte sich nicht.

„Ein Gespenst?", fragte von Koesen.

„Ja", sagte Beringer. „Ich hab eben einen Toten gesehen."

Es war nur ein Augenblick gewesen. Wenn er daran zurückdachte, kam es ihm so vor, als sei es plötzlich still im Raum geworden, für wenige Sekunden absolut still; eine Stille, die ihn gezwungen hatte, sich nicht zu bewegen, so schien es ihm jedenfalls hinterher. Denn was wäre naheliegender gewesen, als sich zwischen den um sie herumstehenden Menschen hindurch einen Weg zu bahnen und sich davon zu überzeugen, dass dort drüben neben der Tür zum Zuschauerraum weder ein Toter noch ein Doppelgänger gestanden hatte, sondern Wadim; sein Freund Wadim, der tot war, der sich in Wiesbaden aus dem Fenster gestürzt hatte, dessen Körper er gesehen hatte; Wadim, an der Seite einer Frau mit dunklen, aufgetürmten Haaren, groß und mit breiten Schultern, einer Frau, die nicht Vera war, denn Vera war klein und zierlich, und er hätte sie genauso wiedererkannt, wie er Wadim erkannt hatte.

Dann setzten die Geräusche des schwatzenden Publikums wieder ein, und durch das Summen und Lachen hindurch hörte er die Stimme von Koesens.

„Ein Gespenst, na, na, mein Lieber. Trinken Sie erstmal Ihren Wodka, der wird Ihnen guttun."

Er hatte den Blick von Wadim und der Frau abgewandt, von Koesen einen Augenblick verständnislos angesehen und den Wodka auf einen Zug geleert.

„Darf ich es sehen?", hatte von Koesen gefragt, belustigt und ein wenig beunruhigt, wie es schien, und er, Beringer hatte sich umgewandt und in die Richtung geblickt, in der eben noch Wadim ... da war nichts, weder Wadim noch die Dunkelhaarige standen an der Tür, durch die nun das Publikum wieder in den Zuschauerraum strömte.

Sie gingen als Letzte zurück in den Saal. Er sah forschend auf die Rücken der Zuschauer, blieb noch einmal im Gang stehen. Der Raum war nicht besonders groß, gut zu übersehen, nur die hinteren Reihen schlechter beleuchtet, so dass er nicht erkennen konnte, wer dort saß oder ob Stühle leer geblieben waren.

Neben von Koesen, der hin und wieder „wunderbar" murmelte und ihn leicht berührte, wenn ihm eine Szene besonders gut gelungen schien, versuchte Beringer vergeblich, sich auf das Stück zu konzentrieren. Bruchstücke des Textes nahm er wahr ...

„... jetzt werden wir wieder leben wie früher, auf die alte Art. Morgens um acht den Tee, um ein Uhr Mittag, und am Abend setzen wir uns zum Abendbrot; alles in seiner Ordnung, wie bei anständigen Menschen ..."

Weshalb war er nicht gegangen, hatte die Menschen zur Seite gedrängt, war auf Wadim zugelaufen. Wadim? Doppelgänger? Es gab keine Doppelgänger! Weshalb war er stehen geblieben? Er konnte seinen Reaktionen nicht mehr trauen.

„... merkwürdig. Ich habe einen Mordanschlag verübt, aber ich werde weder verhaftet noch dem Gericht vorgeführt. Das heißt, man hält mich für verrückt ..."

War er verrückt geworden? Nein. Aber seine Reaktionen waren unzuverlässig. Weshalb hatte er in Wiesbaden nicht darauf bestanden, sich den Leichnam des Mannes, der sich aus dem Fenster gestürzt hatte, zeigen zu lassen? Schließlich war er wegen dieses Russen nach Wiesbaden geholt worden. Nichts wäre selbstverständlicher gewesen, als dass er ...

„... irgendwie ist es merkwürdig ... Wir waren miteinander bekannt, und auf einmal, aus irgendeinem Grunde ... werden wir uns nie wieder sehen. Das ist der Lauf der Welt ..."

‚Nein, verdammt', dachte Beringer. ‚So geht es nicht. Was ist schon der Lauf der Welt. Eingreifen muss man. Ich kann das nicht so einfach hinnehmen. Ich hab' ihn gesehen. Ich will wissen, ob ich mich geirrt habe.'

„... arbeiten ... arbeiten ..."

‚Ja', dachte Beringer, ‚wozu bin ich sonst hier? Wo kann ich ansetzen? Die Klein ...'

Die Menschen klatschten begeistert.

„Ist Ihnen das auch aufgefallen“, fragte von Koesen, während sie den Zuschauerraum verließen, „viele konnten den Text auswendig. Manche haben mitgelesen, aber viele kannten den Text tatsächlich auswendig. Man sah es an den Lippenbewegungen. Sie waren allerdings nicht besonders aufmerksam, hatte ich den Eindruck. Ziemlich weit weg sogar, noch immer bei dem Gespenst?“

Von Koesen lachte gutmütig, winkte ein Taxi heran, und während sie einstiegen, sagte er „‚arbeiten, arbeiten‘, was hat dieser Tschechow bloß immer mit dem Arbeiten? Man kann doch auch so sehr gut leben, finden Sie nicht?“

„Zwanzig Dollar! Hundertfünfzig Griwna!“ Und der Taxifahrer war endlich mit den hundert Griwna einverstanden, die Beringer dagegengehalten hatte.

„Hab’ ich doch gesagt, Sie kennen sich aus“, bemerkte von Koesen, „mit Ihnen werde ich die Stadt gemeinsam erobern.“

Er hatte die Regierungen der Länder, in denen er eingesetzt worden war, immer für eine Ansammlung von Schwachköpfen gehalten. Entweder sie hatten nicht gewusst, was in ihren Ländern los war, oder sie hatten mit ihm und seinen Leuten zusammengearbeitet – gegen die Interessen ihrer eigenen Bevölkerung. Frankreich, zum Beispiel ... wieso dachte er gerade an Frankreich? Weil er von Milena kam, natürlich. In Frankreich hatte er sie zum ersten Mal getroffen. Also die Franzosen, in Europa weit abgeschlagen, hinter den Deutschen zurückgeblieben, waren damals mit dem Versuch beschäftigt gewesen, zum Ausgleich ein Imperium rund um das Mittelmeer aufzubauen; unter französischer Führung, versteht sich. Alle Maßnahmen, die der damalige französische Regierungschef einleitete, ein kleines Männchen mit einem großen Napoleon-Komplex, waren nichts als Wasser auf die Mühlen der Drogenfabrikanten rund um das Mittelmeer. Überall im Süden wurde Heroin gekocht, wurden synthetische Drogen hergestellt, und die französische Regierung bereitete den Drogenhändlern mit ihrer Politik die Wege. Dabei war abzusehen gewesen, dass die Franzosen den Deutschen in Europa nichts entgegensetzen konnten, Mittelmeer-Imperium hin oder her.

Sein erster Einsatz in Europa war durch die französische Politik erleichtert worden. Es gab damals niemanden, der sich dafür interessierte, was die Amerikaner in Süd-Frankreich taten. Inzwischen hatten die Franzosen andere Probleme als ein Mittelmeer-Imperium. Der IS hatte sie im Visier, und ihr augenblicklicher Regierungschef, man nahm ihn ernst, obwohl er ein Hampelmann war, versuchte verzweifelt, militärische

Verbündete zu finden. Um die Bevölkerung für seine Politik zu gewinnen, schreckte er nicht davor zurück, tief in die historische Klamottenkiste zu greifen. „Karl Martell gegen die Araber"! Das war im Jahr 730 gewesen, und Bill hielt die Franzosen eigentlich für zu klug, um sich davon begeistern zu lassen. Mit Hilfe des Hampelmanns würde sich Europa in Kriege verwickeln, die aussichtslos zu gewinnen waren ähnlich wie das Theater in Afghanistan, und so würde den arroganten Europäern vielleicht endlich das Maul gestopft werden.

In Kiew war alles anders.

Die Ukrainer waren so sehr von den Amerikanern abhängig, dass er sich manchmal fragte, wozu er die Tarnung noch brauchte. Natürlich dachte er das nur, wenn er ihnen gegenübersaß und sie um Befugnisse bat, die ihm helfen sollten, sein Kinderheim zu vergrößern oder besser auszustatten oder zu renovieren. In Wirklichkeit wusste er, wozu sich seine Chefs diese Tarnung ausgedacht hatten. Sie hatten eine Reihe von Politikern gekauft, und ihm war klargeworden, dass es zwischen seinem Land und den Deutschen, die sich seit neunzehnhundertneunzig wie die geborenen Ukraine-Versteher aufspielten, unterschiedliche Interessen gab. Da hielt man sich besser bedeckt.

An dieser Stelle seiner Überlegungen angekommen, hatte Bill sein Ziel erreicht. Er parkte sein Auto auf der Straßenseite, die dem Eingang der US-Botschaft gegenüberlag, und stieg aus. Am Rand der Straße, menschenleer und absolut still, standen drei andere Autos, und während er die Straße überquerte, hörte er hinter sich weitere ankommen.

Vor ihm lag der Riesenkomplex des Botschaftsgeländes. Die Botschaft selbst, flach und elegant und gleichzeitig sehr solide, die darum herum angeordneten Wohnblocks, zwanzig Etagen, alles in Grau und Hellgelb, der Komplex eingefasst von einer Mauer aus grauem Granit und gelben, verputzten Mauerabschnitten, darauf die drei Meter hohen Eisengitter; da lag seine Heimat vor ihm, in absoluter Stille, aber hell beleuchtet. Die Fahne am Eingang hing schlaff herunter. Er blieb stehen und sah einen Augenblick hoch auf das Band mit der Leuchtschrift, das über dem Eingang Tag und Nacht lief. Darauf standen Bedingungen, die Passantragstellern mitgeteilt wurden und ohne deren Beachtung sie gar nicht erst den Versuch machen sollten, das Gebäude zu betreten. Wenn sie aber glaubten, alle Anforderungen erfüllt zu haben, und tatsächlich den Versuch unternahmen, die Botschaft zu betreten, dann waren „beim Betreten der Botschaft Handys abzugeben“.

Bill stand vor dem Eingang der Botschaft und war wie immer beeindruckt von der Ruhe, die der gesamte Komplex ausstrahlte. Er spürte Stolz auf sein Land, und er empfand die Hand, die ihm gleich darauf auf die Schulter schlug, als unwillkommene Störung.

‚So sieht Macht aus‘, hatte er gerade gedacht, ‚groß und still und zurückgezogen und jederzeit in der Lage, die richtigen Entscheidungen zu treffen und auch durchzusetzen. Es ist nicht nötig, dass wir uns in der Stadt zeigen. Wichtig ist nur, dass die Regierung das tut, was von ihr verlangt wird. Und dabei nicht übers Ziel hinausschießt.‘

Er wandte sich um. Der Mann, der hinter ihm herangekommen war, trug einen olivgrünen Parka und hatte seinen Kopf mit einem Tuch umwickelt, das mit Tarnfarben bedruckt war. Bill fand die Verkleidung lächerlich. Er erkannte ihn sofort.

„He“, sagte er, „geht’s gut?“

Der da war Maxim Maximowitsch, Anführer des Bataillons Donbass, seit ein paar Tagen zurück aus Washington, wo er für seine Truppe aus Neo-Faschisten bei Exil-Ukrainern und aufrechten US-Republikanern Geld gesammelt hatte. Außerdem hatte er versucht, für seine „Soldaten" das Recht zu bekommen, sich in West Point schulen zu lassen. Das musste man sich vorstellen: durchgeknallte Analphabeten bei den Eliten in West Point. Wenn dieser größenwahnsinnige Maximowitsch mit seinem Haufen nicht eine besondere Rolle bei der Aktion auf dem Maidan gespielt hätte, wäre er in Washington vermutlich nicht einmal empfangen, geschweige denn, angehört worden. Inzwischen war aber bekannt, dass der US-Botschafter in Kiew während der Schießerei auf dem Maidan jede Stunde mit Maximowitsch telefoniert hatte, was diesem Anführer undurchsichtiger Gestalten offenbar einen besonderen Status verlieh.

Bill sah noch einmal über die Straße. Eben war ein weiteres Auto angekommen. Der Mann, der darin gesessen hatte, kam auf ihn zu.

‚Wieso der?', dachte Bill. ‚Wenn sie den auch eingeladen haben, hat die Sache größere Ausmaße, als ich dachte.'

Der Angekommene, der vor Bill stehen blieb, um ihm die Hand zu schütteln und dabei Maxim übersah, war Oleg, der Regierung verantwortlich für die Zwangsrekrutierung der Wehrpflichtigen. Seine Truppe hatte gerade eine kleine Meuterei angezettelt. Die Rekruten hatten wochenlang in ihren Zivilkleidern durch den Dreck robben müssen, weil es keine Uniformen, keine Stiefel, keinerlei Ausrüstung für sie gab. Man wusste inzwischen allerdings, dass Oleg, zusammen mit ein paar Männern aus der Versorgungseinheit, in Polen gewesen war, wo sie mit der Ausrüstung, die die Rekruten hätten bekommen sollen, Geschäfte gemacht hatten. Dass Oleg nicht aus der Armee geflogen war, hatte einen besonderen Grund. Er hatte auf dem Maidan seine Rolle gehabt und war Geheimnisträger. Nur deshalb nahm er sich besondere Frechheiten heraus.

‚Theater', dachte Bill, der bemerkt hatte, dass Maxim und Oleg sich nicht beachteten, ‚sie neiden sich die Nähe zu den Fleischtöpfen.'

Er wandte sich ab und steuerte auf die Tür zu. An der Seite von Bill betraten auch die beiden Männer die Botschaft. Oleg warf einen bösen Blick auf Bill, der stehen geblieben war, und wartete, bis Maxim sein Handy abgegeben hatte.

„Hinten links", rief der Wachhabende Bill zu, während er das Handy von Oleg in einen bereitstehenden Karton warf. Es lagen schon drei Telefone dort, drei Autos vor der Tür, drei Handys im Karton, nun fünf.

Der Raum, den Bill, gefolgt von den Anführern der Freiwilligen und der Wehrpflichtigen, betrat, war ein Schulungsraum. An der Stirnwand befand sich eine große Tafel, daneben zwei Kartenständer ohne Karten, davor ein Pult, auf dem ein Zeigestock lag. Im Raum vier Stuhlreihen, ordentlich aufgestellt, in der Mitte ein Gang, je drei Stühle rechts und links davon. An der Rückwand eine US-Flagge und ein Porträt von Obama.

Auf den Stühlen saßen fünf Männer, drei davon ebenfalls Truppenanführer. Da saßen: Kostja, Ober-Kommandeur aller Freiwilligenverbände, ein wichtiger Mann, weil eine Reihe von US-Söldnern, die noch vor nicht allzu langer Zeit dem Blackwater-Verband angehört hatten, jetzt in den Freiwilligen-Verbänden Dienst taten. Sie waren die Männer, die Bill unmittelbar unterstanden. Offiziell war die private Sicherheitsfirma inzwischen aufgelöst worden. Zu viel Mord, zu viel Folter, zu viele Plünderungen, zu selbstherrlich geworden. Aber niemand wollte wirklich auf die Fähigkeiten der Burschen verzichten. Deshalb gab es, nach eingehenden Beratungen mit dem Außen- und dem Kriegsministerium, Blackwater nicht mehr. Die Männer allerdings gab es noch, und man schickte sie weiter überall hin, wo sie gebraucht wurden. Ihr Anführer Kurt saß neben Kostja. Seine Leute arbeiteten getarnt, in kleinen, mobilen Gruppen innerhalb der regulären Streitkräfte der ukrainischen Armee. Bill hielt diese Männer für die einzig wirksame Truppe im Kampf gegen die Aufständischen im Osten, aber er hütete sich, den Ukrainern seine Meinung mitzuteilen. Eine bessere Tarnung als die Armee und die Freiwilligen-Verbände würde er für seine Männer nicht finden.

Bill lächelte und ging auf Kurt zu, der aufstand und ihn begrüßte, indem er die Hand an eine nicht vorhandene Mütze legte.

‚Möchte wissen, weshalb der Kerl Kurt heißt', dachte er, wie immer, wenn er den Anführer seiner Truppe traf.

Er schüttelte Kurt die Hand und setzte sich neben ihn. An seiner rechten Seite, nur durch den Gang von ihm getrennt, saß Pjotr. Er gehörte zum Geisterbataillon, einer kommunistischen Volkswehreinheit aus dem Osten der Ukraine, die eng mit Russland kooperierte. Pjotr hatte den gefährlichsten Job von allen. Er war Kämpfer im Geisterbataillon und gleichzeitig Spitzel für die US-Amerikaner. Bill nickte ihm zu. Erst dann sah er sich um.

‚Da fehlt noch einer', dachte er, als die Tür aufging und ein älterer, mit Glatze und Kosakensträhne dekorierter Mann den Raum betrat; Hose in Tarnfarben, weiche Lederstiefel, olivgrünes Hemd, Fellweste. Die Kosaken gehörten meist zu den Truppen des Rechten Sektors, die als Privatarmee eines Stahl-Oligarchen angetreten waren. Es gab einen verdeckten Machtkampf zwischen dem Schokoladen-Oligarchen, der zurzeit an der Macht war, und diesem Stahlfritzen.

Noch einmal ging die Tür auf. Auf der Schwelle blieb der Mann stehen, auf den Bill gewartet hatte; ein beinahe zwei Meter großer Kerl mit kleinem Kopf und Milchgesicht, bekleidet mit der üblichen braun-grünen Tarnuniform, die Hosen in die Stiefel gesteckt und um den Leib einen Ledergürtel mit Patronen geschnallt. Das war Nikolai, Ober-Kommandeur des Donbass-Bataillons. Das Milchgesicht täuschte. Beim Anblick von Nikolai empfand Bill Unbehagen, obwohl er auch unter seinen Blackwater-Leuten Männer kennengelernt hatte, die vor nichts zurückschreckten.

Nikolai hatte den Raum betreten, ohne die Tür hinter sich zu schließen. Er suchte sich einen Platz abseits von den anderen, und nur wenige Sekunden nach ihm erschien in der offenen Tür der Mann, der sie zusammengerufen hatte. Er schloss sorgfältig die Tür hinter sich, ging mit leichten Schritten an den vorn stehenden Tisch, musterte die Männer, die aufgestanden waren, und lächelte; traurig, wie es schien.

„Bitte, setzen Sie sich", sagte er leise. „Wer von Ihnen dafür verantwortlich ist, dass dieser verdammte Reisebus mit Kalaschnikows von der Straße geholt wurde, wobei, wie man hört, zwanzig oder dreißig Zivilisten getötet worden sind, will ich nicht wissen. Ich will wissen, was die einzelnen Verbände zu tun gedenken, um den Verdacht auf die andere Seite zu lenken. Eine besondere Verantwortung kommt dabei selbstverständlich unseren amerikanischen Freunden zu, deshalb werden wir uns – er sah Bill an – im Anschluss an diese Beratung mit Ihnen zusammensetzen, um geeignete Maßnahmen zu besprechen. Vorläufig aber befassen wir uns ...“

Bill hörte der sanften Stimme nicht mehr zu. Immer in politisch brisanten Situationen ließ dieser ukrainische Oberkommandierungskasper die Anführer der verschiedenen Verbände zusammenkommen, um ihnen den Ernst der Lage klarzumachen. Er versprach sich davon ein diszipliniertes Verhalten der zusammengewürfelten Haufen. Für Bill zählten nur Taten. Er nahm den Mann nicht ernst. Er wusste, dass die Amerikaner darauf bestanden hatten, solche Treffen in der Botschaft zu veranstalten, weil sie den Hanswurst unter Kontrolle halten wollten. Er wurde wütend, während der Mann da vorn sprach. Natürlich, das konnten diese Theater-Kosaken: Harmlose Zivilisten-Busse von der Straße holen und hinterher um Hilfe rufen bei der Vertuschung ihrer Unfähigkeit. Natürlich würden sie ihnen behilflich sein, aber er hatte, verdammt nochmal, keine Lust, seine Männer mit solchem Kleinkram zu beschäftigen.

Er sah hinüber zu Kurt, und ihre Augen begegneten sich. Er wusste, was Kurt dachte. Der Mann war ein Kämpfer. Diplomatie war etwas, das ihn nicht interessierte. Er sah, dass Kurt sein Gesicht zu einem breiten Grinsen verzog, und das war so ansteckend, dass auch er selbst beinahe laut gelacht hätte.

Die Besprechung, nachdem die Kommandeure gegangen waren, verlief, wie es zu erwarten gewesen war. Der ukrainische Oberkommandierende erhob auch jetzt seine Stimme nicht, sie nahm nun aber einen klagenden Ton an. Er jammerte über die Unfähigkeit der Soldaten, die ihm unterstanden. Er sah die Gründe in immer noch vorherrschendem Kadavergehorsam, den er als „Geist der russischen Armee“ bezeichnete, der sich nicht so einfach austreiben ließe.

„Stumpfsinn und Korruption“, klagte er, wobei er vergaß, dass die Zeiten, in denen ukrainischeSoldaten russischen Kommandeuren unterstanden hatte, seit mindestens zwanzig Jahren vorüber waren. „Wie soll man Disziplin in so einen Haufen hineinprügeln, wenn die Prügelstrafe verboten ist? Ich bin Ihren Leuten zu großem Dank verpflichtet. Wir brauchen Sie.“

Bill hörte nicht auf den Sermon, den er kannte, seit er seinen Job übernommen hatte. Er hatte sich an das servile Verhalten dieses Mannes inzwischen gewöhnt, sympathischer war er ihm deshalb nicht geworden. Als der Ukrainer eine Pause machte und ihn erwartungsvoll ansah, nahm er sich zusammen und formulierte die Antwort, die er sich überlegt hatte, seit ihm klargeworden war, welche Bedeutung das Treffen in Wirklichkeit hatte.

„Was wir brauchen“, sagte er, „ist Ablenkung von dieser“, er zögerte einen Augenblick, „von dieser Dummheit, die internationale Aufmerksamkeit auf sich ziehen wird. Wodurch lenken wir am besten ab?“

Der Oberkommandierende sah Bill erwartungsvoll an. Er schaute dabei so dämlich aus wie Groucho Marx, wenn er sich dämlich stellte.

„Wir eröffnen einen neuen Schauplatz“, sagte Bill. „Wir brauchen eine Sache, die größer ist als das, was wir jetzt haben. Größer und besonders gut geeignet, sie den Russen in die Schuhe zu schieben. Ich glaube, ich hab’ eine Idee. Sie werden verstehen, dass ich sie zuerst mit ein paar von meinen Männern diskutieren möchte. Sobald wir einen genauen Plan haben, werden wir Sie informieren.“

Es war nicht zu übersehen, dass der Angesprochene enttäuscht war, aber es blieb ihm nichts anderes übrig, als sich zu fügen. Um sein Gesicht zu wahren, entließ er Bill, obwohl er vorgehabt hatte, mit ihm gemeinsam die Botschaft zu verlassen. Bill, der das Manöver durchschaute, grüßte förmlich und ging hinaus.

Der Wachhabende am Ausgang stellte den Karton beiseite, als Bill sein Handy an sich genommen hatte. Bill blieb stehen.

„Erwartet ihr noch jemanden?“, fragte er.

Der Wachmann schüttelte den Kopf und nahm den Karton wieder in die Hand.

„Nee“, sagte er, „das war's für heute. Morgen früh geht es weiter. Dann kommen die Bittsteller. Kann man sich gut vorstellen, dass die Leute hier wegwollen. Die Frage ist nur: Wer will sie haben?“

Bill grüßte und verließ das Botschaftsgebäude. Die Straße davor war ruhig und still. Bis auf eines waren alle Autos verschwunden. Es stand etwa vierzig Meter entfernt, halb verdeckt von einem Sandhaufen, der von Straßenarbeiten zurückgeblieben war. Er verharrte einen Augenblick und wartete. Drüben wurde die Autotür geöffnet, und Kurt bugsierte seinen langen Körper aus der Kiste. Bill lächelte, er wusste, dass er sich auf seine Leute verlassen konnte. Langsam ging er auf Kurt zu.

„Was wir unbedingt brauchen“, sagte er, als er vor dem langen Mann in der Tarnuniform stand, „das ist eine Ladung Spielzeug für den Kindergarten; Reichweite sechstausend Meter.“

Milena / Kiew

In der Stadt war eine gewisse Unruhe entstanden. Es waren mehr von den schwarz uniformierten Polizisten in den Straßen zu sehen. Ihre Uniformen erinnern an SS-Uniformen, aber mit weniger Lametta, und die Männer bewegen sich legerer. Man sah sie nie allein, immer mindestens zu dritt.

Die schwarzen Limousinen auf den Bürgersteigen und die Fahrer in den dunklen Anzügen waren weniger geworden. Das Tempo, mit dem sie ihre Autos durch die Stadt jagten, hatte sich erhöht. In der Stadt nahm die Volkstümelei zu. Ich sah Frauen und Mädchen in ukrainischen Trachten, die keine andere Aufgabe hatten, als herumzulaufen und Heimatgefühle zu verbreiten.

Im Püppi, so war auf meinen Vorschlag hin der Betrieb genannt worden, den der BND für mich eingerichtet hatte, fehlten plötzlich zwei meiner besten Mädchen. Da sie zwar von mir entdeckt, aber erst nach eingehender Überprüfung durch den BND von mir eingestellt werden konnten, war die Sache merkwürdig. Ich wusste, sie würden nicht ohne Grund fehlen.

Das wurde mir allerdings erst klar, als ich an einem Sonntag durch Kiew schlenderte. Im Püppi war davon die Rede gewesen, dass auf dem Maidan eine besondere Veranstaltung stattfinden sollte. Ich ärgerte mich darüber, dass mir diese Information nur indirekt durch ein Mädchen zuteil geworden war. Es war üblich, dass ich bei besonderen Vorkommnissen informiert wurde. Es war ein besonderes Vorkommnis, wenn zwei meiner Mädchen plötzlich später erscheinen, und niemand sagen kann, weshalb. Die beiden hatten sich darüber unterhalten, dass ihre Kunden auf dem Maidan zu tun hätten und erst spät kommen würden. Ich kannte die Kunden: Der eine war

Sänger, ein Kasache, mit einer prächtigen Opernstimme, der andere ein Offizier aus einem der Freiwilligen-Bataillone. Beide waren Kunden seit einem Jahr oder länger. Die Auseinandersetzungen auf dem Maidan hatten sie in unser Haus gespült, damals waren sie Freiheitskämpfer auf der Suche nach Entspannung. Ich hielt den Sänger für dumm und verliebt und den Offizier für verliebt und brutal, aber beide hatten sich bisher einwandfrei benommen und die Informationen, die wir durch sie bezogen hatten, waren nicht uninteressant.

Selbstverständlich ahnten sie nicht, wie geschickt unsere Mädchen darin sein konnten, aus ihren Redereien handfeste Tatsachen herauszufiltern. Es gehörte zu meiner Stellung, dass ich vor bedeutsamen politischen Ereignissen, vorauszusehenden Veränderungen des allgemeinen Klimas, informiert wurde. Eine Einrichtung wie die, der ich vorstand, (Einrichtung ist nicht ganz das richtige Wort, aber mir ist nicht wohl dabei, meiner Arbeitsstätte den Namen zu geben, der ihr angemessen wäre) kann nur effektiv arbeiten, wenn die Verantwortlichen wissen, wie das Umfeld beschaffen ist, in dem sie agieren. Die Verantwortliche, das war in diesem Fall ich, und ich hatte nur „Wahrnehmungen", aber keine Ahnung von dem, was wirklich im Gange war.

Es kam vor, dass der Maidan und der Kreschtschatik am Wochenende für den Autoverkehr gesperrt wurden. Man zelebrierte dann Volksfeststimmung und eine Einmütigkeit der Bevölkerung, die ich mir, wenn ich darüber nachdachte, beim besten Willen nicht vorstellen konnte. Immerhin lebten in Kiew dreizehn Prozent Russen, und ich ging davon aus, dass auch nicht unbedingt alle Ukrainer mit der Politik des Präsidenten im Osten einverstanden waren. Das Land war bankrott. Kriegführen war teuer. Es war deutlich sichtbar, wer die Kosten des Krie-

ges zu tragen hatte. Je stärker die Feierei mit Helden und Heimat und Trachten und Blumen und Gesängen ausfiel, desto sicherer war ich, dass die Widersprüche größer waren, als die Regierung sie sich wünschte.

Ich schlenderte über den Kreschtschatik in Richtung Maidan und sah unterwegs mehr Kosaken als sonst. Ich nenne diese Männer der Einfachheit halber Kosaken, welcher Herkunft sie wirklich sind, bleibt ihr Geheimnis. Ihre Vorbilder waren offenbar die Kosaken auf einem berühmten Gemälde von Repin. Ihr Aussehen demonstrierte Kampfbereitschaft. Tarnanzüge, Hosen in Halbstiefel gesteckt, kahl geschorene Köpfe und die darauf gezüchtete einzelne, lange Haarsträhne, Schnurrbärte, Kinnbärte, dekorative Schulterriemen und vor allen Dingen grimmige Gesichter bestimmten ihr Aussehen. Zum Bild des heldenhaft die Heimat verteidigenden Kosaken gehörte ein unfreundliches Gesicht (ganz im Gegensatz zu den Kosaken auf dem Bild von Repin). Tatsächlich sah ich niemanden, keinen Mann, keine Frau, der es gewagt hätte, einen Kosaken anzusprechen. Kosak spricht mit Kosak und mit niemandem sonst, war mein Eindruck.

Die Musik auf dem Maidan hörte ich schon aus der Ferne. Als ich näher herankam, sah ich, dass man eine Bühne aufgebaut hatte. Ein Chor blumenbekränzter, junger Frauen besang hingebungsvoll Helden und Heimat. Ich blieb stehen, sah ein paar Kosaken den Frauenchor umkreisen, wie Hütehunde die Schafherde, und blickte über den Platz. Zu den mit Korn- und Mohnblumen geschmückten Jungfrauen passte natürlich am besten Stroh. Tatsächlich war der Maidan mit mächtigen Strohballen ausgelegt, zwischen denen kleine Jungen mit Plastik-Kalaschnikows herumrannten und sich gegenseitig beschossen. Sie imitierten dabei die Haltung der Soldaten, die seit Wochen überall auf großen Stellwänden zu sehen waren, kämpfenden, schießenden Soldaten, die Heimat verteidigend. Ich war überrascht, wie genau diese kleinen Jungen die Haltung der Schützen nachahmten.

Auf den Strohballen saßen Mütter und Großmütter, auch ein paar ältere Männer, zivil gekleidet, und lauschten den Auftritten vorn auf der Bühne.

Der Chor wird still, und vorn ist gerade eine kleine Unruhe entstanden, aus der sich, umringt von einem Trupp Bodyguards, das Kaninchen hervorschält.

Ich bin überrascht. Der Mann gilt als schlechter Redner und ist bekannt dafür, die Menge zu meiden. Anscheinend ist ihm der Auftritt hier wichtig. Ich habe einen freien Blick auf ihn und auf das Mikrofon, vor dem er steht. Ihm fehlen wirklich nur die langen Ohren. Ein paar Mal hatte ich die Ehre und das Vergnügen, ihn im Püppi begrüßen zu können. Die Mädchen stöhnen, wenn sie ihn sehen. Er ist gemein und impotent, deshalb haben sie nicht unbedingt gern mit ihm zu tun. Ich bin gespannt, was er sagen wird. Obwohl ich es mir eigentlich denken kann.

Wer immer ihm seine Rede gebastelt hat, er weiß, was die Menschen hören möchten. Am Anfang gibt es ein paar Probleme mit dem Mikrofon, aber bald tönt seine helle Stimme über den Platz, und ich sehe in die Gesichter um mich herum. Es ist mehr als Aufmerksamkeit darin, auch stille Verzweiflung sehe ich und Skepsis und so etwas wie den Wunsch nach Beruhigung; ich versage mir das Wort Erlösung, denn das ist es nicht, was ich sehe; eher Angst und den Wunsch, diese Angst zu vergessen. Nur die Gesichter der jungen Soldaten, auch unter ihnen viele mit Kosakenglatze und einsamer Haarsträhne, bleiben starr und ohne Ausdruck. Sie sind sehr jung, und als Erstes hat man ihnen beigebracht, dass der Soldat jede Situation mit stoischem Gleichmut zu ertragen hat.

„Deine Familie ist die Truppe, und wer das vergisst, wird genug Zeit bekommen, im Bau darüber nachzudenken, was das heißt."

Ich staune über so viel Gehorsam. Ich staune auch über zwei Männer, die, während die Menge gespannt den Worten des Kaninchens lauscht, zwischen den Strohballen herumschlendern und sich aufmerksam umsehen. Ich kenne die beiden. Sie sind Zuhälter, die am Rand von Podol, in der Nähe des Bulgakow-Museums in der Andrejewski-Straße, eine Wohnung haben, die sie Kunden mit bestimmten Interessen zur Verfügung stellen; eine Wohnung mit Inhalt, versteht sich. Beim Anblick der beiden wird mir übel. Der Inhalt der Wohnung besteht aus Mädchen zwischen acht und zwölf. Vielleicht kann ich den Boxer davon überzeugen, die Wohnung schließen zu lassen.

„Ich weiß", sagt das Kaninchen ins Mikrofon, „wie es bei euch zuhause aussieht. Ich weiß, dass der letzte Winter nicht einfach war, aber ich kann euch versprechen, dass der nächste Winter leichter wird. Wir haben Freunde im Westen, die uns nicht im Stich lassen werden, wenn der Erpresser uns noch einmal droht. Wir haben Freunde, die unsere Heimat genauso lieben wie wir."

‚Damit könnte er recht haben', denke ich.

Die Rede ist langweilig. Sie besteht aus aneinandergereihten Phrasen, dazu ausgedacht, die verunsicherten Menschen zu beruhigen. Das üblicherweise farblose Gesicht des Redners ist rot vor Anstrengung, und ich sehe Schweiß von seinen Wangenknochen zum Kinn laufen. Auf dem Platz ist es sonnig und warm. Die Strohballen verbreiten den Geruch nach gemähten Kornfeldern, den Müttern und Großmüttern ist es gelungen, die schießwütigen kleinen Jungen während der Rede zu beruhigen. Die bekränzten Jungfrauen bilden einen Halbkreis um das Kaninchen und klatschen hin und wieder leicht in die Hände, irgendjemand, den ich nicht sehen kann, dirigiert sie. Niemand schließt sich dem Klatschen an, es bleibt still. Die Luft ist angefüllt mit Erwartung. Ich fühle mich unwohl. Die Zuhälter sind verschwunden. Ich blicke über den Platz. Irgendwo müssen sie doch zu sehen sein.

Das Kaninchen setzt zum Schluss seiner Rede an. Die Stimme, dünn und hoch, wird lauter. Zwischen mich und den Trupp Soldaten hat sich ein Mann gestellt, der eine Aktentasche unter dem Arm trägt. Ich sehe, dass er sie hervorzieht und öffnet. Er nimmt eine Tüte heraus, braunes Packpapier. Ich kann sehen, dass er die Handgranate entsichert, die er aus der Tüte genommen hat. Er hält sie an seiner linken Seite, in der Höhe seiner Hüfte, als er einige Schritte nach vorn geht und mit der rechten Hand ein paar Menschen ruhig zur Seite schiebt.

‚Er braucht einen freien Platz', denke ich, und ich sehe, wie er den linken Arm hebt und die Granate nach vorn wirft.

Ich sehe, dass er nicht auf das Kaninchen zielt.

Die Detonation ist sehr laut, und das Schreien und Rennen der Menschen auf dem Platz setzt sofort danach ein. Ich bleibe stehen, ich bin wie gelähmt, sehe, wie das Kaninchen von den Bodyguards ergriffen und blitzschnell vom Mikrofon, von seinem erhöhten Standplatz nach hinten, hinter die schreienden Jungfrauen gezogen wird und nicht mehr zu sehen ist. Die Schreie der blumenbekränzten Mädchen … wo sind die Blumen geblieben? Sie liegen auf der Bühne. Da liegen auch zwei Mädchen, zwei von denen, die eben noch leicht und lächelnd dem Kaninchen Beifall geklatscht hatten, dirigiert von einem unsichtbaren Dirigenten, der auch jetzt unsichtbar bleibt, während der Mädchenchor geflüchtet ist, sich schreiend in die schreiende Menge geflüchtet hat, und nur zwei von ihnen, hilflos mit den Armen rudernd die eine und bewegungslos die andere, bleiben auf den Brettern der Bühne liegen.

Ich sah nicht, wohin der Mann mit der Aktentasche verschwand. Er war jedenfalls nicht mehr zu sehen. Eine scharfe Stimme neben mir gab Kommandos, und ich sah den jungen Soldaten nach, die zur Bühne stürmten. Ich versuchte, mich vor den davonrennenden Menschen zu schützen, nicht unter die Füße der Menge zu geraten, konnte mich auf einen erhöhten Platz in der Nähe des Metro-Eingangs retten und blieb neben einem Zelt stehen, vor dem ein kleiner Platz eingezäunt war. Auf dem Platz hatte bis vor wenigen Minuten ein Ringer gestanden, der das Publikum damit unterhielt, sich aus Eisenketten zu befreien, die ihm sein Gehilfe angelegt hatte. Nun verschwand die Umzäunung des kleinen Platzes unter den Füßen der aufgescheuchten Menge, und ich wurde gezwungen, mich dicht an die Zeltwand zu drängen, um nicht mitgerissen zu werden. Menschen rannten an mir vorüber und versuchten, den Eingang der Metro zu erreichen. Kinder schrien, eine Frau mit einem Baby auf dem Arm rannte an mir vorüber. Das Baby trug einen Strampelanzug in Tarnfarben. Ich wandte mich um und sah auf der gegenüberliegenden Seite des Platzes Menschen die Straße hochlaufen, um im Hotel Ukraina Schutz zu suchen. Auch die beiden Zuhälter sah ich, die den Metro-Eingang erreichen wollten. Vorn auf der Straße ertönte das Geheul von Rettungswagen. Sie versuchten, eine Gasse durch die Strohballen zu finden. Es dauerte eine Weile, bis Soldaten dazu kommandiert wurden, die Ballen beiseite zu räumen. Von dem Mann, der die Handgranate geworfen hatte, sah ich nichts. Er war in der Menge untergetaucht.

Klein / Wiesbaden

Anna Maria Klein hatte immer um ihre Fähigkeiten gewusst. Trotzdem war sie überrascht, dass gerade sie von Wiesbaden nach Berlin geschickt werden sollte. Sie war eine gute Kriminalbeamtin. Erfahrungen mit der Arbeit von Geheimdiensten hatte sie nicht. Es war wohl die Rede davon gewesen, dass der BND in Berlin ein übergroßes Haus baue. Über die Gründe für die Berliner Palastanlage wurde in der Öffentlichkeit gerätselt und getuschelt, aber die einfache Wahrheit war, dass die Rolle, die Deutschland nach dem Fall der Mauer in der Welt zu spielen begann, räumlich mit Pullach und seinen Außenstellen nicht mehr zu bewältigen sein würde. Was kaum jemand wusste: In allen großen und mittelgroßen Städten unterhielt Pullach Außenstellen für die verschiedensten Aufgaben. Die sollten nun koordiniert werden. Weltpolitik sollte von nun an gemacht werden. Das war das Stichwort, obwohl es natürlich auch missgünstige Kollegen gegeben hatte, die andeuteten, dass der BND einfach Mühe hätte, das neue, große Haus mit Mitarbeitern zu füllen.

Bis dahin hatte sich die Klein eher in Vertretung von Z. oder sogar, als sich dessen Situation allmählich als unhaltbar erwies, an seiner Stelle gesehen. Deshalb war die Anforderung vom BND besonders unerwartet gekommen.

Inzwischen hatte sie eine berufliche Legende. Nach außen hin, für neue Freunde, Nachbarn und Bekannte, war sie Dr. Renate Kurz, Soziologin und beim Bundesinnenministerium mit der wissenschaftlichen Betreuung eines Projekts zur Integration muslimischer Männer beschäftigt. Sie war froh, dass ihr der Umzug nach Pullach bei München erspart geblieben war. Der Palast in Berlin würde bald fertig sein, so dass es sich nicht mehr gelohnt hatte, für sie eine Wohnung in München anzumieten.

Sie hatte an Schulungen teilgenommen, war über die politischen Hintergründe ihres neuen Arbeitsbereichs informiert worden, und dann, zuletzt, hatte sie so etwas wie einen praktischen Test absolviert. Es wurde ihr aufgetragen, Jean Beringer dafür zu gewinnen, in Kiew für den BND zu sondieren.

Sie hatte sich zugetraut, die Aufgabe zur Zufriedenheit ihrer neuen Dienststelle zu lösen. Während sie mit Beringer beschäftigt gewesen war und am Ende ja auch Erfolg gehabt hatte, war sie durchaus ein wenig stolz auf sich gewesen.

Was man ihr nicht gesagt hatte, was sie aber im Lauf ihrer Arbeit für den BND herausgefunden hätte, wenn sie die Chance gehabt hätte, lange genug dabeizubleiben, war die Existenz bestimmter Seilschaften dort, die sich von der überwiegend faschistischen Nachkriegsbesetzung bis in die sechziger Jahre über parteipolitische Interessen ergeben hatten, und dass es deshalb vorkam, je nachdem, welche Akteure gerade eingesetzt waren, dass unterschiedliche politische Linien verfolgt wurden. Uninformiert blieb sie auch in einer Angelegenheit, die ihr möglicherweise das Leben gerettet hätte, wäre sie besser informiert gewesen. Sie wusste nicht, und hätte es sicher erst im Laufe einiger Dienstjahre herausgefunden, dass das Verhältnis von BND und CIA frostiger geworden war, seit das wiedervereinigte Deutschland im Verdacht stand, ausgeprägte weltpolitische Ambitionen zu haben.

Im Augenblick aber saß sie zuhause in ihrer Küche und dachte darüber nach, ob sie ihre Rolle in der Angelegenheit Beringer wirklich so perfekt gespielt hatte, wie es ihr an dem Abend im Kleinen Spiel in Wiesbaden erschienen war.

„Es war zu einfach“, sagte sie halblaut vor sich hin.

Sie suchte nach einem Glas, um Wasser zu trinken. Die Küche war beinahe leer geräumt. Der endgültige Umzug nach Berlin stand bevor. Die Dinge, die sie mitnehmen würde, befanden sich im Flur und waren in Kartons verpackt.

Während sie über dem Spülbecken Wasser in ein Glas laufen ließ, dachte sie daran, wie ihr Sohn auf ihre Versetzung reagiert hatte; beinahe gleichgültig, anders war seine Reaktion beim besten Willen nicht zu bezeichnen gewesen. Bevor sie überhaupt daran gedacht hatte, sich nach einer Wohngelegenheit für ihn umzusehen, war er schon bei einem Freund untergekommen.

„ Der wohnt in einer WG, und da ist ein Zimmer frei. Groß genug und nicht teuer, meine paar Sachen passen da gut rein.“

Eigentlich hatte sie ihm beim Umzug nur noch zusehen müssen. Nun, vor dem Spiegel im Flur stehend, betrachtete sie sich und versuchte herauszufinden, ob sich der Mangel an Gefühl, an Sanftheit, an Zugewandtheit, den sie manchmal an sich festgestellt hatte, und jetzt auch an ihrem Sohn festgestellt zu haben meinte, sich irgendwie an ihrem Äußeren festmachen ließ.

Natürlich lauerte bei diesen Überlegungen der Abend im Hintergrund, den sie mit Beringer verbracht hatte. Er war kein Unbekannter für sie gewesen, auch wenn er sie vorher vermutlich nie wahrgenommen hatte. Seine Arbeit für Z., die Spezialaufträge, waren im Haus bekannt. Er hatte einen guten Ruf, auch wenn ihn der eine oder andere Kollege mit Misstrauen betrachtete. Bei manchen galt er als arrogant. Da war Neid im Spiel, aber auch Anerkennung. Sie hatte nie mit Beringer direkt zu tun gehabt, aber ihn beobachtet, wenn er im Haus gewesen war, und ihr hatte er gefallen. Der Auftrag, ihn für den BND und für Kiew zu gewinnen, war ihr sehr recht gewesen. Sie hatte ihn erfüllt, aber ihre persönlichen Erwartungen waren nicht erfüllt worden.

Immer noch der aufmerksame Blick in den Spiegel. Kein bisschen Weichheit im Gesicht, einfach zu knochig, der Körper.

‚Aber fit', dachte sie und lächelte sich nun doch zu. ‚Fit im Kopf, sie haben mich nicht umsonst ausgewählt.'

Sie war entscheidend daran beteiligt gewesen, der Polizei in Wiesbaden die lästige „Blood and Honour"-Affäre vom Hals zu halten. Weil dem Innenministerium daran gelegen gewesen war, zu vertuschen, dass es Polizisten gab, die sich in rechtsradikalen Kreisen bewegten, war es nötig geworden, einen allzu forschen Untersuchungsausschuss zu beruhigen. Es war niemandem damit gedient, Misstrauen zu säen, und allen damit, dass die Polizei unliebsame Dinge intern klärte. Einfach war es nicht gewesen, das den Damen und Herren des Untersuchungsausschusses klarzumachen. Aber es war ihr gelungen. Und nun die neue Aufgabe in Berlin.

Natürlich hatte man in Zeiten wie diesen die Ukraine-Abteilung beim BND erweitern müssen. Und die Informationen, die sie über ihren neuen Aufgabenbereich erhalten hatte, waren umfassender und offener gewesen, als sie erwartet hatte. Sie wusste nun, dass der Satz „Wer Kiew hat, kann Russland zwingen" seit 1917 Bestandteil der deutschen Außenpolitik war. Sie wusste um die gescheiterten Versuche 1917/18 und 1941, die Ukraine Deutschland einzuverleiben. Sie wusste, dass nach 1989, sozusagen im dritten Anlauf, natürlich eine ganz andere Politik mit den gleichen Zielen verfolgt wurde, und sie bewunderte, wie manch anderer ihrer neuen Kollegen, die Zähigkeit und das Geschick, mit dem die Außenpolitik dabei vorging. Sie ahnte allerdings mehr, als dass sie wusste, die Gegensätze zwischen der deutschen und der US-amerikanischen Politik in Bezug auf die Ukraine und Russland, die sich mit dem Machtzuwachs Deutschlands ergeben hatten.

Wenn sie genau darüber nachdachte, dann war sie stolz darauf, zu den Eingeweihten zu gehören. Auch wenn dieses Eingeweihtsein Aspekte hatte, denen sie manchmal lieber ausgewichen wäre. So hatte sie eine Weile gebraucht, um mit der Information fertig zu werden, dass die Deutschen 1941 das Bataillon Nachtigall aus ukrainischen Nationalisten zusammengestellt hatten, das dann mit dem deutschen Anführer Oberländer in Lemberg daran beteiligt war, die jüdische Bevölkerung umzubringen. In diesem Zusammenhang war auch der Massenmord an den Kiewer Juden und vielen anderen Menschen in Babi Yar erwähnt worden. Eine „Ereignismeldung UdSSR" vom 30.6.1941 hatte den Wortlaut gehabt „Von der Sicherheitspolizei wurden 7000 Juden zur Vergeltung für die unmenschlichen Greueltaten (der Sowjets) zusammengetrieben und erschossen".

„Ereignismeldungen" standen auch jetzt auf der Tagesordnung der Sitzungen ihrer neuen Abteilung, an denen sie bisher teilgenommen hatte, allerdings standen sie nun in einem demokratischen Kontext, und das war eben der Stolz, den sie empfand, wenn sie darüber nachdachte, dass sie, Anna Maria Klein, alias Dr. Renate Kurz nun zu denen gehörte, die die Demokratie im Osten verteidigten. Gemessen an dieser Aufgabe war das kleine, misslungene Techtelmechtel mit Beringer natürlich lächerlich und nicht wert, sich länger damit zu beschäftigen. Außerdem würde es zu ihren Aufgaben gehören, Beringers Einsatz in Kiew zu beobachten. Er war eine neue Quelle, deren Zuverlässigkeit sie zu prüfen hatte. Der Verdacht, diese Milena Prohäska/Eva Kovac arbeite nicht nur für den BND, sondern auch für die Russen, war bisher weder bestätigt noch entkräftet worden.

Milena Prohäska: Ihr Fall, der Mord an ihrem Liebhaber, war nicht nur durch die Presse gegangen, sondern damals in verschiedenen Polizei-Seminaren ausführlich diskutiert worden. Es hatte sie überrascht, dass eine Person wie diese Prohäska als geeignet angesehen worden war, für den BND zu arbeiten. Sie hatte nachgefragt und bei der Gelegenheit erfahren, dass es sehr unterschiedliche Kriterien gab, nach denen die Mitarbeiter des BND eingestellt wurden. Wichtig war, natürlich, deren berufliche Position. Hatten sie Zugang zu interessanten Informationen? Aber es gab auch andere Kriterien, die eher in der Persönlichkeit der Anzuwerbenden gesucht werden mussten. Und von der Persönlichkeit der Prohäska war im Zusammenhang mit ihrem Prozess kaum eine Facette verborgen geblieben. Die Frau war intelligent, ihre Vorliebe für zweifelhafte Milieus lag auf der Hand, die Chancen, in ihrem Beruf als Strafverteidigerin wieder Fuß zu fassen, waren eher gering gewesen. Im Grunde war sie am Ende ihrer bürgerlichen Existenz angekommen und damit sehr geeignet für ein Etablissement wie das Püppi in Kiew, das eine wichtige Aufgabe in der Ost-Aufklärung übernommen hatte.

„Je höher das Niveau solcher Einrichtungen, desto dichter dran an Regierungskreisen", hatte ein Kollege ihr erklärt, „und da braucht man schon eine Frau von Format."

Nun aber musste man diesem Beringer klarmachen, dass er im Auftrag des BND in Kiew war, dabei gern alle Freiheiten der Welt (auch wenn diese Welt nur die Welt von Kiew war) genießen könnte, dabei aber nicht aus den Augen zu verlieren hätte, dass er Ergebnisse zu bringen hatte. Sie würde bald Gelegenheit haben, Beringer wieder zu treffen, und damit verbunden war nun doch ein kleines Gefühl der Überlegenheit, das sie sich gestattete; noch immer vor dem Spiegel stehend, ihre schmale Gestalt betrachtend und ihrem prüfenden Blick standhaltend.

Die Haustürklingel riss sie aus ihren Überlegungen. Bevor sie den Möbelpackern die Tür öffnete, sah sie aus dem Fenster. Ein Stück entfernt, auf der gegenüberliegenden Straßenseite, hatte sie das kleine, blaue Auto geparkt. Sie würde vorausfahren. Sie freute sich auf Berlin, auf ihre neue Wohnung, auf die Arbeit, die sie erwartete. Sie wusste sich fähig, sie zur Zufriedenheit ihrer neuen Dienststelle zu erledigen. Und sie wusste, dass auch für sie selbst dabei die eine oder andere Befriedigung zu erwarten war.

Wadim / Kiew

Auf dem Weg zum Bahnhof hatte Wadim Bedenken gehabt, seinen Koffer wiederzubekommen. Ohne Gepäckschein, was war, wenn er den Alten nicht treffen würde? Der Alte war aber da. Er stand in der Tür seines Büros und musterte die Menschen, die an ihm vorüberliefen. Als er Wadim erkannte, lächelte er zufrieden.

„Ein Wodka, bevor Sie gehen?“

„Tut mir leid“, sagte Wadim, „ich hab’ nichts zu trinken dabei.“

„Kommt aus Moskau und hat nichts zu trinken dabei. Kommen Sie trotzdem rein. Irgendwo wird sich ein Fläschchen finden.“

Der Raum, ein Büro mit altmodischen Möbeln, einem Oberfenster und einer Liege an der hinteren Wand, war sauber, wirkte aber nicht so, als ob noch darin gearbeitet würde.

„Machen Sie die Tür hinter sich zu und setzen Sie sich.“

Der Alte versetzte Wadim in Staunen. Er war flink, lief mit kräftigen Schritten im Raum hin und her, obwohl er sicher achtzig war, vielleicht noch älter. Aber nichts Greisenhaftes war an ihm. Unmöglich konnte er sich oft hier aufhalten. Sein Gesicht war nicht blass, sondern braun, so, als bewegte er sich eher im Freien. Als er mit zwei Wassergläsern und einer Flasche auf Wadim zukam, grinste er. Offenbar freute er sich, Besuch zu haben.

„Mein Koffer ...“

„Ja, ja, dein Koffer, Söhnchen. Was denkst du, hab’ ich damit gemacht, he? Aufgebrochen? Unbesehen verkauft? Was denkst du?“

Wadim lächelte und schüttelte den Kopf. Der Alte stellte die Gläser auf den Schreibtisch und schenkte ein.

„Auf gute Geschäfte in unserer schönen Stadt. Wirst schon finden, was du suchst. Für Leute mit Geld gibt es hier alles. Die ohne Geld sind schlechter dran."

Wadim hob sein Glas und trank dem Alten zu. Hinten an der Wand, dicht neben der Liege, stand sein Koffer. Er sah unberührt aus.

„Und was willst du wirklich hier? Siehst nicht so aus wie einer von den Geschäftemachern. Schlechte Zeiten hier für Russen. Wärst, vielleicht, besser in Moskau geblieben. Stimmt es, dass sie da jetzt Bars haben, in denen nackte Frauen an Stangen tanzen?"

„Gibt es das hier nicht?"

Der Alte musterte Wadim eine Weile. Das Lachen war aus seinem Gesicht verschwunden.

‚Er versucht, mich einzuschätzen', dachte Wadim. Er möchte gern wissen, ob ich zu den Guten oder zu den Bösen gehöre. Was für Kriterien er wohl hat?'

„Trink aus, Söhnchen", sagte der Alte. „Dein Koffer steht da hinten. Ich werd' hinter dir abschließen. Mein Tag ist für heute beendet. Weißt du schon, wie lange du bleiben wirst?"

„Nein", sagte Wadim.

Er stand auf, um den Koffer zu holen. Von der schmalen Liege sah er zu dem Alten hinüber.

„Schlafen Sie auch hier?"

„Bist ganz schön neugierig, was geht's dich an, wo ich schlafe? Komm wieder vorbei, wenn du Lust hast. Wirst wohl kaum Zeit haben, was? Aber ich sag' dir: Der Wodka schmeckt besser, wenn man ihn nicht allein trinkt."

„Danke", sagte Wadim, „für den Wodka und für den Koffer."

Er ging an dem Alten vorbei, hob die Hand zum Gruß und verließ den Raum. Hinter ihm wurde die Tür abgeschlossen. Er konnte es hören, obwohl das Schloss gut geölt worden war.

An der Metro-Station in der Nähe der Wohnung von Irina gab es eine Auseinandersetzung. Er hörte das Geschrei schon im Innern der Station. Eine keifende Frauenstimme, Gerumpel, Gelächter ... als er näher kam, sah er zwei Burschen, die den Stand einer Alten umgestoßen hatten und in den Äpfeln herumtrampelten, die am Boden lagen. Ein paar Menschen standen in sicherer Entfernung und sahen zu.

„Was ist los?“, fragte er im Vorübergehen.

„Sie zahlt nicht“, murmelte einer, ohne sich umzudrehen.

„Sie kann nicht zahlen“, flüsterte ein anderer, „sie trägt das Geld ins Krankenhaus. Ihre Tochter, zu viel Wodka, sagt man, die Leber. Was soll sie machen, man kann doch das eigene Kind nicht verrecken lassen.“

„Nein“, sagte Wadim, „das kann man nicht. Und die da drüben?“

Er zeigte auf zwei Milizionäre, die aus sicherer Entfernung die Szene beobachteten.

„Wo? Ich sehe niemand“, flüsterte der Mann. Er sah zu den beiden Milizionären hinüber und verzog das Gesicht.

Wadim ging weiter, wütend, weil er an Stepan denken musste. Genauso wenig hätte Stepan eingegriffen und sich noch nicht einmal etwas dabei gedacht. Die Randalierer bezahlten ihn dafür, dass er sie in Ruhe ließ, das war das Selbstverständlichste auf der Welt. Und auch, als er Stepan gezwungen hatte, sein Verhalten zu ändern, war klar, dass Stepan aus Angst vor den Konsequenzen, die er ihm angedroht hatte, aber nicht aus Einsicht Korrumpierungsversuchen widerstand.

‚Ich muss Vera anrufen', dachte er. ‚Vielleicht kann ich Irinas Telefon benutzen.'

Milena / Kiew

Ich erinnere mich, dass ich nahe der Metro-Station Maidan stand, an die wacklige Wand eines Zeltes gepresst, und nicht wusste, was ich tun sollte. Ich erinnere mich, dass ich mich davor fürchtete, mit den anderen zusammen in den Metro-Schacht zu drängen. Ich höre noch immer das Kreischen und Rufen und die Befehle, die gebrüllt wurden, um die Soldaten in Bewegung zu setzen. Ich sah einen der Soldaten, bestimmt nicht älter als achtzehn, der versuchte, rückwärts zu gehen, was in der voranstürzenden Menge nicht möglich war, der stehen blieb, sich übergab, abgedrängt wurde. Ich verlor den Soldaten aus den Augen, eine alte Frau hielt zwei Jungen mit Gewehren an sich gepresst und warf, als der Druck unangenehm wurde, eine rote und eine gelbe Kalaschnikow auf die Erde. Sie begann, darauf herumzutreten, als für einen kleinen Augenblick eine Leere um sie und die Jungen entstanden war, die von vorüberrennenden Menschen gleich wieder besetzt wurde. Die alte Frau schrie und die Jungen brüllten und die Menge versuchte, den Metro-Schacht zu erreichen, und mir wurde bewusst, dass ich dort auf keinen Fall hin durfte. Ein besseres Ziel als diese drängende Masse von Menschen gab es nicht. Was, wenn es irgendjemandem einfiele, die Panik auf den Höhepunkt zu treiben?

Ich stand an die Zeltwand gepresst, als die plötzlich hinter mir nachgab. Ich fiel auf den Rücken; neben mir hatte der Ringer gestanden, nun lagen wir beide auf der Zeltwand und unter mir befanden sich, deutlich spürbar, die Eisenketten, die zu seiner Vorstellung gehört hatten. Mein Rücken tat weh. Ich durfte nicht liegen bleiben, wenn ich nicht überrannt werden wollte. Ich weiß nicht mehr, wie es mir gelang, der trampelnden Menge zu entkommen. Ich bin auf allen Vieren gekrochen, glaube ich, nur weg von dem Metro-Eingang, den Hang hinauf. Plötzlich war das Hotel Ukraina ein sicherer Ort.

Dabei wusste ich doch, welche Rolle das Hotel bei der Schießerei auf dem Maidan gespielt hatte. Weshalb sollte es ein sicherer Ort sein? Ich kroch einfach. Ich hab' nicht überlegt, ganz sicher nicht.

Irgendwann muss ich vom Boden aufgestanden sein. Meine Hände waren schwarz vor Dreck, die Hose an den Knien zerschlissen, meine Tasche hatte ich verloren, das wurde mir erst später bewusst.

Die Türen des Ukraina waren verschlossen, aber man ließ mich ein. Ich schleppte mich durch das Foyer und den endlosen Gang bis zu den Waschräumen. Erst als ich mich dort im Spiegel sah, es war niemand da außer mir, und mir plötzlich die Stille bewusst wurde, die mich umgab, begann ich zu weinen. Ich hab' mich auf den Marmorboden gesetzt und geheult. Ich heulte so, als müsste ich ausgerechnet jetzt nachholen, dass ich seit Jahren nicht mehr geheult hatte.

Irgendwann öffnete Natalja die Tür, warf einen Blick auf mich und verschwand. Sie kam zurück, brachte einen langen Mantel und half mir, vom Boden aufzustehen. Ich erkannte sie nicht gleich, aber dann war ich froh, sie zu sehen. Sie hatte mich erkannt, als ich, einer Irren nicht unähnlich, durch das Foyer gewankt war, während sie in ihrem Kiosk gestanden hatte. Sie brachte mich in eine der leeren Suiten, ließ ein Bad ein und verschwand wieder. In der Badewanne liegend, begann ich wieder zu weinen. Es war so, als hätte ich nur darauf gewartet, allein gelassen zu werden, um ein Heulkonzert zu veranstalten, das niemand, nicht einmal ich selbst, mir zugetraut hätte. Ich lag da und heulte und schrie, wand mich im Wasser und schrie, ohne auch nur einen Augenblick darüber nachzudenken, was mit mir geschah. Das war nicht ich, die da schrie. Das war eine, aber darüber konnte ich erst sehr viel später nachdenken, das war eine Frau, die ich gekannt hatte, die ich gewesen war, aber das war sehr lange her.

Irgendwann kam Natalja zurück. Sie hielt ein paar Sachen zum Anziehen über dem Arm, und ich lag da in der Wanne, stumm im kalten Wasser, und sah ihr entgegen. Und ich sah sie, merkwürdig genug, so, wie ich sie bisher noch nie gesehen hatte. Da stand nicht die Natalja, die sich für ihre Arbeit im Foyer herausgeputzt hatte, so dass sie, wie ich oft genug gedacht hatte, einer Schwarzwälder Kirschtorte ähnlich sah: Spitzen an den Bändern ihrer weißen Schürze, die eng über dem dunkelbraunen Satinkleid gebunden war, und eine rote Stoffrose am weißen Spitzenkragen. Jetzt stand eine Frau vor mir, deren Knöchel begannen, dick zu werden, weil sie ihre Arbeit im Foyer stehend zu verrichten hatte, zehn Stunden am Tag. Da stand eine, die versuchte, sich so hübsch auszustaffieren, wie es für die Arbeit im Hotel verlangt wurde. Da stand eine, die diesen Aufputz hasste und die lieber zuhause gewesen wäre, wenn ihre Kinder aus der Schule kamen. Da stand eine, der ich hin und wieder ein großes Trinkgeld gegeben hatte, weil mir gerade danach gewesen war, und die sich deshalb mein Gesicht gemerkt hatte und es für ihre Pflicht hielt, mir in meinem ramponierten Zustand behilflich zu sein, und die mich in Wirklichkeit verachtete, weil sie, wie alle in diesem Hotel Beschäftigten, wusste, dass ich die Frau war, die das teuerste Bordell der Stadt betrieb und überall Protektion hatte, weil es ein paar Männer gab, die gleichzeitig hohe Politiker und Bordellbesucher waren; Politiker übrigens, die dafür verantwortlich waren, dass Nataljas Mann keine Arbeit hatte, weil er zur Mannschaft der Politiker gehört hatte, die auf Russland gesetzt und verloren hatten. Nataljas Mann, ich hatte einmal miterlebt, wie er sie betrunken im Foyer des Ukraina aufsuchte und sehr schnell vor die Tür gesetzt wurde, war für mich nichts weiter als einer der vielen lächerlichen Verlierer gewesen, von denen die Stadt voll war.

„Sie müssen raus, das Wasser ist kalt."

Natalja legte das Kleiderbündel beiseite, trat an die Wanne und hielt mir beide Hände entgegen. Es fiel mir schwer, aufzustehen. Meine Knie taten weh, ich zitterte, mir war kalt. Mit Nataljas Hilfe trocknete ich mich ab und zog die Sachen an, die sie gebracht hatte. Ich sah mich im Spiegel und dachte, dass die da im Spiegel ich war, aber die andere, die ich gewesen war, und ich fühlte mich schlecht, weil ich nicht wusste, was ich jetzt tun sollte.

„Ich komme wieder", sagte Natalja. „Sie sollten hinter mir abschließen. Ich rufe Sie an, bevor ich heraufkomme."

In dem Zustand, in dem ich mich befand, hätte ich jeder Anweisung gehorcht. Ich war unfähig, eigene Entschlüsse zu fassen. Ich verschloss die Tür, nachdem Natalja mit meinen zerrissenen Kleidern über dem Arm gegangen war. Ich blieb im Wohnraum, stellte mich ans Fenster und blickte hinaus. Später, als ich die Suite verließ und den Fahrstuhl benutzte, sah ich, dass ich aus dem 14. Stock nach unten geschaut hatte. Da liefen einzelne kleine Menschen zwischen zerfetzten Strohballen umher, als suchten sie etwas. Die Bühne, auf der der Chor gestanden hatte, war abgesperrt. Nichts war hier oben zu hören, kein Laut, aber ich war sicher, dass auch unten auf dem Maidan Stille herrschte. Es war die Stille, die Raum zum Nachdenken schafft.

Das Zimmer lag zu hoch oben. Sie hatten damals nicht von hier geschossen. Sie mussten viel tiefer gestanden haben, aber sie hatten sicher aus einem oder mehreren

Fenstern geschossen, die unter der Suite lagen, in der ich mich aufgehalten hatte. Männer reden immer. Es gibt solche, die sich die Vergnügungen leisten, von denen sie meinen, dass sie ihnen zustehen, weil sie sie bezahlen können. Diese Männer sind schwer zum Reden zu bringen. Sie haben einfach kein Bedürfnis danach. Es geht ihnen gut, sie können alles haben, was sie brauchen. Sie müssen ihr Gewissen, oder was auch immer, nicht erleichtern. Es ist leicht. Man braucht ziemlich lange und es bedarf raffinierter Techniken, um von ihnen zu erfahren, was man wissen will.

Und es gibt die anderen, die zur Belohnung ins Bordell geschickt werden, von dem man ihnen gesagt hat, es sei das teuerste und sie hätten es sich verdient, und wenn sie dort sind, dann begreifen sie, dass sie es sich von ihrem Sold tatsächlich nicht hätten leisten können, und früher oder später haben sie das Bedürfnis, darüber zu reden, weshalb sie trotzdem dort sind. Es waren vier, vier Scharfschützen, dazu ausersehen, in die Menge zu schießen und damit die Maidan-Legende zu schaffen, die inzwischen so wirksam geworden ist, dass Zweifel an ihrem Wahrheitsgehalt nicht mehr ernst genommen werden. Ich wusste aber, wie es wirklich gewesen war: Ich wusste, dass die Plakate von heimattreuen, bewaffneten Soldaten, die überall in der Stadt zu sehen waren, zu nichts anderem dienten, als zu verschleiern, wer wirklich auf die protestierenden Menschen auf dem Maidan geschossen hatte. Es waren die Männer aus den Privatarmeen derer, die jetzt in der Regierung waren. Sie wurden angeleitet von den US-amerikanischen Söldnern, deren geheimer Einsatzleiter mein Freund Bill gewesen war. Und noch immer ist.

Mit Wissen, das man verdrängt hat und das sich plötzlich aus Gründen, die man nicht beeinflussen kann, an die Oberfläche drängt, kann man erst einmal gar nichts anfangen. Es braucht Zeit, Erkenntnisse, die man nicht wahrhaben wollte, in das eigene Leben zu integrieren. Ich wusste, dass ich nichts von dem, das mir so plötzlich bewusst geworden war, wieder vergessen würde. Deshalb musste ich in diesem Augenblick nicht länger darüber nachdenken. Alles, was ich jetzt tun musste, war nachhause zu gehen, meinen Arbeitgeber über das, was ich gesehen hatte, zu informieren, mich umzuziehen und im Püppi zu erscheinen, wie ich es immer am Abend tat, wenn es keine besonderen Verabredungen gab. Ich musste so tun, als sei nichts geschehen, außer dass ich Zeugin geworden war, wie ein Mann, den ich nicht wiedererkennen würde, weil ich ihn nur von hinten gesehen hatte, eine Handgranate aus einer Aktentasche gezogen und sie auf die jungen Frauen geworfen hatte, die dazu bestellt gewesen waren, das Lob der Heimat zu singen. Damit die Menschen, die ihnen zuhörten, in die richtige Stimmung versetzt wurden, den Worten des Kaninchens zu lauschen, auf das die Handgranate ganz sicher nicht geworfen worden war, von dem aber morgen in der Zeitung stehen würde, es sei mit Glück einem Attentat entkommen.

Genau jetzt, bei diesem Gedanken, wurde mir übel, und ich wandte mich um und versuchte, das Bad zu erreichen, als das Telefon klingelte. Vollkommen kopflos, obwohl Kopflosigkeit nicht zu meinen Charaktereigenschaften zählt, wusste ich nicht, was zu tun war. Ich blieb stehen, übergab mich auf dem beigefarbenen Teppich, wankte zum Telefon, setzte mich auf das Bett, während ich den Hörer abnahm.

„Ich komme jetzt, um Sie abzuholen“, sagte Natalja.

Ich saß da und wartete, bis ich hörte, dass an die Tür geklopft wurde.

Während wir über den langen Korridor zum Fahrstuhl gingen, erklärte Natalja, dass das Foyer inzwischen nicht mehr leer sei. Nach mir seien andere gekommen, die man ebenfalls eingelassen habe, weil sie dazugehörten.

Sie sagte wirklich „die dazugehörten", und ich wurde so noch einmal daran erinnert, wer ich war. Ich war eine von denen, die dazugehörten.

„Ihr Freund, der Schriftsteller, ist auch da", sagte Natalja, „er scheint ein wenig mitgenommen."

Ich sah sie an. Machte sie sich lustig über mich? Die Frau, die mir gegenüber im Fahrstuhl stand, trug ein dunkelbraunes, glänzendes Kleid, hatte eine kleine, weiße Schürze darübergebunden, und am Spitzenkragen auf dem Kleid prangte eine rote Stoffrose. Ihr Gesichtsausdruck war so gleichmütig, als hätte sie den Zustand, in dem ich mich noch vor Kurzem befunden hatte, vergessen. Da stand die Natalja, die ich bis vor ein paar Stunden gekannt hatte und nichts deutete darauf hin, dass sie inzwischen Zeugin meines Zusammenbruchs gewesen war.

Der Fahrstuhl kam so schnell unten an, dass ich keine Zeit hatte, mir zu überlegen, wie ich es anstellen konnte, dem Dichter aus dem Weg zu gehen.

„Da ist er, da drüben", sagte Natalja neben mir. „Ich lasse Sie dann allein."

Sergey, den Samtkragen hochgeschlagen, was ihm, wie ich später noch merkte, ein kämpferisches Aussehen geben sollte, kam auf mich zu, sobald er mich entdeckt hatte. Es war nicht mehr möglich, ihm zu entkommen.

„Sie sind blass, meine Liebe, aber das verstehe ich gut. Man zwingt Sie doch, an schrecklichen Ereignissen in unserer unglückseligen Heimat teilzunehmen. Unglückselig, sage ich, das Attentat auf den Präsidenten zeigt ja nichts weiter, als dass die Feinde der Demokratie noch immer nicht aufgegeben haben, unser Land ins Verderben zu

stürzen. Russland will uns mit Gewalt vom Westen entfernen. Das aber sind ...“

„Sergey, bitte.“

„Verzeihen Sie, Eva. Ich bin rücksichtslos. Schreiben Sie die Unhöflichkeit meiner Verzweiflung zu. Ich komme eben zurück aus Lwiw, voll der schönsten Hoffnungen, dass es gelingen wird, in den Kreis der zivilisierten Menschheit aufgenommen zu werden. Keine zwei Stunden bin ich hier, und schon geschieht das Verdammenswürdige. Kommen Sie, setzen wir uns ...“

Lwiw. Hatte mein Kopf nichts Besseres zu tun, als mich daran zu erinnern, dass ich das Treffen zwischen deutschen und ukrainischen Schriftstellern dort selbst mit in Gang gesetzt hatte? Der Zwischenbericht, den ich von dort bekam, war nicht eben schmeichelhaft für Sergey gewesen. Ihm wurde eine „gewisse Kriecherei“ bescheinigt, die sich in den Diskussionen mit deutschen Schriftstellern manchmal unangenehm bemerkbar gemacht habe. Es müsse bei Gelegenheit darüber nachgedacht werden, „diesen Ukrainer ein wenig aus der Frontlinie zu nehmen“.

„Kann ich denn meine Stadt schon wieder verlassen? Raten Sie mir, Eva, ich bitte Sie.“

Was redete dieser Mensch? Ich sah ihn verständnislos an. Ich sah, dass Sergey irritiert war. Sollte ich wirklich vergessen haben, dass er der Boschafter seiner Heimat war? Dass er Tag und Nacht damit beschäftigt war, ihre Stellung in der Gemeinschaft der Demokraten zu festigen? Dass ich schon vor Monaten mit ihm besprochen hatte, ob und wann es seine dichterische Berufung zulassen würde, seine Heimat auf internationalen Festivals zu vertreten? Wie er mit sich gerungen hatte, seine Berufung für die größere Sache zurückzustellen? Wie er, als er sich entschlossen hatte, meinen Vorschlägen zu folgen, ebenfalls darum gerungen hatte, dass seine Auftritte bei verschiedenen internationalen Zusammenkünften von Dichtern entsprechend honoriert würden?

„Verstehen Sie, Eva, es geht mir ja nicht um das Geld. Nicht für mich, aber wenn ich nicht veröffentliche, zahlt der deutsche Verlag nicht, und die Verlage hier haben kein Geld. Wovon soll ich meine Verpflichtungen erfüllen, die, weiß Gott, sozialer Natur sind?"

Ich hatte es nicht vergessen. Während ich Sergey in sein verständnislos-überraschtes Gesicht blickte, begann mein Kopf wieder normal zu funktionieren. Ich hatte ihn für ein paar weitere Auftritte gewonnen, mit meinem Arbeitgeber seine Bezahlung besprochen und seinen Verlag vertröstet.

„Ja, setzen wir uns", sagte ich und folgte Sergey, der zwei leer stehende Sessel im Hintergrund ansteuerte. Wir setzten uns. Ich sah, dass, weit weg, am anderen Ende des Foyers, Natalja in ihrem Kiosk stand und telefonierte. Sie wirkte klein und zart und auf eine besondere Weise entschlossen.

„Czernowitz", sagte Sergey neben mir. „Sie erinnern sich doch. Das Lyrik-Festival. Ich will nicht sagen, dass ich zu den großen Lyrikern meines Landes gehöre. Meine Begabung, Sie wissen es, liegt im Epischen. Aber selbstverständlich habe ich zumindest so viel lyrisches Talent bewiesen, dass ich dort ein wenig mithalten kann. Ich bin dabei ..."

Ich hörte nicht mehr zu. Wenn Sergey sich über seine Begabungen ausließ, dann brauchte er Zeit. Ich beobachtete die Menschen im Foyer. Für das, was vor gut einer Stunde auf der Bühne am Maidan passiert war, fand ich sie ungewöhnlich gelassen. Vielleicht waren sie andere Zwischenfälle gewöhnt. Mir fiel ein, dass man damals, nachdem in die Menge geschossen worden war, die Leichen der Erschossenen im Foyer des Ukraina aufgebahrt hatte.

„Sie hören mir nicht zu, Eva."

Sergey sprach leise und traurig. Wahrscheinlich war er dabei, seine Stimme für den Lyrik-Vortrag zu üben, zu dem er nach Czernowitz eingeladen worden war.

„Bitte, verzeihen Sie mir, Sergey. Sie wissen, dass ich immer ein offenes Ohr für Sie habe. Es ist nur so, dass ich zufällig in der Nähe war, als dieses Unglück vorhin an der Bühne geschah, und es fällt mir einfach schwer, die Bilder aus meinem Kopf zu verscheuchen."

Sergey schwieg. Er war betroffen, ich konnte es sehen. Ich sah auch, dass die Tür des Foyers geöffnet und ein Mann eingelassen wurde, den man, ich war Zeugin gewesen, bei anderer Gelegenheit vor die Tür gesetzt hatte. Da war er betrunken gewesen. Der Mann ging zum Kiosk, sprach mit Natalja, wandte sich suchend um, sah mich und bewegte sich langsam auf uns zu.

„Der zukünftige Ministerpräsident ...", sagte Sergey.

„Ihr Taxi, Madam", sagte der Mann, der durch das Foyer auf uns zugekommen war.

„Fahren Sie nach Czernowitz, mein Lieber, und vergessen Sie nicht, mir zu berichten, wenn Sie zurück sind. Ich verlasse Sie nun. Wir sehen uns bald."

Ich stand auf. Meine Knie schmerzten, aber das war mir recht, denn ich nahm es als Zeichen, dass ich noch lebte. Ich folgte Nataljas Mann auf den Parkplatz vor dem Hotel zu einem alten Opel, grau, das Kennzeichen, das ich flüchtig wahrnahm, begann mit AO ... ein Kennzeichen aus Transnistrien. Es passte zu dem Schrotthaufen, dessen Stoßdämpfer bedenklich nach unten sackten, als wir einstiegen.

„Wohin?", fragte der Mann.

Ich nannte ihm die Adresse meiner Wohnung. Meine Stimme klang für mich, als käme sie von weit her.

Klein / Berlin und Kiew

Ihre Dienstreise nach Kiew, von der am Anfang ihrer Tätigkeit für den BND die Rede gewesen war, hatte sich verzögert, obwohl sie dem Grunde nach hätte dringlicher werden müssen. Von Beringer war seit Wochen keine Nachricht gekommen. Dann war aber etwas anderes nötig geworden, eine Untersuchung, von der alle Mitarbeiter der Abteilung „Einsatzgebiete Auslandsbeziehungen" betroffen gewesen waren. Und in ihr, Klein, hatte diese Affäre ein unangenehmes Gefühl hinterlassen.

Sie war auch deshalb froh gewesen, das BKA verlassen zu können, weil sie die Probleme, die sich in Wiesbaden aus der Nichtzusammmenarbeit zwischen BKA und Verfassungsschutz ergeben hatten, nicht länger tolerieren mochte. Gleichzeitig war ihr klargeworden, dass sie an diesen Problemen nichts würde ändern können. Das Schicksal von Z., von dem es hieß, er habe sich verbittert in sein Haus in der Eifel zurückgezogen und empfange weder Freunde noch Kollegen, war bezeichnend genug. Es war deutlich geworden, dass die Kriminalpolizei Ermittlungsarbeiten leisten konnte, so viel sie wollte. Stieß sie dabei auf verdeckt arbeitende Geheimdienstmitarbeiter, dann war ihre Arbeit jedes Mal beendet. Dann hieß es „Verweigerung der Aussagegenehmigung", und entscheidende Beweise fehlten, ihre Arbeit war umsonst gewesen.

Natürlich war das für Kriminalbeamte, die ihre Arbeit ernst nahmen, ein unerträglicher Zustand, und Anna Maria Klein war auch deshalb froh gewesen über den Wechsel des Arbeitgebers.

Und dann, wenige Wochen nach ihrem Umzug nach Berlin, verunsicherte eine Spionage-Affäre beim BND ihre Abteilung. Die Eigensicherung, eine Dienststelle, die intern ermittelte, hatte Verdacht geschöpft und beobachtet. Es hieß, ein Kollege habe seit Jahren geheime Unterlagen sowohl an die Amerikaner als auch an die Russen verkauft. Natürlich wurden die Untersuchungen in dieser Sache dann auf alle Mitarbeiter ausgedehnt, die mit ihm zu tun gehabt hatten. Das war nötig und sicher nur eine Routineangelegenheit, aber für Anna Maria war es ein wenig so, als verlöre ihr neuer Arbeitgeber etwas von dem Glanz, von dem er bis dahin in ihren Augen umgeben gewesen war. Ein Gefühl wie „auch hier wird nur mit Wasser gekocht" hatte sich ihrer für kurze Zeit bemächtigt, und selbst wenn es ihr gelungen war, sich darüber klarzuwerden, dass so ein Vorfall wohl hin und wieder vorkommen konnte und nichts an der politischen Bedeutung für die Durchsetzung einer friedlichen, auf demokratischen Grundsätzen beruhenden Außenpolitik ändern würde, war eben ein schaler Nachgeschmack geblieben.

Natürlich hatte sie sich in der Affäre nichts vorzuwerfen gehabt. Ihre Befragung über die Zusammenarbeit mit dem verdächtigten Kollegen war nur kurz gewesen und zur Zufriedenheit der Ermittler beendet worden. Aber die ganze Geschichte hatte eben mit sich gebracht, dass ihr Einsatz in Kiew eine Weile gefährdet gewesen war und sich verzögert hatte. Man hätte sie nicht in die Ukraine schicken können, wenn ihr Name auf der Liste der 3500 aktiven und ehemaligen BND-Mitarbeiter gestanden hätte, von der es hieß, dass der Beschuldigte sie weitergegeben habe.

Es hatte eine Weile gedauert, bis klargestellt worden war, dass sie nicht zu den enttarnten Mitarbeitern gehörte. Es war ihr Glück gewesen, dass der Mann die

Liste schon angefertigt und weitergegeben hatte, bevor sie ihren Dienst beim BND begann.

Als man ihr mitteilte, dass ihrem Auslandseinsatz nichts mehr im Wege stünde, war sie erleichtert. Aber irgendetwas, ein Schatten, den sie im Zusammenhang mit ihrer neuen Aufgabe vorher nicht wahrgenommen hatte, war eben zurückgeblieben.

Nun aber saß sie endlich im Flugzeug nach Kiew und würde in wenigen Minuten landen. Am Flughafen würde sie ein Fahrer erwarten und sie ins Hotel bringen. Welches Hotel sie beziehen sollte, war im Amt Gegenstand einer längeren Diskussion gewesen. Sie war ein bisschen stolz auf sich, dass sie sich durchgesetzt hatte. Sie würde im selben Hotel absteigen, in dem Beringer einquartiert war. Sie würde versuchen, ihn nicht gleich am Anfang zu treffen, sondern erkunden, was er tat, wenn er sich unbeobachtet glaubte.

„Ein, zwei Tage, dann werde ich ihn treffen und mir von seiner Arbeit berichten lassen“, hatte sie vorgeschlagen und sich schließlich durchgesetzt. Die neuen Kollegen waren irgendwann bereit gewesen, ihr zuzugestehen, dass sie im Bereich verdeckte Ermittlung/Beschattung doch erheblich größere Erfahrungen besaß als sie, die ihre Arbeit beinahe zu hundert Prozent vom Schreibtisch aus erledigten.

„Wir werden uns prima ergänzen“, hatte sie gesagt, „Front und Hinterland können nur gemeinsam siegen.“

Sie hatte diese Bemerkung für besonders intelligent gehalten. An der Reaktion der Kollegen spürte sie, dass die anderer Meinung waren. Versteinerte Gesichter waren die Antwort, und der Leiter der Gruppe hatte die Sitzung ziemlich schnell aufgelöst. Noch abends im Bett hatte Anna Maria darüber nachgedacht, was wohl falsch gewesen war an ihrer locker hingeworfenen Bemerkung.

Jetzt, während das Flugzeug sich über Kiew niedersenkte und sie schon blau-goldene Türme ausmachen konnte, spielten die Kollegen keine Rolle mehr. Kiew ... das würde ihr Abenteuer werden, ihre Bewährungsprobe, von der sie spürte, dass sie sie bestehen konnte.

Das erste Problem, das sie zu bewältigen hatte, gab es bereits am Flughafen. Der Fahrer, der sie abholen sollte, war nicht da. Sie blieb eine Weile stehen und wartete, suchte dann den Schalter der Fluggesellschaft auf, um zu fragen, ob eine Mitteilung für sie gekommen sei, und bat dann, man möge ein Taxi für sie organisieren. Es dauerte länger als eine halbe Stunde, bis sie jemanden sah und hörte, der „Kurz! Kurz!" rief, während er langsam durch die Halle ging und sich umsah. Sie machte sich bemerkbar, nachdem sie einen Augenblick gezögert hatte. Der Mann sah nicht vertrauenerweckend aus, aber sie hatte Hunger und war müde, und so folgte sie ihm nach draußen.

Auf der Fahrt ins Hotel dachte sie daran, wie schön es wäre, mit ihrem kleinen, blauen Flitzer unterwegs zu sein, und war eingeschlafen, als das Taxi vor dem Hotel hielt.

„He, Sie!"

Anscheinend war es schwierig gewesen, sie zu wecken, denn der Fahrer sah verärgert aus. Er hielt ihr trotzdem seine Karte hin, wahrscheinlich wegen des viel zu hohen Trinkgelds, das sie ihm gab. Ihren Koffer hatte er vor der Drehtür des Hotels abgestellt, und sie folgte dem uniformierten Angestellten, der sich des Koffers bemächtigte, an die Rezeption. Der Mann, in dessen Nähe der Angestellte den Koffer abstellte, war Beringer.

Die Klein hatte nicht genügend Zeit, sich auf die überraschende Begegnung einzustellen. Beringer hatte sie bemerkt, noch bevor sie ihren Koffer näher zu sich herangezogen hatte.

„Anna Maria Klein“, sagte er und trat einen Schritt auf sie zu. Seinem Gesicht war nicht anzusehen, was er dachte. Die Klein war tatsächlich rot geworden. Sie schüttelte heftig den Kopf.

„Ich bitte Sie“, sagte Beringer, „das muss Ihnen nicht peinlich sein. Obwohl ich mir ruhigere Urlaubsziele vorstellen könnte als ausgerechnet Kiew.“

„Urlaub, ja“, sagte sie, „keine Namen, bitte.“ Sie flüsterte.

Sie war nicht sicher, ob Beringer sich über sie lustig machte. Auf keinen Fall durfte er sie bei ihrem richtigen Namen nennen. Er sah aus, als hätte er verstanden.

„Und im Urlaub kein Wort über Dienstliches, aber wo ich Sie nun schon treffe, sage ich Ihnen, dass ich Ihre Kenntnisse der Stadt schamlos auszunutzen gedenke.“

„Madame“, sagte die junge Frau hinter dem Tresen der Rezeption, „kann ich Ihren Pass haben, bitte?“

„Kommen Sie in Ruhe an“, sagte Beringer. „Ich bin sicher, wir werden uns schon bald wieder über den Weg laufen.“

Sie hätte sich vor Wut in der Luft zerreißen können. Über ihr Ungeschick, über ihre Dämlichkeit, über ihre Naivität.

‚Sie müssen mir schon glauben, dass uns meine Erfahrungen in puncto Beschattung in Sachen Beringer sehr von Nutzen sein werden ...‘

Als ihr einfiel, was sie den Kollegen erzählt hatte, begann sie zu lachen. Sie sah in den Spiegel und bemerkte, dass sie noch immer rot im Gesicht war, obwohl sie doch allein im Zimmer stand und sich vor niemandem rechtfertigen musste.

Natürlich hatte Beringer ihr nicht geglaubt. Urlaub! Er war souverän gewesen, hatte ihr die Urlaubsausrede hingehalten wie der Hundefänger dem Hund den Knochen hinhielt, und sie, noch halb im Schlaf, in Gedanken mit dem zu hohen Trinkgeld für den Fahrer beschäftigt, war einfach darauf eingegangen, ohne nachzudenken, froh, für den Augenblick erleichtert, und nun?

Jedenfalls hatte sie darauf hingewiesen, dass er ihren Namen vermeiden sollte.

Sie sah sich im Zimmer um, trat ans Fenster und zog den Vorhang beiseite: Bäume und weiter hinten am Horizont war die Silhouette von Hochhäusern zu erkennen. Kiew sah anders aus, als sie es sich vorgestellt hatte. Modern, irgendwie europäisch. Wo waren die blau-goldenen Türme, die sie vom Flugzeug aus gesehen hatte? Sie starrte eine Weile auf das Bild, das sich ihr bot, und spürte, dass sie ruhiger wurde. Schließlich wandte sie sich ab und begann, ihren Koffer auszupacken. Was geschehen war, ließ sich nicht ändern. Sie musste ihr Vorgehen neu überdenken. Wenn sie es sich genau überlegte, dann blieb ihr nur die Möglichkeit, von Anfang an mit offenen Karten zu spielen. Die Sache mit dem Urlaub war lächerlich. Sie musste Beringer so bald wie möglich treffen. Sie würde ihm sagen, weshalb sie hier war, und Antworten von ihm verlangen. Weshalb hatte er sich bisher nicht gemeldet? Seit wann hatte er Kontakt mit Eva Kovac? Hatte er sie überhaupt schon getroffen? Wie weit war es ihm möglich gewesen, ihre Bekannten, ihr Umfeld unter die Lupe zu nehmen? Wie gedachte er, in Zukunft, seine Auftraggeber über sein Vorgehen zu unterrichten?

‚Oh ja, mein Lieber', dachte sie, ‚es gibt einige Fragen, die du beantworten wirst. Außerdem, ich hoffe sehr, dass du wenigstens die Stadt inzwischen so weit kennengelernt hast, dass du die richtigen Orte für unsere Unterhaltungen vorschlagen kannst. Ich hab' nämlich keine Lust, meine Zeit mit dir in diesem langweiligen Hotel zu verbringen. Vielleicht nicht gerade Urlaub, aber ein paar neue Eindrücke, besondere Erfahrungen, sollten bei diesem Einsatz schon für mich herausspringen. Und zwar so bald wie möglich.'

Entschlossen rief sie die Rezeption an und fragte nach der Telefonnummer des Zimmers von Beringer.

„Ich werde dort für Sie anrufen", sagte die Frau, „und fragen, ob es dem Gast recht ist, dass ich die Nummer nenne."

Es dauerte lange, bis sie zurückrief.

„Es meldet sich niemand", sagte sie. „Ich gebe Ihnen die Nummer, dann können Sie es selbst versuchen."

Offenbar hatte sie vergessen, dass sie den Gast vorher hatte fragen wollen.

„439?", fragte Anna Maria.

„Die Zimmernummer, ja", sagte die Frau und legte auf.

Sie musste die Nummer nicht aufschreiben. Ihr eigenes Zimmer hatte die Nummer 539, es war einfach, sich Beringers Nummer zu merken. War er wirklich nicht da? Sie wählte und wartete. Beringer meldete sich nicht.

Er kam nicht weiter. Auch ein zweiter Versuch, Milena zu treffen, war gescheitert. Den Versuch hatte er unternommen an dem Tag, als auf dem Maidan die Bombe explodiert war. Er hatte sich zu der Zeit drüben, auf der anderen Seite des Dnjepr befunden, hatte einen wunderbaren Spaziergang durch den Hydro-Park gemacht und den Geruch des Herbstes genossen. Es war warm gewesen und der große Park leer bis auf ein einzelnes Paar, ältere, verliebte Leute auf der Bank vor einer Holzhütte. Sie hatten einen Grill in Gang gesetzt und warteten darauf, dass die Glut die Konsistenz erreiche, die für die bereitliegenden Würste nötig war. Auf dem Klapptisch neben dem Grill stand eine Flasche Wodka. Irgendetwas an dem Bild, das die beiden boten, hatte ihn irritiert, und er war ein paar Minuten, nachdem er an ihnen vorübergegangen war, noch einmal umgekehrt.

Er ging langsam und sah unauffällig zu den beiden hinüber. Sie tranken, und der Mann füllte die Gläser noch einmal. Die Frau, sechzig, vielleicht, mit wilden, schwarzen Haaren, hatte die Knöpfe ihrer Bluse geöffnet. Der Mann, kahl geschorener Kopf, unter dem T-Shirt zeichnete sich der Bauch ab, strich der Frau übers Haar, sie stießen an und tranken. Es sah feierlich aus, aber dann lachten sie, die Frau streckte die Hand aus und fasste nach dem Hosenbund des Mannes.

Beringer ging schneller, beinahe wäre er stehengeblieben, als ihm klarwurde, weshalb ihn die beiden beunruhigten. Alt und verliebt, das hatte ihn verstört. Außer Sichtweite des Paares war er wieder langsamer geworden, aber seine Gedanken kreisten weiter um die beiden. Natürlich war er nicht alt. Er hielt sich für zehn Jahre jünger als der Mann im Park, und Milena sicher für zwanzig Jahre jünger als dessen Freundin. Trotzdem, die Zeit saß ihnen im Nacken. Wenn sie zusammen leben, zusammen arbeiten wollten, dann mussten sie jetzt damit beginnen. Er verstand nicht, weshalb Milena sich ihm entzog. Und er verstand nicht, weshalb er so zögerlich darin war, endlich die Begegnung mit ihr herbeizuführen. Warum ließ er sich abweisen? War er sich seiner Sache nicht sicher? Was hatte er sich dabei gedacht, Urlaub in Kiew zu machen, anstatt ihrer beider Leben in Ordnung zu bringen?

Er fuhr mit der Metro zurück über den Dnjepr.

‚Dreimal so breit wie die Elbe', dachte er. Als er drüben angekommen war, merkte er sofort, dass sich die Stimmung der Menschen verändert hatte. Sie standen in Gruppen und Grüppchen beieinander und sprachen leise. Auch die Kinder verhielten sich still. Viele Gesichter waren blass, und ein paar alte Frauen weinten oder hatten verweinte Augen. Er verließ die Metro-Station, ärgerlich darüber, dass seine Sprachkenntnisse nicht ausreichten, um zu fragen, was geschehen war. Die Uferstraße war leer, und er ging und ging, bis ein Weg über die Uferböschung nach oben führte, und er sich schließlich auf dem Gelände des Höhlenklosters wiederfand. Wenn ihm nicht plötzlich junge, kräftige, intelligent aussehende Männer in schwarzen Kapuzen-Gewändern begegnet wären, hätte er vermutlich nicht einmal bemerkt, wo er war.

Mönche, junge, kräftige, intelligent aussehende Männer ... er erinnerte sich an Beschreibungen von Mönchen des Höhlenklosters, in denen von fetten, älteren Männern in dreckigen, schmierigen Kutten und mit eingefrorenem Grinsen auf den Gesichtern die Rede gewesen war. Dieses Kloster hatte seine Belegschaft jedenfalls inzwischen ausgetauscht.

‚Und die Gebäude renoviert', dachte Beringer, der begonnen hatte, sich umzusehen. Da war viel Geld im Spiel gewesen, sehr viel Geld, das die Ukraine sicher nicht allein aufgebracht hatte. Es war aber wohl noch nie billig gewesen, die Kirche zur Stütze des Staates zu machen.

Er beschleunigte seine Schritte in der Absicht, das Klostergelände so schnell wie möglich zu verlassen, betrat aber doch eine Kirche, die, wie er später feststellte, Dreieinigkeitskirche hieß, und blieb vor einer Wandmalerei stehen.

„Die Gottesmutter führt die Gerechten ins Paradies."

Er war nicht in der Stimmung, Bilder anzusehen. Die Gottesmutter schien ihm eher eine alte Vettel und ihr Gefolge eine Schar von feudalen Tratschweibern.

Er verließ die Kirche und befand sich sehr schnell in einem Strom von festtäglich gestimmten Menschen. Gruppen, Familien, viele Kinder; nicht still und bedrückt, eher wie Menschen auf einem Sonntagsspaziergang. Beinahe konnte er nicht glauben, dass er an der Metro-Station verstörte, weinende Menschen gesehen hatte. Jetzt standen an beiden Seiten der Straße Buden mit Spielzeug und Essen und Eis, und ganz weit in der Ferne sah er eine riesige, silbern in der Sonne gleißende Frau auf einem Hügel ...

„So, so, Sie besuchen Breschnews Tochter? Keine schlechte Idee, wenn man dem Entsetzen entkommen möchte. Hier oben ist die Welt offenbar noch in Ordnung."

Beringer wandte sich um. Neben ihm stand von Koesen, ein breites Lächeln im Gesicht, mit der Rechten in die Richtung der gleißenden Frau weisend. Beringer war zu überrascht, um sofort die richtigen Worte zu finden.

„Breschnews Tochter? Was für ein Entsetzen?"

Von Koesen nahm seine Verwirrung ernst und zog Beringer auf eine Bank.

„Setzen, wir uns. Sie wissen von nichts, wie?"

Beringer antwortete nicht, hob nur die Schultern. Sein Blick fiel auf die Spaziergänger, die vorüberschlenderten. Eine Familie, Vater, Mutter, Großmutter, drei Kinder, zog stumm vorbei; stumm, weil alle ein Eis in der Hand hielten, rosa und grün, und sich beeilten, das Eis zu essen, bevor die Sonne es schmolz. Ein junger, muskelbepackter Mann, das T-Shirt absichtlich eng, um das Ergebnis vieler harter Trainingsstunden Bewunderern darzubieten, und eine sehr junge Frau, die sich an dem Muskelmann festhielt, weil die Absätze ihrer Schuhe so hoch waren, dass sie beim Gehen Schwierigkeiten hatte ...

„ Ja, ja, Sie haben ganz recht. Sehen Sie sich das Volk an. Immer ahnungslos, immer dumm. Die könnten danebenstehen und zusehen und wüssten trotzdem nicht, worum es geht. Hat natürlich auch Vorteile, aber wenn ich ehrlich bin ..."

„Wovon sprechen Sie?", fragte Beringer.

Er hatte sich von Koesen zugewandt und starrte ihn an. Sein Gesicht drückte Ärger und Misstrauen aus. Von Koesen wurde ernst.

„Unten in der Stadt, auf dem Maidan", sagte er, „ein Unglück. Ich weiß nicht, ob Unglück das richtige Wort ist. Eine Handgranate, in den Mädchenchor, der zusammen mit einem Politiker auftrat; eine unangenehme Figur übrigens, die man hier das Kaninchen nennt. Es hat Tote gegeben, Verletzte. Interessanterweise wurde das Kaninchen nicht verletzt."

‚Die Menschen an der Metro-Station, sie hatten gewusst, was geschehen war.'

„Es gab eine Panik, natürlich“, sagte von Koesen. „Alles rannte, viele in den Metro-Schacht, es ist noch unklar, was dort geschehen ist. Aber, wie gesagt, das Kaninchen ...“

„Sie glauben, der Anschlag habe ihm gegolten?“

„Nein“, sagte von Koesen, „das glaube ich nicht. Ich glaube, dass er inszeniert war. Wir haben hier Wahlen.“

Beringer schwieg. ‚Milena‘, dachte er, ‚sie muss sich auskennen mit den Verhältnissen hier. Ich will endlich mit ihr reden. Und sie überzeugen, von hier wegzugehen. Wir haben hier nichts zu suchen.‘

„Ich mach’ Ihnen einen Vorschlag“, sagte von Koesen. „Ich habe eine Einladung für heute Abend. Eher ein kleines, privates Treffen, aber Champagner ist garantiert. Und so ganz klein ist es auch nicht. Ich glaube nicht, dass das Kaninchen absagen wird.“

„Dieser Mann lädt ein?“

„Ja, er braucht Geld. Zufällig habe ich Kontakt zu Leuten, die ihn eventuell finanzieren würden. Davon gibt es übrigens mehrere. Deutschland und die USA wetteifern um seine Gunst. Ich schlage vor, Sie begleiten mich, dann können Sie aus der Nähe beobachten, wie sich einer feiern lässt, der gerade dem Tod entronnen ist. Vermutlich wird er versuchen, das Herz seiner Geldgeber damit zu erweichen, dass er um Spenden für die Familien der toten Mädchen bittet. Das kann er laut und ungeniert tun, ist ja für einen guten Zweck.“

„Weshalb besuchen Sie einen Mann, den Sie so offensichtlich verachten?“

„Politik, mein Lieber, der Kerl ist mir vollkommen egal. Wichtig ist, dass seine Regierung Gesetze auf den Weg bringen wird, die es meiner Frau ermöglichen, ihren Kirschgarten zu pflanzen. Im Übrigen sind ganz andere Leute mit ganz anderen Interessen an dem Herrn dran.

Kommen Sie heute Abend mit. Sie werden anschließend klüger sein als vorher, das verspreche ich Ihnen."

Beringer, eben noch entschlossen, so schnell wie möglich Milena aufzusuchen, sagte zu. Er fuhr zusammen mit von Koesen zurück ins Hotel, fragte sich unterwegs, weshalb er die Einladung so schnell angenommen hatte, obwohl seine Pläne andere gewesen waren, und kam zu dem Schluss, dass er sich die einmalige Gelegenheit, Freunde und Gönner eines ukrainischen Politikers kennenzulernen, nicht hatte entgehen lassen wollen. Er wusste, dass das nur die halbe Wahrheit war, und sah großzügig über den Rest hinweg.

Man trennte sich im Hotel, nicht ohne dass von Koesen darauf hingewiesen hatte, für den Abend sei ein dunkler Anzug die korrekte Kleidung.

„Ein dunkler Anzug, ja", sagte Beringer und dachte, dass er den Anzug eingepackt hatte, um mit Milena auszugehen. Er wusste ja, worauf sie Wert legte, und er konnte sich nicht vorstellen, dass sie eine andere geworden war, seit sie sich nicht mehr gesehen hatten.

In seinem Zimmer warf er sich auf das Bett und versuchte, sich den vergangenen Tag ins Gedächtnis zurückzuholen: der herbstliche Park, das ältere, verliebte Paar, der Abscheu, den es in ihm hervorgerufen hatte, als er beinahe Zeuge ihrer Intimitäten geworden war, der Blick auf den Dnjepr, ‚dreimal so breit wie die Elbe', die verstörten Gesichter der Menschen an der Metro-Station, die Mönche, die auf ihn wie verkleidete Soldaten gewirkt hatten, und dann von Koesen und Breschnews Tochter ... er schlief ein und wurde wach, weil das Telefon läutete.

„Dachte ich mir", sagte von Koesen, „ich hab' selbst zwei Stunden geschlafen, aber ich hab' mich wecken lassen. Wir sehen uns in einer halben Stunde, in Ordnung?"

Beringer sah aus dem Fenster, während er sich anzog. Draußen begann es, dunkel zu werden. Die Silhouette der Stadt war beeindruckend. Niemand, der nicht Bescheid wusste, hätte angenommen, dass sie zu Kiew gehörte. Die Türme der Kirchen, die tagsüber immerhin noch ein wenig daran erinnerten, dass man sich in einem Land mit orthodoxer Tradition befand, waren nicht zu erkennen. Erleuchtete Hochhausfassaden, die zu jeder westlichen Großstadt gehören konnten, prägten das Bild.

Unten in der Hotelhalle sprach von Koesen mit einem blonden, breitschultrigen Mann, den Beringer noch nicht gesehen hatte. Der Blonde trug einen Mantel über dem Arm und war im Abendanzug. Trotzdem hatte er etwas Militärisches an sich. Ein bisschen sah er aus, als ob er den Anzug, den er trug, als Verkleidung gewählt hätte. Die beiden waren so sehr in ihr Gespräch vertieft, dass Beringer nicht stören wollte. Er ging an die Bar, bestellte einen Espresso und wartete, während er die beiden beobachtete. Er stellte fest, dass sie sich nicht mochten und dabei versuchten, den Schein zu wahren. Als von Koesen zufällig in seine Richtung blickte, hob er die Hand. Von Koesen verabschiedete sich gleich darauf und kam an die Bar.

„Ich kann diese Amis nicht ausstehen“, sagte er und nickte dem Mann, von dem er sich gerade verabschiedet hatte, freundlich zu. „Sie wissen alles besser, lügen, wenn sie den Mund aufmachen, und wenn man von ihnen Informationen will, stellen sie sich dumm.“

„Ein Amerikaner?“

„Sie werden ihn nachher kennenlernen. Bill, den Nachnamen habe ich vergessen. Kommt sowieso nicht darauf an, er ist sicher falsch.“

„Und er ist ebenfalls eingeladen?"

„Allerdings, und wenn Sie glauben, das sei ohne Absicht geschehen, dann täuschen Sie sich. Unser Freund Bill", er hob die Hand und winkte Bill zu, der durch die Drehtür das Hotel verließ, „hat ein Herz für Kinder. Seine Stiftung finanziert ein Kinderheim. Fragen Sie mich nicht, was sie sonst noch finanziert."

Das Haus, vor dem das Taxi hielt, war ein typisches Beispiel für den Versuch, sehr schnell erworbenem Reichtum durch eine traditionelle Bauweise den Anschein von Solidität zu geben. Solche Vorhaben gingen immer schief, aber das Haus, das nun vor ihnen lag, war auf eine besondere Weise misslungen. Die Säulen, die zusammen mit einem Vordach eine Art Portal bilden sollten, waren zu dünn und zu hoch. Die Fensterfront, alle Fenster waren erleuchtet, wirkte wie der Ausschnitt aus einer beleuchteten Hochhausfassade, die überdimensionalen Vasen, die rechts und links am Fuß der Freitreppe standen, die man zu überwinden hatte, wenn man die zu klein geratene Haustür erreichen wollte, hatten die Form von Urnen, denen der Deckel fehlte. Auf der obersten Stufe der Freitreppe lag, zierlich hingestreckt und unbeweglich, ein Windhund.

„Der ist aus Gips", sagte von Koesen. „Beim ersten Besuch bin ich auch beinahe auf ihn reingefallen."

Als sie herankamen, öffnete sich die Haustür langsam, ohne dass sie sich bemerkbar gemacht hätten. Ein alter Mann, der eine Pelerine trug, unter der gestreifte Hosen hervorsahen, verbeugte sich und forderte sie stumm auf, ihm ihre Mäntel zu geben.

„ Alter Bediensteter, gehört einfach dazu", flüsterte von Koesen. „Das zeugt von Familie und Landgut und lebenslanger Sorge um die Dienerschaft und von gutem Herzen. Die Bodyguards sind da hinten."

Er zeigte auf Türen, die rechts und links schmal in die Wand eingelassen waren. Man ahnte sie eher, als dass man sie sah.

Das Vestibül, in dem sie sich gleich darauf befanden, war in Rosa gehalten, rosa Wände, rosa Marmor, weiße Türen und weißes Geländer, das zu der Treppe gehörte, die nach oben führte, selbstverständlich auf eine umlaufende Galerie. Unten waren Flügeltüren geöffnet, ganz am Ende des Vestibüls, des Foyers, der Empfangshalle oder wie immer man den weiß-rosa Raum nennen sollte. Ein Mann, leger gekleidet in Hausjoppe mit Knebelknöpfen und feiner Brokatmusterung, kam ihnen mit ausgestreckten Armen aus den Flügeltüren entgegen.

„Bleiben Sie doch nicht in der Halle stehen", rief er ihnen entgegen. „Kommen Sie, kommen Sie. Man singt gleich."

‚Das Kaninchen in Hausherren-Verkleidung', dachte Beringer, ‚ich hätte den Mann beinahe nicht erkannt. Auf den Plakaten sieht er anders aus.'

Hände wurden geschüttelt, der Hausherr wandte sich ab und bedeutete ihnen, ihm zu folgen.

„Keine Einlasskontrolle?", fragte Beringer leise. „Ich bin noch nicht mal angemeldet."

„Das Haus hat die modernste Überwachungsanlage, die Sie sich denken können", flüsterte von Koesen zurück. „Man hat uns auf dem Schirm, nackt, sozusagen."

Sie hatten den Saal hinter den Flügeltüren erreicht. Beringer war überrascht von der Anordnung der Tische. Man saß zu viert oder zu fünft an runden Tischen, die über den Raum verteilt waren; etwa achtzig bis hundert

Gäste, schätzte er, beinahe ausschließlich Männer. Man unterhielt sich ungezwungen, jemand lachte, an zwei Tischen waren Karten ausgelegt. Man wartete darauf zu spielen.

An der Stirnwand stand ein gewaltiger, schwarz glänzender Flügel. Ein kleiner, krummer Mann saß davor und blätterte in Noten, eine große, rothaarige Dame in einem grünen Abendkleid lehnte am Flügel und sah geduldig auf die Gäste.

„Nehmen Sie doch Platz", sagte der Hausherr, der an ihnen vorüber nach vorn strebte und auf einen Tisch zeigte, an dem drei Stühle frei waren. Er steuerte die Frau in Grün an, blieb vor ihr stehen, küsste ihr die Hand und wandte sich seinen Gästen zu.

„Ich freue mich, Ihnen Maja Larionowa präsentieren zu können. Sie wird für uns singen. Danach ist es erlaubt zu rauchen. Danke, dass Sie der Bitte der Künstlerin gefolgt sind und bisher auf Ihre Zigaretten verzichtet haben."

Das Kaninchen zog sich zurück, ‚hoppelt in seinen Bau', dachte Beringer. ‚Es hat den typischen Gang verklemmter Männer, die aus irgendwelchen, nicht ganz offen zu Tage liegenden Gründen in die Öffentlichkeit oder an ein Amt geraten sind, dem sie sich nicht gewachsen fühlen.'

Er sah von Koesen an, der neben ihm Platz genommen hatte. Der spielte Theater. Er machte ein ernstes, aufmerksames Gesicht, bereit, der Darbietung zu lauschen, die sie erwartete. Beringer glaubte, noch nie bei einer so lächerlichen Inszenierung dabei gewesen zu sein. Die Männer hier waren nicht gekommen, um der Sängerin zuzuhören.

Es wurde still. Der Pianist rückte sein Stühlchen, die Sängerin begann:

„Sag, welch wunderbare Träume
Halten meinen Sinn umfangen
Daß sie nicht wie leere Schäume
Sind in ödes Nichts vergangen?“

‚Wie passend‘, dachte Beringer, noch immer mit einem Lachreiz kämpfend. Er hörte von Koesen, der sich zu ihm gebeugt hatte und ihm etwas ins Ohr flüsterte.

„Da drüben, die Dame mit der Perlenkette, das ist die neue Finanzministerin. Bankerin aus den USA, eben zur Bürgerin der Ukraine erklärt worden. Nichts ist umsonst, mein Lieber, die Herren Oligarchen werden sich noch wundern.“

„Pssst.“

Irgendjemand fühlte sich gestört, und von Koesen nahm seinen Kopf zurück und sah auf die Sängerin.

„In der Kindheit trüben Tagen
Hört ich oft von Engeln sagen
Die des Himmels hehre Wonne
Tauschen mit der Erdensonne.“

Beringer versuchte, der Stimme der Sängerin und den Texten zu entkommen, und begann, das Publikum zu mustern. Das eine oder andere Gesicht hatte er im Fernsehen gesehen. Auch die Finanzministerin aus den USA erkannte er wieder. Er fand, dass sie harte Augen und einen verkniffenen Mund hatte. Sie saß an einem Tisch zusammen mit dem Vorsitzenden der US-Stiftung, die ukrainische Politiker finanzierte. Auch die Bundesrepublik hatte daran Anteile, ebenso wie die NATO und das US-Außenministerium; ‚eine illustre Gästeliste‘, dachte er, ‚denen muss man etwas bieten.‘ Seine Augen wanderten weiter über die Tische und blieben an dem Mann hängen, den er beim Verlassen des Hotels mit von Koesen gesehen hatte. Er fuhr zusammen, als die Gäste aufstanden, „Bravo“ riefen und applaudierten.

„Da drüben“, sagte von Koesen, „die beiden Herren mit den grauen Schläfen. Ihre Kanzlei beschäftigt 500 Anwälte, alle mit der gezielten Ausweitung der USA nach Osten befasst. Die bloße Existenz der Ukraine als unabhängiger Staat trägt zur Umwandlung Russlands bei.“

Beringer sah ihn erstaunt an, weil von Kosen, den letzten Satz mit besonderer Betonung geflüstert hatte.

„Ist nicht von mir, Brczinski, Präsidentenberater in den USA. Früher hieß das noch einfach ‚Wer Kiew hat, kann Russland zwingen.‘“

Lachend nahm von Koesen der Serviererin ein Glas Champagner ab, und auch Beringer griff zu.

„Da drüben“, sagte er, „der Amerikaner, der in unserem Hotel wohnt. Ich weiß nicht, weshalb, aber er kommt mir bekannt vor. Würden Sie mich ihm vorstellen?“

Sie gingen hinüber, und von Koesen machte Beringer bekannt. Er und Bill standen sich gegenüber, sahen sich an und schwiegen einen Augenblick, bevor sie ein paar belanglose Worte wechselten. Jemand kam und klopfte Bill auf die Schulter, der sich entschuldigte und ging.

„Nun? Kannten Sie ihn?“, fragte von Koesen.

„Ich weiß nicht, ich muss darüber nachdenken. Ich werde einen Augenblick nach draußen gehen.“

Er zeigte auf eine geöffnete Flügeltür. Eine Terrasse lag davor, die von Fackeln beleuchtet war.

„Ich plündere das Büfett und komme dann nach, wenn Sie nichts dagegen haben. Man kann dem Gastgeber alles Mögliche nachsagen, aber nicht, dass er bei seinen Gästen an Essen und Trinken spart.“

Von der Terrasse aus gaben die hell erleuchteten Fenster einen Blick in den Saal und auf die Gäste frei. In dem Fenster, das ihm am nächsten war, sah er Bill mit dem Mann zusammenstehen, der ihn hatte sprechen wollen. Beringer trat einen Schritt zurück, um nicht von drinnen gesehen zu werden. Das merkwürdige Gefühl, das ihn beim Anblick des Amerikaners irritiert hatte, war wieder da, diesmal stärker als zuvor. Sonderbar war, dass er beim Anblick von Bill jetzt an Charlotte denken musste. Weshalb Charlotte? Er hatte seit mindestens zehn Jahren nicht mehr an seine geschiedene Frau gedacht, an ihren dramatischen Tod ...

‚Am Fenster. Nacht. Ein großer, blonder Mann hatte vor dem offenen Fenster gestanden. Ein Mann wie dieser Bill. Er hatte eine Pistole gehoben und auf Charlotte gezielt. Sie war auf den Mann zugegangen, nackt, und der Mann hatte geschossen. Der Schuss war sehr leise gewesen. Er hatte Charlotte über der Nasenwurzel getroffen. Der Mann ...'

Beringer sah unverwandt auf Bill, der jetzt allein stand und sich dem Fenster zuwandte.

‚Der Mann war durch die offene Haustür gekommen und war an ihm vorbei auf den leblosen Körper zugegangen. So war es gewesen. Dieser Mann war Bill. Er hatte Charlottes Körper aufgehoben und ihn an ihm vorbei nach draußen getragen. Es war still gewesen. Er hatte bewegungslos im Zimmer gestanden und durch die offene Tür auf den Rücken des großen, blonden Mannes gesehen, der mit dem Körper von Charlotte über die Terrasse gegangen und sehr bald in der Dunkelheit verschwunden gewesen war. Jemand hatte geweint. Er selbst hatte geweint. Und es war noch immer sehr still gewesen in diesem verdammten Haus, in dem alles, aber auch alles, nach unbeschwerten Tagen im Süden ausgesehen hatte. Es war Bill gewesen, der Charlotte erschossen hatte. Wieso war er hier?'

„Da sind Sie ja", sagte von Koesen neben ihm. „Kaviar, denen fällt auch immer nur dasselbe ein. Wenn Sie das Zeug mögen ..."

„Dieser Amerikaner, was macht der hier, Ihrer Meinung nach? Womit beschäftigt er sich, sagten Sie?"

„Natürlich nur Gerüchte, was man so hört. Dass er für diese Stiftung arbeitet, die sich um verwahrloste Kinder kümmert, ist allerdings offiziell ... Übrigens, Sie waren doch heute unterwegs. Sie werden es nicht gemerkt haben, aber wenn Sie einmal wieder in der Stadt umherschlendern, dann achten Sie auf die unterschiedlichen deutschen Touristen. Es gibt die mit Sehnsucht und die mit Bauchschmerzen. Die mit Sehnsucht, das sind solche wie meine Frau. Die mit Bauchschmerzen, das sind die, die sich noch immer verantwortlich fühlen, für Babi Yar zum Beispiel. Von denen mit Sehnsucht sind heute, außer mir, natürlich, noch ein paar andere Männer hier. Was sage ich ‚Sehnsucht'. Das sind Männer mit Geld, die gern investieren würden, wenn sie sich darauf verlassen könnten, dass man hier den Korruptionssumpf trockenlegt."

„Und die investieren in so einen Mann?"

Beringer deutete auf den Gastgeber, der blass und schwitzend vor der Frau in Grün stand, die größer war als er.

„Was soll's, mit irgendwem muss man anfangen. Im Grunde sind sie alle gleich. Jetzt passen Sie auf!"

Vorn hatte ein Techniker das Mikrofon ein wenig heruntergeschraubt und das Kaninchen hatte dahinter Stellung bezogen. Die Frau in Grün war verschwunden.

„Liebe Freunde ..."

Beifall wurde laut, „bravo" rief jemand.

„Sie beglückwünschen ihn, dass er den Anschlag heil überstanden hat. Wir sollten gehen und uns eine ordentliche Bar suchen. Was unser Gastgeber sagt, kann ich Ihnen auch erzählen. Ich kann ihm nicht zuhören, tut mir leid."

Bill / Kiew

Das Café Maxim war immer gut besucht, gleichgültig, zu welcher Tages- oder Nachtzeit. Bill hielt sich nicht gern hier auf. Es wimmelte von jungen Leuten, die sich offensichtlich überhaupt nicht für die komplizierte, politische Situation interessierten, in der sich ihr Land befand. Man lachte, trank und aß (sehr gut, übrigens), niemand las eine Zeitung, man küsste sich zur Begrüßung, und die ein Pariser Café imitierende Einrichtung passte zu dem lockeren Benehmen der jungen Leute.

Bill war nur einmal für ein freies Wochenende in Paris gewesen, damals, als seine Mission im Süden Frankreichs beendet gewesen war und man ihn nach Washington zurückgeholt hatte. In Paris hatte er in einem ähnlich aussehenden Café gesessen, war abends in eine dieser berühmten Shows gegangen, in denen man den Zuschauern langbeinige Frauen mit spitzen Brüsten zumutete und diese Darbietung für amüsant hielt, hatte teuren Champagner getrunken, der nach Abwaschwasser schmeckte und erst ausgetauscht worden war, nachdem er begonnen hatte, sich sehr laut zu beschweren. Ihm, der zwei Jahre in Vence gelebt hatte und der – um seine Legende aufrechtzuhalten – gezwungen gewesen war, jeden Morgen eine Flasche Champagner zu trinken und dazu grüne Artischocken zu essen, konnte man in Sachen Champagner nun wirklich nichts mehr vormachen. Er war froh gewesen, als er im Flugzeug nach Washington saß. Da war er nicht lange geblieben. Man hatte ihn nach einer kurzen Informationsphase nach Island geschickt.

Bill lächelte, als er sich an Island erinnerte. Die Kellnerin, die ihn nach seinen Wünschen fragte, bezog das Lächeln auf sich. Sie strahlte zurück. Er bestellte

Tee, sah durch die breiten Fenster auf die Straße ... von der Deutsch-Maus war nichts zu sehen ... und wandte sich in Gedanken wieder Island zu; der einzigen Station in der langen Reihe seiner Auslandseinsätze, in der er glücklich gewesen war. Damals war die Army noch auf Island stationiert. Es hatte ein paar Unregelmäßigkeiten in der Truppe gegeben, von denen das ohnehin nicht gerade freundliche Verhältnis zu den Einheimischen belastet worden war. Man hatte ihn hingeschickt, um einen objektiven Bericht über die Situation zu bekommen, bevor man Strafmaßnahmen in Erwägung zog. Was er feststellen konnte, war, dass Disziplinlosigkeit zur Normalität gehörte. Eine Art Auflösungsstimmung hatte sich breit gemacht, begünstigt durch den langen Aufenthalt der Soldaten in einem Land, das ihnen außer Schnaps und Frauen nichts zu bieten hatte; dafür aber durch lange Dunkelheit und Kälte besondere Belastungen mit sich brachte. Außerdem waren die Soldaten verunsichert gewesen durch Gerüchte, dass beschlossen werden sollte, die Army ganz abzuziehen. Die Gerüchte bestätigten sich dann 2005, aber bis 2006 waren noch Soldaten auf Island stationiert und bis dahin galt es, Disziplin zu halten und das Verhältnis zur Bevölkerung nicht unnötig zu belasten. Es gab Journalisten aus Europa, die im Land herumkrochen und nach Geschichten über hässliche Amerikaner suchten.

Er hatte nicht lange gebraucht, um festzustellen, wo die Schwachpunkte lagen und welche Männer zur Verantwortung gezogen werden mussten. Die Army hatte dann schnell gehandelt, „This We'll Defend" eben. Man hatte ihn gebeten, noch eine Weile im Land zu bleiben, um den endgültigen Erfolg der Strafaktion zu beobachten, und irgendwann, ein paar Monate lang, hatte er beinahe das Gefühl gehabt, seine Dienststelle habe ihn vergessen. Das war natürlich ein Traum gewesen, der bald beendet wurde. Aber ein paar Monate hatte er diesen Traum gelebt.

Der Name des Mädchens war Ugla gewesen, und er war jetzt noch sicher, dass er sie geliebt hatte.

Ugla, groß und weißblond, auch unter den Armen und zwischen den Beinen, fest und jung und stark, und ihre Augen waren braun gewesen. Sie hatten oft darüber gelacht, denn er hatte behauptet, dass ihre Augen eigentlich blau sein müssten, und sie hatte dagegengehalten, dass sie aus einer Familie komme, die von Trollen abstamme, und Trolle hätten braune Augen, und außerdem bedeute der Name Ugla „Eule", und er solle froh sein, dass sie keine Eulenaugen habe und einen hässlichen Schnabel. Er war froh, weil Ugla schön war und jung und unkompliziert und weil sie, komisch, dachte er, aber so ist es gewesen, weil sie ganz ohne Schminke auskam.

Bill sah auf die Straße. Die Frau, die er erwartete, war noch immer nicht zu sehen. Er überlegte, ob er gehen sollte, entschied aber, sitzen zu bleiben und noch einen Augenblick an Ugla zu denken. Es war eigentlich nicht nur die Frau gewesen, die ihn damals so glücklich sein ließ. Das Land hatte sich verwandelt, seit er sie kennengelernt hatte. Niemals würde er das brodelnde Schwefelwasser vergessen, die Wärme und den Dampf, der sie umgab, wenn sie in Reykjavík im Bad gewesen waren. Dort hatten sie sich kennengelernt und dahin waren sie regelmäßig gegangen; im Dunkeln, durch Straßen mit bunt bemalten, kleinen Häusern, durch deren erleuchtete Fenster sie Bilder betrachteten, die drinnen an den Wänden hingen, und Menschen, die beim Essen waren.

Einmal, es war Ende November gewesen, und den ganzen Tag war es nicht hell geworden, hatte er einen Jeep besorgt, weil Ugla ihm unbedingt das leere Gehöft ihrer Großeltern zeigen wollte.

„Es steht schon viele Jahre leer“, hatte sie gesagt, „als die Großeltern gestorben waren, wollte niemand mehr dort wohnen.“

Er wusste da schon, dass Landflucht eines der Probleme Islands war. Die Insel, hieß es, sei bedeckt mit leer stehenden Häusern, und es interessierte ihn, sich die Sache näher anzusehen. Sie waren losgefahren, und schon nach kurzer Zeit war klargeworden, dass ihr Unternehmen halsbrecherisch werden würde, wenn sie es fortsetzten. Das Land war hügelig und die schmalen Straßen so vereist, dass sie fürchten mussten, abzustürzen. Nur mit Mühe hatten sie umkehren können, und als sie Reykjavík endlich wieder erreicht hatten, war er froh gewesen, und er hatte erstaunt festgestellt, dass er unterwegs nicht um sich, sondern um Ugla Angst gehabt hatte.

„Lass uns was trinken gehen“, hatte er vorgeschlagen.

„Eine Flasche Schwarzen Tod“, hatte Ugla geantwortet, und sie waren sich lachend in die Arme gefallen. Die leere Flasche mit dem rot durchgestrichenen Totenkopf hatte lange in seinem Zimmer gestanden.

„Wir sind verabredet?“

Bill schreckte zusammen und sah auf. Neben ihm, im Gang, so dass sie einen Kellner behinderte, der sich zwischen den Tischen durchschlängelte, stand die Deutsch-Maus. Er erhob sich, um die Frau zu begrüßen. Sie reichte ihm bis zur Brust, er fand ihr Gesicht tatsächlich mausähnlich, und der blaue Hut, den sie auf dem Kopf trug und auch nicht abnahm, als sie sich auf den Stuhl setzte, den er ihr hinschob, fand er lächerlich. Er nahm sich vor, die Frau trotzdem ernst zu nehmen. Sie bestellte Tee, und während sie dem davoneilenden Kellner nachsah, begann sie zu sprechen.

„Meine Dienststelle hält es für möglich, dass das Objekt unserer Begierde dasselbe ist", sagte sie versonnen und ohne ihn anzusehen. „Meine Dienststelle hält es außerdem für möglich, dass zwischen uns eine partielle Zusammenarbeit stattfinden könnte."

„Wir schätzen die Arbeit Ihrer Dienststelle", entgegnete er.

‚Was wir wirklich schätzen', dachte er, ‚ist, dass ihr uns aus der Hand fresst und dass es ein paar Leute bei euch gibt, denen das nicht passt und die versuchen, Extratouren zu fahren. Die schätzen wir besonders. Sie sind das Salz in der Suppe. Sie sorgen dafür, dass die Arbeit nicht langweilig wird.'

„Das Objekt Ihrer Begierde", sagte Bill und lächelte ein ganz klein wenig anzüglich, „hat es einen Namen?"

Er beobachtete das Gesicht der Frau und stellte fest, dass es ihr nur beinahe gelang, ihren aufsteigenden Ärger zu unterdrücken. Was immer sie bisher gemacht hatte, in dem was man ihr aufgetragen hatte, war sie eine Dilettantin.

„Reden wir offen", sagte die Frau ihm gegenüber. „Schließlich haben wir denselben Gegner. Unser Problem könnte Eva Kovac werden. Sie arbeitet für uns, was Ihnen bekannt sein dürfte. Es gibt Hinweise darauf, dass sie ...", sie zögerte einen Augenblick, vielleicht war ihr bewusst geworden, dass es in der Sprache ihrer Dienststelle einen besonderen Ausdruck für Verrat gab, der ihr nicht geläufig war, aber „Verrat" klang irgendwie falsch ..., „dass sie auf beiden Schultern trägt", sagte sie, sichtlich froh, eine Umschreibung gefunden zu haben.

‚Sie wissen, dass ich Eva kenne', dachte Bill und sah sein Gegenüber versonnen an. ‚Und sie glauben, deshalb könnte ich ihnen dabei behilflich sein, etwas herauszufinden, das sie selbst nicht in der Lage sind festzustellen.'

„Ich treffe die Kovac gelegentlich", sagte er. „Ich bin Ihnen dankbar für den Hinweis. Ich werde Augen und Ohren offen halten. Obwohl ich eigentlich nicht glaube ..."

„Wir haben unsere Quellen", sagte die Frau schnell.

Sie sah aus, als fühle sie sich unbehaglich in seiner Gesellschaft. Das war schlecht. Es war immerhin möglich, dass sie in irgendeinem Zusammenhang noch nützlich sein konnte. Er lächelte sein jungenhaftes Lächeln, das er immer benutzte, wenn es Menschen von seiner Vertrauenswürdigkeit zu überzeugen galt. Er hatte sich dieses Lächeln vor dreißig Jahren antrainiert. Damals hatte es gut zu seinem Gesicht gepasst. Leicht legte er die Hand auf den Arm der Frau ihm gegenüber.

„Ich denke, wir sollten uns wiedersehen", sagte er. „Ich schlage vor, in einer Woche, hier, um die gleiche Zeit. Vielleicht weiß ich dann mehr. Selbstverständlich werden wir uns im Hotel weiterhin nicht kennen. Es war sehr klug von Ihnen, diesen Treffpunkt vorzuschlagen."

Sie war nicht ganz überzeugt, aber nun lächelte die Frau jedenfalls, und ihr kleines Gesicht unter dem blauen Hut wirkte beinahe hübsch.

‚Ein Püppchen', dachte er, ‚aber fürs Püppi eher nicht geeignet.' Er hatte Mühe, sein harmloses Lächeln beizubehalten.

„Ich werde dann gehen", sagte die Frau.

Sie stand auf, legte einen Geldschein neben ihre Tasse und verließ das Café. Bill sah ihr nach, bis sie hinter einem der Autos verschwunden war, die am gegenüberliegenden Straßenrand abgestellt waren und aus deren geöffnetem Kofferraum oder von deren Ladefläche Kaffee an Menschen auf dem Bürgersteig verkauft wurde.

Sie hatte nicht die Wahrheit gesagt. Solche Leute sagten nie alles, was sie wussten. Hätte er auch nicht getan. Sie hatte ihm diesen Beringer verschwiegen, der ihr bekannt sein musste. Ihre Dienststelle hatte ihn geschickt. Weshalb tat sie das? Beringer und Eva kannten sich. Nach allem, was er wusste, waren sie sich in Kiew bisher nicht begegnet. Er würde mehr Informationen brauchen, um den Mann besser einschätzen zu können. Eva arbeitete nicht für die Russen, dafür legte er seine Hand ins Feuer. „Auf beiden Schultern tragen", was für eine altmodische Wendung. Für so wunderschöne Körperteile wie die Schultern von Eva.

Milena / Kiew

Nataljas Mann sprach nicht, während er mich nach Hause kutschierte. Polizeiwagen mit eingeschalteten Sirenen und Blaulicht rasten noch immer durch die Stadt. Zweimal wurden wir angehalten und mussten uns ausweisen. Das Auto wurde nicht durchsucht. Die Polizei begnügte sich mit einem Blick durch die Fenster in das Innere des Wagens. Ich hatte das Gefühl, die Kontrolle sei nur vorgetäuscht, aber ich konnte mich irren. Vielleicht waren die Polizisten auch nur müde.

Nataljas Mann hielt vor dem Haus, in dem sich meine Wohnung befand, und stieg aus. Er kam um den Wagen herum und wartete, bis ich mich aus dem kaputten Sitz gequält hatte. Das fiel mir nicht nur wegen des Zustands schwer, in dem sich der Sitz befand.

„Wassili, ich heiße Wassili", sagte er, während er meinen Arm nahm und mich zur Haustür begleitete. „Natalja hat gesagt, ich soll auf Sie aufpassen, bis Sie drin sind. Und das hier soll ich Ihnen geben."

Wir standen an der Tür und Wassili drückte mir einen Zettel in die Hand. Ich war nicht in der Lage, einen Blick darauf zu werfen. Ich fühlte mich grässlich.

„Gibt es in diesem Haus einen Fahrstuhl? Natürlich, gibt es einen in so einem Haus. Haben Sie einen Schlüssel oder müssen wir klingeln?"

Ich drückte auf den Knopf der Sprechanlage. Als ich Olgas Stimme hörte, war ich so erleichtert, dass ich zu weinen begann. Die Tür öffnete sich, Wassili brachte mich zum Fahrstuhl und setzte ihn in Gang.

„Ich geh dann", sagte er, „den Rest schaffen Sie allein."

Er war weg, bevor ich mich bedanken konnte.

„Mein Gott, wie sehen Sie denn aus?", rief Olga, als ich den Fahrstuhl verließ und ihr entgegenwankte. „Sind Sie etwa dabei gewesen?"

„Bitte, Olga, meinen Schlüssel. Ich möchte mich gern einen Augenblick hinlegen, nachher rufe ich Sie an. Nachher …"

„Und keine Anrufe, oder?"

Ich konnte nur nicken. Ich hatte Angst, meine Beine könnten nachgeben und ich einfach auf dem Boden zusammensacken. Ich musste mich hinlegen und schlafen. Schlafen würde mir guttun.

Ich schlief tatsächlich ein paar Stunden. Was im Schlaf eigentlich geschieht, weiß man nicht genau, aber ich würde gern mehr darüber wissen. Manchmal erwacht man und ist traurig, obwohl das Leben gerade schön ist und man keinen Anlass findet, traurig zu sein. Manchmal wacht man auf und fühlt sich, als könnte man Berge bezwingen, Bäume ausreißen, Meere durchschwimmen. So fühlte ich mich, als ich wach wurde, fähig, Berge zu bezwingen, Bäume auszureißen und Meere zu durchschwimmen. Ich blieb still liegen, dachte nach, und es fiel mir auf, dass die Worte, die ich gerade gedacht hatte, auf Flucht hinwiesen …

Ich schlief noch einmal ein und als ich wach wurde, war es Nacht. Ich stand auf, machte alle Lampen an, bestellte bei Olga etwas zu essen und besah mich im Spiegel. Offensichtlich war ich unversehrt. Ich dachte an die riesige Badewanne im Ukraina und ging unter die Dusche. Ich singe unter der Dusche, wenn ich gute Laune habe, und ich begann tatsächlich zu singen. Olga brachte das Essen, und ich bat sie, im Püppi anzurufen und dort Bescheid zu geben, dass ich auf dem Weg sei.

Es gab überhaupt nur eine einzige Lösung. Ich musste diesen verdammten Job aufgeben. Ich musste zurück nach Deutschland. Immer hatte es Menschen gegeben, denen gestattet worden war, die Nachrichtendienste zu verlassen. Wenn sie überzeugend darlegten, dass sie loyal blieben. Ich würde loyal bleiben. Ich konnte es mir nicht leisten, mich mit der Firma zu überwerfen. Ich hatte Rücksicht zu nehmen auf Tita. Und Rücksicht auf mich selbst. Ich wollte ein ruhiges, ordentliches, überschaubares, ehrliches, einfaches, klares, unauffälliges Leben.

So weit kam ich mit meinen Überlegungen, und dann stand ich auf und stellte mich noch einmal vor den Spiegel. Sah so wirklich eine Frau aus, die ein ruhiges, ordentliches, überschaubares, ehrliches, einfaches, klares, unauffälliges Leben brauchte? Oder einfach nur eine, die für den Augenblick den Mut verloren hatte?

Wovon wollte diese unauffällige Person eigentlich leben? Sicher würde mir der BND keine Abfindung zahlen, wenn man mich überhaupt gehen ließe. Und wenn, dann sicher nicht eine, die bis an mein Lebensende reichte. Ich hatte länger als zehn Jahre nicht mehr in meinem Beruf gearbeitet. Natürlich, ich könnte mich niederlassen, eine Kanzlei aufmachen; vielleicht würde mir die Firma, zum Dank wofür?, am Anfang ein paar Mandanten vermitteln, irgendetwas Unspektakuläres, BTM oder Kaufhausdiebstahl. Aber nach ein paar Auftritten vor Gericht, vor einem Amtsgericht, dem ein kleiner, mickriger Richter vorsaß, der es in seinem Leben nicht weiter gebracht hatte als bis zum Amtsrichter und dem seine Angeklagten gleichgültig waren, viel lieber wäre er bei den Jungen im Sportverein gewesen, die er trainierte, würde ich von irgendeinem Lokalreporter erkannt werden. Die Zeitungen hätten nichts Besseres zu tun, als darüber zu schreiben, dass ich in den Beruf zurückgekehrt sei. Ich wusste genau, was dann passieren würde. Plötzlich würde ich ganz andere Mandanten haben können, wenn ich wollte.

In meinem Wartezimmer, schäbig, natürlich, denn meine BTM- und Kaufhausdiebstahl-Mandanten brachten nicht so viel ein, dass ich mir schönere Räume leisten konnte, würden plötzlich Leute sitzen, die allein schon durch ihr beeindruckendes Aussehen das Wartezimmer sprengten. Wie lange würde es dauern, bis ich deren Angeboten nicht mehr widerstehen könnte? Wie lange traute ich mir zu, „ehrlich" zu bleiben? Und was, wenn niemand von denen käme? Würde ich dann den Rest meines Lebens in einer Drei-Zimmer-Wohnung verbringen, von denen ein Zimmer als Büro hergerichtet war und der Flur als Wartezimmer diente, damit zufrieden, dass ich mir einmal in der Woche eine Yoga-Stunde leisten konnte?

Mir fällt auf, dass ich keine Gedanken an Beringer und an das schöne, alte Haus verschwendete, in dem wir die Kanzlei gemeinsam betrieben hatten. Eigentlich hätte das nahegelegen, denn sicher gab es das Haus noch. Aber ich dachte nicht an Beringer. Es war mir gelungen, ihn zu vergessen, und auch sein kurzes Auftauchen hatte die Erde nicht aufgewühlt, unter der ich ihn begraben hatte.

Ich stand noch immer vor dem Spiegel und versuchte, mir die Person, die ich sah und die mir (meine Stimmung war ausgezeichnet, ich war ja Berge versetzend aufgewacht) attraktiv vorkam, in einem Vorstadt-Büro vorzustellen, als mein Telefon läutete.

„Ja?"

„Da ist eine Dame, die Sie sprechen möchte."

„Um diese Zeit?"

Ich sah auf die Uhr, es war kurz vor Mitternacht und es wurde Zeit, mich ins Püppi zu bewegen. Eins von den Mädchen, die dort arbeiteten? Das war schwer vorstellbar. Sie wussten, dass ich kommen würde, und es wäre ihnen nicht eingefallen, mich in meiner Privatwohnung aufzusuchen, von der sie außerdem die Adresse nicht kannten.

„Ich hab' gesagt, dass Sie zu tun haben. Sie besteht darauf, mit Ihnen zu sprechen. Sie ist ein wenig ... Olga machte eine Pause, die letzten Worte hatte sie leise gesprochen ... sie ist ein wenig komisch, finde ich."

„Fragen Sie die Dame, wie sie heißt und was sie will, vielleicht kann ich morgen ..."

„Das hab' ich schon. Sie sagt, das ginge mich nichts an. Ich soll Ihnen sagen, sie sei von der Firma. Das würde genügen."

Das genügte tatsächlich. Ich würde diese Dame empfangen, auch wenn sie die Zeit, um mich zu besuchen, eher unverschämt gewählt hatte. Vielleicht wusste ich nach diesem Besuch klarer, wie sich mein künftiges Leben gestalten würde.

„Zehn Minuten, schicken Sie die Dame in zehn Minuten zu mir. Und rufen Sie, bitte, in einer halben Stunde an, wenn das Taxi da ist."

„Taxi?"

„Olga, in einer halben Stunde fahre ich in den Club."

„Verstehe."

Ich musste mich mit dem Ankleiden beeilen, aber ich bin gut darin, schnell fertig zu werden, wenn es nötig ist. Als es an meiner Wohnungstür klingelte, war ich perfekt angezogen und geschminkt. Ich öffnete die Tür, nicht ohne mich vorher zu vergewissern, dass da tatsächlich eine Frau stand. Das nahm ich jedenfalls an, denn der Hut, auf den ich durch den Spion sah, deutete auf eine Frau hin.

Im Flur stand eine kleine Person in einem dunkelroten Hosenanzug, der teuer gewesen war. Auf dem Kopf trug sie einen blauen Schlapphut, bei dessen Anblick ich mir das Lachen verkneifen musste. Auch der Hut war teuer gewesen, und wenn die Frau größer gewesen wäre und nicht ausgerechnet bei einer Firma beschäftigt, deren Angestellte den Schlapphut in jeder Karikatur auf dem Kopf trugen, und wenn das Rot des Anzugs und das Blau des Hutes nicht so scheußlich zusammen ausgesehen hätten, dann wäre der Anblick, der sich mir bot, sicher nicht so lächerlich gewesen.

Die Frau war kleiner und schmaler als ich. Ich bat sie herein, und sie sah sich tatsächlich nach rechts und links um, bevor sie eintrat. Nahm sie an, es sei ihr jemand gefolgt? Im Fahrstuhl?

Es gelang mir nicht, den Besuch ernst zu nehmen, aber ich versuchte es wenigstens. Wir setzten uns.

„Dr. Renate Kurz", sagte die Frau, „aus Berlin, Hauptquartier. Sozusagen."

Sie verschwand fast in dem großen Sessel, der glücklicherweise hell bezogen war, so dass sie sich wenigstens durch ihre Kleidung abhob. Erst jetzt sah ich die hübschen, kleinen Stiefelchen, leuchtend blau mit roten Sohlen. Ich verkniff mir zu fragen, ob sie mit dem Kauf der Stiefel zufrieden gewesen war. Ich kannte die Passage und den Laden, in dem sie sie gekauft hatte. Die Kundschaft dort bestand aus den Frauen und den Töchtern und Geliebten der Geldleute. Die Stiefelchen waren nicht unter 2000 Euro zu haben gewesen. Die Situation war sonderbar, vor allem, weil Frau Dr. Renate Kurz nichts sagte. Stattdessen versuchte sie, ohne allzu neugierig zu wirken, meine Wohnung genau zu betrachten.

„Ich kann Sie gern herumführen, wenn Sie sich dafür interessieren, wie ich lebe. Obwohl, diese Wohnung müsste Berlin eigentlich kennen. Man hat sie nur renoviert, bevor ich eingezogen bin."

„Darf ich Ihr Bad benutzen?"

Ich zeigte der Kurz den Weg ins Bad, holte, während sie – wonach auch immer – im Bad suchte, meine Hand-

tasche und meinen Mantel und war ausgehfertig, als sie zurückkam. Sie setzte sich nicht wieder in den viel zu großen Sessel, blieb aber auch nicht stehen, sondern wanderte im Wohnzimmer umher, ging hinüber ins Schlafzimmer, erschien wieder und stand zögernd mitten im Raum.

„Ich sehe, Sie wollen ausgehen", sagte sie, nachdem sie mich eingehend gemustert hatte. „Ich weiß ja, dass Sie oft nachts arbeiten. Ich möchte Sie nicht aufhalten. Ich wollte mich nur davon überzeugen, dass Sie gut untergekommen sind. Wenn es Ihnen nichts ausmacht, würde ich Sie gern an einem der nächsten Tage nachmittags treffen. Es gibt ein paar Fragen, nichts, was Sie beunruhigen müsste, aber es gibt doch ein paar Fragen ..."

Sie unterbrach sich und sah mich erwartungsvoll an. Ich tat nichts, als sie ebenfalls anzusehen. Ich sah, dass sie anscheinend gehofft hatte, ich würde ihr irgendwie entgegenkommen. Ich hatte keine Ahnung, was sie von mir erwartete.

„Jean Beringer", sagte sie endlich, „Sie erinnern sich an ihn?"

Ich schwieg. Ich hatte keine Lust zu antworten, nicht auf eine so dumme Frage und nicht der Person, die mir gegenüberstand. Ich kann diese Art Schweigen sehr lange aushalten, besonders lange, wenn ich mein Gegenüber nicht ernst nehme. Irgendwann wandte sich Frau Dr. Kurz zur Tür. Bevor sie die Tür erreicht hatte, sah sie sich noch einmal um.

„Wir waren bisher sehr zufrieden mit Ihrer Arbeit. Eigentlich kann es sich bei dem, was wir zu besprechen haben, nur um ein paar Missverständnisse handeln, die wir besser sobald wie möglich aus der Welt schaffen sollten. Sehen Sie, bei Auslandseinsätzen ist man oft ziemlich weit von der Zentrale entfernt. Da kann es vorkommen, dass man glaubt, man sei nur sich selbst verantwortlich. Und

dann kann es vorkommen, dass man plötzlich Wege einschlägt, die dazu führen, nun, wie soll ich sagen, dazu führen ... Ich schlage vor, dass wir uns morgen Nachmittag im Salut treffen, meine Liebe; das ist ein Befehl, meine Liebe, freundlich vorgetragen, aber unbedingt einzuhalten."

„Selbstverständlich", sagte ich zu dem Rücken und der Hand, die gerade die Tür zu meiner Wohnung zuschlug.

Ich gebe zu, es hat einen Augenblick gedauert, bis ich meine Fassung wiederfand. Sie war nicht mehr komisch gewesen, diese blau-rote Zwergin. Es war ihr sogar leicht gefallen, ihrer Stimme einen hässlichen Unterton zu geben, den ich ihr nicht zugetraut hätte.

Ich blieb eine Weile stehen, ging noch einmal ins Bad, um mein Make-up zu kontrollieren, setzte mich und wartete auf Olgas Anruf. Bevor das Telefon läutete, hatte ich gerade noch Zeit, darüber nachzudenken, weshalb ich mich plötzlich nicht mehr wohlfühlte in meiner Haut.

Im Club empfingen mich die Frauen strahlend wie immer. Es sind zurzeit acht, die für uns arbeiten, und es war sicher richtig von Bill, zu behaupten, eine sei schöner als die andere. Bill gehörte nicht zu den Kunden. Er sah sie nur manchmal, wenn er mich abholte. Würde er heute kommen? Wir waren nicht verabredet, aber manchmal erschien er ohne Ankündigung, einfach so, und bisher hatte ich mich jedes Mal darüber gefreut.

„Ich finde, es gehört sich nicht für einen Mann, Frauen zu kaufen und zu benutzen", hatte er einmal erklärt, und ich sah, obwohl er dabei lachte, dass seine Worte ernst gemeint waren. Ich dachte, dass Männer aus Boston, vielleicht, noch prüder waren als andere Amerikaner. Nie verlor Bill ein Wort der Missbilligung über meine Arbeit im Club. Sie schien für ihn einfach nicht zu existieren. Er begegnete mir mit Hochachtung in der Öffentlichkeit und

mit Rücksichtnahme und Zärtlichkeit, wenn wir allein waren. Wahrscheinlich waren es gerade diese Eigenschaften, die mich davon abgehalten hatte, mich von ihm zurückzuziehen, als ich nach und nach herausfand, wo seine wirklichen Interessen lagen.

Von den Frauen war keine auch nur in der Nähe des Maidan gewesen, als dort die Bombe geworfen worden war. Sie hatten geschlafen, wie immer am Tag, das gehörte zu ihren Pflichten. In den wenigen Minuten, die uns noch blieben, bevor der Club öffnete, informierte ich sie über den Anschlag und bat sie, in der nächsten Zeit besonders aufmerksam zu sein. Alles, was auch nur im Entferntesten mit dem Anschlag in Verbindung zu bringen war, sollte festgehalten werden.

Es war sehr einfach, die besondere Aufmerksamkeit der Frauen für diese Aufgabe zu gewinnen. Bis vor wenigen Monaten hatten zwei von ihnen einem Jungfrauen-Chor angehört, der dem auf dem Maidan, der als Ziel für einen angeblichen Anschlag auf das Kaninchen herhalten musste, ähnlich gewesen war. Die Frauen waren empört, als ich meinen Verdacht äußerte, und ich konnte sicher sein, dass sie ihre Arbeit gut machen würden. Weniger sicher war ich in Bezug auf meine eigene Person. Der Anschlag, den ich mit angesehen hatte, die anschließende Panik, mein Schock und die Vorgänge im Ukraina, die ungewöhnliche, überraschende Hilfe, die Natalja und ihr Mann mir geleistet hatten, meine Erkenntnisse in Bezug auf Bill und über mein eigenes Verhalten und am Ende noch diese kleine, freche Person, die es gewagt hatte, nach Beringer zu fragen, den ich aus meinen Gedanken gestrichen hatte, das alles zusammen war ein wenig zu viel für mich gewesen. Das Hochgefühl, mit dem ich aufgewacht war und das mich dazu veranlasst hatte, darüber nachzudenken, wie ich mein Leben ändern würde, war ver-

schwunden. Ich war unruhig und niedergeschlagen, als ich mich in mein Büro zurückzog.

Das Büro liegt im hinteren Bereich der großen Wohnung, die uns als Arbeitsstätte dient. An den Unsummen, die der BND für den Kauf und die Ausstattung des Bordells ausgegeben hat, kann man wohl erkennen, wie wichtig unsere Arbeit genommen wird. Natürlich waren alle Räume mit Kameras ausgestattet, allerdings hatte ich mir ausbedungen, dass mein Büro nicht überwacht wurde, und ich glaube, dass man sich daran gehalten hat.

Ich war froh, wieder allein zu sein, und beschloss, die Anlage, mit der ich die übrigen Räume einsehen konnte, erst später einzuschalten. Auf dem Schreibtisch, der meistens leer ist, geschäftliche Dinge werden an anderer Stelle geregelt, lag ein weißer Umschlag, einer von denen, die Bill üblicherweise benutzte, wenn er eine Mitteilung schickte. Er würde also kommen.

Ich nahm den Umschlag mit auf das Sofa und öffnete ihn erst, als ich es mir bequem gemacht hatte.

„Ich bin ein paar Tage verreist, meine Liebe, bis zum Wiedersehen ein Kuss auf dein bezauberndes Näschen."

Ich war enttäuscht. Natürlich hätte ich mit Bill nicht über Beringer oder über die kleine Frau sprechen können. Aber für meine Beobachtungen auf dem Maidan, für die Angst, die Panik, die ich empfunden hatte, wäre er wohl ein guter Gesprächspartner gewesen. Gerade weil mein Misstrauen gegen Bill gewachsen war, hätte ich mit besonderer Aufmerksamkeit auf seine Reaktionen achten können. Gerade heute wäre es wichtig gewesen, ihn zu treffen. Wenn der US-Botschafter während des Scharfschützen-Einsatzes auf dem Maidan ständig telefonisch über alle Vorgänge unterrichtet worden war, waren, vielleicht, auch diesmal ganz andere Kräfte im Spiel als die, über die in den Nachrichten geredet wurde. Ich gab mich nicht der Illusion hin, von Bill Auskünfte zu bekommen, aber ich war geübt darin, Zwischentöne, Auslassungen, Übertreibungen, dort, wo sie nicht nötig waren, zu erkennen. In dem Verhältnis, das ich bisher zu Bill gehabt hatte, waren mir solche Beobachtungen unnötig erschienen, so dass ich sie nur am Rand, nebenbei, gemacht hatte. Bill war für mich nur aus persönlichem Interesse wichtig gewesen, nie als Ausspäh-Objekt. Aber auch, wenn meine Bedürfnisse sich in Bezug auf seine Person kaum geändert hatten, war ich nicht mehr in der Lage, ihn als den harmlosen, kinderfreundlichen, liebenswerten Amerikaner zu sehen, als den ich ihn bisher wahrgenommen hatte. Oder als den ich mir vorgemacht hatte, ihn wahrnehmen zu müssen, um meine persönlichen Bedürfnisse ohne größere Gewissenskonflikte ausleben zu können.

Ich dachte nach, und ich musste mir eingestehen, dass das Gerüst, auf dem ich seit dem Antritt meines Jobs hier in Kiew agiert hatte, das ich mir als eine Bühne für mein höchst fragiles Leben aufgebaut hatte, zusammengebrochen war. Und ich lag unter den Trümmern des Gerüsts, noch weich gebettet auf dem luxuriösen Sofa im Hinterzimmer eines aufwendig und trickreich ausgestatten Bordells, aber schon mit dem verzweifelten Bemühen, einen Weg unter den Trümmern hervor in ein anderes Leben zu finden.

Ein anderes Leben, ja, das war es, was ich suchen musste; ein anderes Leben, ohne korrupte Kaninchen, amerikanische Kinderfreunde, unbekannte Bombenwerfer und gekaufte Dichterlinge. Wie, ich musste versuchen, es genau zu verstehen, wie war ich darauf gekommen, diesen Job anzunehmen, angestellt bei dem Geheimdienst eines Landes, dessen Politik mich nie sonderlich interessiert hatte?

‚Nur weiter', dachte ich, ‚mach jetzt keine Pause. Drück dich nicht, denk weiter nach. Du weißt doch, wes-

halb du aus Hamburg weggegangen bist. Du weißt es. Was ist mit deinem Vorsatz, dir niemals Illusionen zu machen über dein eigenes Verhalten? Den willst du doch nicht aufgeben, also?‘

Ich sah die Szene in der Gerichtskantine vor mir. Beringer und ich. Ich stand ihm gegenüber, angeblich um zu warten, bis sich die Reporter vor dem Gerichtsgebäude verliefen; in Wirklichkeit, um festzustellen, dass wir nichts mehr miteinander zu tun hatten.

Genau wie damals empfand ich wieder das Gefühl von Scham, groß, entsetzlich groß, so als sei ich nackt einer Meute von Gaffern ausgesetzt. Nichts war mehr übrig von dem großen Sieg, den ich gerade eben in der Gerichtsverhandlung erreicht hatte. Ich stand da und blickte auf Beringer, und obwohl ich stand und er saß, war ich klein und er war groß. Immer, immer habe ich es gehasst, mich klein zu fühlen, und die verachtet, die andere sich klein fühlen lassen.

Wie er da saß. Ich musste ihm sagen, was ich von ihm hielt.

Das hab' ich getan und dabei gewusst, dass ich im Unrecht war. Ich wusste es schon in dem Augenblick, als ich zu sprechen begann. Diese großartige Haltung, die ich mir zulegte, während ich vor Beringer stand und auf ihn herabsah: nichts als Theater; die Bühne, die sich mir bot und die ich nutzte, als ich danach das Gerichtsgebäude verließ: nichts als Theater; der stille Triumph, als mir wenige Wochen später ein Treffen mit dem BND-Chef angetragen wurde: nichts als Theater; die Begeisterung, mit der ich sein Angebot annahm, für den Auslandsdienst zu arbeiten: nichts als Selbstbetrug. Die Herren wussten genau, wen sie da vor sich hatten; eine nach außen hin besonders erfolgreiche Anwältin, die gescheitert war, die eine Fluchtmöglichkeit suchte, die noch auf ganz andere

Angebote eingegangen wäre, als das, für ihr Land zu arbeiten. Mein Land? Niemals vorher hatte ich so gedacht. Wie sehr war ich demoralisiert, dass ich „mein Land“ als Rettungsanker nutzte, begierig nach der Möglichkeit griff, eine wichtige Aufgabe zu übernehmen; wie gut die Mechanismen der Selbsttäuschung funktioniert hatten, bis eine Bombe, aus einer Aktentasche gezogen, auf junge Frauen geworfen, mein selbstgezimmertes Lebensgerüst unvermutet zusammenbrechen ließ.

Unvermutet?

Ich begann, danach zu suchen, ob und wann sich, vielleicht, in der Vergangenheit, kleine Zeichen bemerkbar gemacht hatten, leise Zweifel, an mir, an dem, was ich tat, aber ich kam nicht weiter mit meinen Überlegungen. Ich war nicht mehr geübt darin, Selbstkritik zu praktizieren. Ich war – zu verkommen?

Als an die Tür meines Büros geklopft wurde, stand ich auf und stellte mich hinter den Schreibtisch, bevor ich antwortete.

„Der Pförtner sagt, da sei eine komische Frau“, sagte Mascha.

Sie blieb in der geöffneten Tür stehen, freundlich und selbstbewusst. Mascha war Russin und noch nicht lange bei uns, eine blonde, üppige, junge Frau, die kindlicher wirkt, als sie ist. Ich mochte sie gern, deshalb übersah ich, dass sie ihre Augen neugierig in meinem Büro herumwandern ließ.

„Klein? Blauer Hut und roter Anzug?“

„Sagt der Pförtner.“ Mascha lachte.

„Nein“, sagte ich, „sie soll morgen wiederkommen, besser übermorgen, und nicht ohne Anmeldung. Passt auf, dass sie euch nicht entwischt und einen Nebeneingang findet. Sie ist trickreich und obendrein eine Nervensäge.“

Sie hätte es sich denken können. Vermutlich gab es kein Bordell, das nachts Frauen einließ, die nicht dazugehörten. Unmöglich hätte sie sagen können, dass sie aus Berlin gekommen sei, eine Vorgesetzte, sozusagen. Die Idee, noch in der Nacht das Gespräch mit der Kovac fortzusetzen, war lächerlich gewesen. Dabei hatte sie nur versuchen wollen, aus deren Reaktion bei der Erwähnung Beringers Kapital zu schlagen.

‚Es ist nicht gut', hatte sie gedacht, ‚wenn ich der Kovac Zeit gebe, sich zurechtzulegen, was sie zu Beringer sagen wollte.'

Schade, denn es war klar, dass die beiden eine besondere Verbindung zueinander hatten. Kovac' Erschrecken bei der Erwähnung seines Namens, Beringers angebliche Untätigkeit bei der Überwachung ihrer Kontakte, das Auftauchen dieses Wadim in Kiew ... Sie hatte die Information am Abend erhalten, bald nachdem sie die Kovac verlassen hatte. Sie war überrascht gewesen, hatte sie doch geglaubt, über alle deutschen Außenstellen in Kiew informiert zu sein. Nachdem sie eine Weile nachgedacht hatte, war ihr klargeworden, dass es zwischen den Ukrainern und dem BND einen direkten Draht geben musste, eine Verbindung, über die man sie nicht informiert hatte. Immerhin aber hatte man ihre Anwesenheit in Kiew dann für so wichtig gehalten, dass sie über die Einreise dieses Wadim informiert worden war. Wadim – das war der direkte Draht nach Russland. Die Art, wie man seine Einreise organisiert hatte, war typisch für den russischen Geheimdienst. Man versuchte gar nicht erst, teure Umwege zu machen. Die Agenten einfach unter das Volk mischen, wo sie dann „wie der Fisch im Wasser" von

Anfang an ihr Unwesen treiben konnten, ohne besonders aufzufallen.

Anna Maria stand noch immer in Gedanken versunken vor dem Haus, in das sie nicht eingelassen worden war. Erst als ein schwerer Wagen auf den Bürgersteig fuhr und sie zur Seite springen musste, um nicht umgestoßen zu werden, wurde sie sich ihres Verhaltens bewusst. Eng an die Hausmauer gedrückt, hinter einem Erkervorsprung verborgen, beobachtete sie die Vorgänge auf der Straße, zwangsläufig sozusagen, nicht einmal freiwillig. Wegzugehen und sich damit den Blicken der Insassen auszusetzen, schien ihr nicht klug zu sein.

Während der Fahrer, ein älterer Mann mit grauen Haaren, sitzengeblieben war und nur den Kopf hin und her wendete, um den Bürgersteig zu beobachten, waren zwei junge Männer, die aussahen, als seien sie Wrestling-Helden nachgebildet, aus dem Auto gesprungen. Sie vollführten schnell und gekonnt einen angedeuteten Ringkampf, sprangen auseinander, stürzten zum Auto und rissen rechts und links die Türen auf. Eine Weile geschah nichts. Anna Maria hielt den Atem an. Nur ein Verrückter konnte sich mit solchen Leuten umgeben.

‚Man sollte eben öfter nachts unterwegs sein', dachte sie, ‚dann sieht man mehr.'

Sie starrte zum Auto hinüber, immer noch an die Wand gepresst, als dort langsam und schwerfällig ein kleiner, kräftiger Mann aus der Tür kroch. Den Mann kannte sie. Man konnte ihn jeden Tag in der Zeitung sehen, erst vor Kurzem war er mit der Kanzlerin zusammengetroffen. Jetzt hatte er sein Gesicht zu einem Lächeln verzogen. Anscheinend war er amüsiert über die Vorstellung, die seine beiden Leibwächter gegeben hatten. Der Mann blieb auf dem Bürgersteig stehen und sagte leise ein Wort, das Anna Maria nicht verstand.

Einer der Wrestling-Clowns sprang zum Auto, beugte sich über den Rücksitz und kam gleich darauf mit einer glänzenden Schachtel in der Hand wieder hervor. Mit einer kleinen, beinahe ironisch wirkenden Verbeugung reichte er die Schachtel seinem Chef. Der zeigte mit dem Kopf auf die vor ihm liegende Haustür. Der zweite, bisher untätig gebliebene Clown, sprang vor, gab einen Code ein, worauf sich die Tür öffnete und der Chef langsam auf die geöffnete Tür zuwandelte.

‚Der Gang, woran erinnert mich sein Gang?', dachte Anna Maria und dann entsetzt ‚was mache ich, wenn das Auto und die Bodyguards einfach nicht wegfahren, bis ihr Chef seine Geschäfte erledigt hat? Ich kann nicht die ganze Nacht hier stehen. Der Gang, an wen erinnert mich der Gang des Mannes aus dem Auto? Wollen die sich wirklich nicht von der Stelle rühren?'

Die Leibwächter standen nun ruhig neben der Kühlerhaube, der Chauffeur hatte die Tür an seiner Seite geöffnet, alle drei rauchten und unterhielten sich halblaut.

‚Jetzt weiß ich's', dachte Anna Maria, ‚der Mann hat einen Gang wie Stalin. Genauso ist der gegangen in dem Film, den ich mir angesehen habe vor meiner Abreise; so, als ob er leicht schwankte, sein Gewicht beim Gehen von einem Fuß auf den anderen verlagerte, genau wie Stalin.'

Der BND hatte umfangreiches Material, auch alte Wochenschaufilme, das sie zur Vorbereitung auf die Reise hätte nutzen können: Sie hatte sich darauf beschränkt, ein paar alte Wochenschauen anzusehen und ein Buch über eine Hungerkatastrophe in der Ukraine zu lesen, das ihr ein Kollege empfohlen hatte.

„Die Leute da mögen die Russen nicht, und wenn du wissen willst, weshalb, dann lies das."

Das hatte sie getan. Ihre Zeit hatte nicht ausgereicht, sich darüber zu informieren, dass das Buch, das der Kollege ihr empfohlen hatte, ein Produkt des Kalten Krieges gewesen war, eine der Grundlagen, die die Reagan-Regierung in der USA dazu benutzt hatte, die Stimmung der Bevölkerung in der Ukraine gegen Russland zu beeinflussen. Viele der darin enthaltenen Behauptungen hielten neueren Erkenntnissen nicht mehr stand.

Die drei Männer vor ihr warfen ihre Zigaretten auf die Straße. Der Fahrer schlug die Tür zu. Die Clowns fläzten sich auf die Rücksitze, das Auto setzte sich langsam in Bewegung. Anna Maria atmete auf. Einen Augenblick blieb sie stehen, den Rücken schon von der Hauswand gelöst, und sah die Straße entlang. Nach rechts war die Straße frei, von links kam jemand auf dem Bürgersteig heran, ein einsamer, nächtlicher Spaziergänger. Wenn er auf dem Bürgersteig blieb, dann würde er direkt auf sie zukommen. Das war doch ...

Sie wollte jetzt und hier nicht erkannt werden. Es war nicht zu ändern. Die Situation war einfach lächerlich. Sie hätte Beringer gern unter anderen Umständen getroffen. Nun musste sie die Initiative ergreifen. Sie konnte hier nicht einfach stehen bleiben. Entschlossen trat sie vor, entschlossen ging sie Beringer entgegen.

„Was für ein Zufall“, sagte sie und dachte ‚gut, dass ich ihn zuerst anspreche.‘

Beringer war überrascht. Er hatte sie in ihrer unwürdigen Situation an der Hauswand nicht wahrgenommen. Die nächste Straßenlaterne war zu weit entfernt. Im Halbdunkel sah er älter aus als bei ihrer letzten Begegnung. Älter und blasser und weniger gut rasiert.

„Guten Abend“, sagte er, „kann es sein, dass wir denselben Weg haben?“

Anna Maria überlegte kurz. Denselben Weg? Wohin?

Ein Auto fuhr schnell an ihnen vorüber und bremste dort, wo vor ein paar Minuten noch der andere Wagen gehalten hatte. Es hielt mit quietschenden Reifen, eine Tür wurde aufgerissen und ein junger Mann in einem langen, dunklen Ledermantel erschien, der eilig auf den Eingang des Bordells zusteuerte. Als er mit einer schnellen Bewegung die Autotür hinter sich ins Schloss geworfen hatte, war an seinem Handgelenk ein breites, goldenes Armband sichtbar geworden. Von Beringer und Anna Maria nahm er keine Notiz. Sehr hastig drückte er die Tasten neben der Tür. Sehr schnell wurde die Tür geöffnet, sehr schnell verschwand der Mann. Einen Augenblick standen sie still und sahen auf die Tür, die sich nach dem eiligen Gast wieder geschlossen hatte.

„Wir sollten weitergehen", sagte Beringer und wies mit dem Kopf auf die Straße, „da kommen die nächsten Gäste."

Zwei Autos hintereinander, schwere, schwarze Limousinen, kamen langsam heran, offenbar suchte der Fahrer des ersten Wagens nach einem bestimmten Eingang. Dann blieb das Auto vor dem Bordell stehen. Das zweite Auto hielt dicht daneben. Sechs Männer stiegen aus und steuerten den Eingang des Hauses an. Einer von ihnen trat vor und machte sich am Eingang zu schaffen.

„Sie kennen den Code nicht", sagte Anna Maria leise.

Beringer fasste nach ihrem Arm und zog sie näher zu sich heran. Sie verstand, was er vorhatte, und trat einen Schritt auf ihn zu.

„Da kommt noch ein Auto", flüsterte er und hielt sie plötzlich in seinen Armen.

An seiner Schulter vorbei sah sie ein drittes Auto langsam herankommen. Der Fahrer hatte die Scheinwerfer ausgeschaltet. Es fiel ihr nicht schwer, die Rolle als Verliebte zu spielen, aber ihre Augen blieben auf die Straße gerichtet. Deshalb sahen sie beide gleichzeitig, dass plötzlich die Scheinwerfer aufflammten, während der Fahrer die Geschwindigkeit steigerte und auf sie zukam. Sie ließen sich zusammen zu Boden fallen, während die Schüsse ein paar Meter entfernt in die Hausmauer einschlugen. Das Auto raste davon.

„Haben die uns gemeint“, fragte Anna Maria.

Beringer stand auf und hielt ihr seine Hand hin. Sie zog sich hoch, leicht, sie war leicht. Und nicht besonders aufgeregt. Die Männer, die sich vor wenigen Augenblicken noch an der Tür zu schaffen gemacht hatten, waren in ihre Autos zurückgegangen, ohne sich um die Schüsse und um das Paar auf dem Bürgersteig zu kümmern. Jetzt rollten die Autos langsam davon.

„Los, weg hier“, rief Beringer.

Er rannte und zog Anna Maria mit sich. Sie hatte die falschen Schuhe an. Aber sie waren weit genug weg, als in ihrem Rücken der Sprengsatz detonierte. Der Luftdruck, der sie erreichte, war nicht mehr besonders stark. Sie blieben stehen und sahen zurück.

„Vermutlich eine Warnung“, sagte Anna Maria, „mehr als die Tür ist nicht kaputt gegangen. Aber es ist wohl am besten, wenn wir uns so schnell wie möglich vom Ort des Geschehens entfernen. Wir wissen nicht, wer hier eben in wessen Interessen aktiv geworden ist. Es ist deshalb möglich, dass es irgendwem gefallen könnte, uns beide mit dem Anschlag in Verbindung zu bringen.“

Sie ging los, ohne auf Beringer zu warten, stolperte, fiel aber nicht, und ging weiter. Beringer folgte ihr.

Sie brauchten für den Weg ins Hotel mehr als eine Stunde. Es gab keine Taxis. Selbst am Tolstoi-Denkmal, wo immer Taxis gestanden hatten, fand sich keins. Sie war müde und sie verstand nicht, was geschehen war. Sie hätte gern eine Erklärung gegeben, eine Analyse der Situation, um Beringer zu beeindrucken, aber sie hatte keine Ahnung. Sie war seit zwei Tagen hier und froh gewesen, sich schon einigermaßen in der Stadt zurechtzufinden. Wütend dachte sie an die alten Wochenschauen, die sie sich zur Vorbereitung auf ihren Aufenthalt in Kiew angesehen hatte. Stalin. Wenn sie heil zurückkäme (zweifelte sie daran?), würde sie als Erstes den Mist wegwerfen lassen, der in den Archiven lag.

„Da waren wahrscheinlich unterschiedliche Interessen im Spiel", sagte Beringer irgendwann neben ihr.

„Ach, halten Sie den Mund. Sie hatten überhaupt nicht die Absicht, mit mir zu kooperieren. Wie lange sind Sie schon hier? Jedenfalls länger als ich. Sie müssten wissen, was hier los ist. Wofür werden Sie bezahlt? Unglaublich. Zwei BND-Mitarbeiter nachts vor einem Bordell, auf das gerade ein Anschlag verübt wurde. Wir können von Glück sagen, dass die Polizei so langsam war. Ich hab' jetzt keine Lust, mich mit Ihnen zu unterhalten. Mein Hut ist weg, meine Hose ist hin."

„Sind Sie verletzt?", fragte Beringer.

„Das fällt Ihnen jetzt ein, wo wir schon ein paar Kilometer durch diese verdammte Stadt gelaufen sind, die anscheinend ausgestorben ist?"

Anna Maria blieb stehen und sah Beringer an.

„Hätten Sie nicht eigentlich Ihrer Freundin zu Hilfe eilen müssen? War die ganze Sache ein abgekartetes Spiel? Wussten Sie, was passieren würde? Dass ihr nichts passieren würde? Wieso begleiten Sie mich?"

„Sie war nicht gemeint", antwortete Beringer, „außerdem ist sie nicht meine Freundin, und ich kann Ihnen versichern, dass sie, wenn sie sich nicht verändert hat, seit sie für die Firma arbeitet, mit der Situation sehr gut allein fertig werden wird."

„Ich glaube Ihnen nicht, aber das ist mir im Augenblick egal. Übrigens verändern sich alle, die für die Firma arbeiten, und zwar schneller, als man es am Anfang für möglich hält. Das werden Sie noch früh genug merken. Ich bin sehr müde. Jetzt will ich schlafen. Und morgen früh werden wir gemeinsam frühstücken."

Sie machte eine Pause und sah Beringer an, bevor sie weitersprach.

„Wir frühstücken bei mir. Ich werde Frühstück für zwei Personen bestellen, 11.00 Uhr. Nehmen Sie Kaffee oder Tee?"

Das Foyer des Hotels war leer bis auf zwei Männer, die an der Bar saßen und in ihre Gläser blickten.

„Ich wäre Ihnen dankbar, wenn Sie mich den Fahrstuhl allein benutzen lassen würden. Es macht Ihnen sicher nichts aus, den zweiten Fahrstuhl zu nehmen."

Sie wartete Beringers Antwort nicht ab und fuhr nach oben. Vielleicht war ihr Verhalten eben zu unhöflich gewesen. Sie hatte gespürt, dass sie keine Kraft mehr hatte. Alles, was sie noch konnte, ohne in Tränen auszubrechen, war, die Tür ihres Zimmers zu erreichen, zu öffnen, hinter sich zu schließen und sich auf das Bett zu werfen, ihr Gesicht in die Kissen zu drücken und zu heulen.

Der Anfall dauerte lange, und als sie sich endlich wieder gefasst hatte und beim Aufstehen zufällig in den Spiegel sah, hatte ihr Gesicht nicht mehr viel Ähnlichkeit mit dem der unternehmungslustigen Frau, die vor Stunden das Hotel verlassen hatte, durch die Stadt gewandert war, wunderschöne Schuhe gekauft, die alten ins Hotel hatte schicken lassen und die später selbstbewusst zur Kovac gegangen war.

Sie vermied es, zu weinen, denn sie wusste, dass Tränen ihr Gesicht ungewöhnlich entstellten. Schon als Kind hatte ihre Mutter sie mit kalten Kompressen behandelt, wenn sie geweint hatte. Tränen waren für sie verboten. Das war ihr früh bewusst geworden. Und eigentlich war es ihr ganz gut gelungen, nicht zu weinen. Der letzte Anfall, den sie nicht verhindern konnte, hatte mit dem verdammten Sportabzeichen zu tun gehabt, das sie nicht bekam, obwohl sie so viel trainiert hatte wie niemand von den Kollegen. Sie hatte versagt, damals, und jetzt hatte sie wieder versagt. Die Kovac hatte sie nicht ernst genommen, die Vorgänge vor dem Bordell waren undurchsichtig, Beringer hatte sie ins Hotel begleitet, so, wie man dafür sorgt, dass eine hilflose Person sicher nach Hause kommt. Sie würde über alles einen Bericht verfassen müssen, und sie konnte sich schon jetzt die Gesichter der Kollegen vorstellen, wenn die aus dem Bericht zitierten. Weshalb waren die Kollegen nicht auf ihrer Seite? Weshalb fütterten sie sie mit Informationen, die siebzig Jahre alt waren? Mit denen sie nichts anfangen konnte. Beringer war nach Kiew geschickt worden, um mit der Kovac Kontakt aufzunehmen. Weshalb weigerte er sich? Sie würde mit ihm reden, morgen um 11.00. Bis dahin musste sie wiederhergestellt sein. Unmöglich, mit diesem Gesicht ein ernsthaftes Gespräch zu führen.

Anna Maria zog sich aus und ging unter die Dusche. Sie setzte sich auf den Boden und betrachtete, während das angenehm warme Wasser über ihren Körper rann, ihr aufgeschlagenes Knie. Das Wasser wirkte tröstlich, so beruhigend, dass sie am liebsten noch einmal geweint hätte, diesmal, weil sie sich wohl fühlte – und einsam. Sie stand auf, stellte das Wasser ab, griff noch einmal zum Hebel und ein Strahl kalten Wassers stürzte für einen Augenblick auf sie herunter. Als sie das Bad verließ, abgetrocknet und in ein großes, weißes Handtuch gehüllt, ging es ihr besser. Sie vermied einen Blick in den Spiegel.

Ronny / Hamburg

Er hatte seine eigene Wohnung aufgegeben, nein, nicht aufgegeben, sondern zwei afghanischen Flüchtlingen überlassen, die er am Hauptbahnhof kennengelernt hatte. Ein paar Wochen, nachdem Beringer abgereist war, hatte er seine Sachen gepackt und war in die alte Villa gezogen, in das Büro, in dem zu anderen Zeiten der Schreibtisch Milenas gestanden hatte. Dort hatte er sein provisorisches Nachtlager eingerichtet.

Am Anfang war er versucht gewesen, die Matratze, die er zum Schlafen benötigte, tagsüber wegzuräumen. Er liebte dieses Büro, nicht nur, weil Milena hier gearbeitet hatte, sondern auch, weil der Raum schön war. Die Wände mit Holz getäfelt, Bücherregale, ein bis zum Boden reichendes, breites Fenster, daneben die Tür, die auf die Terrasse führte. Die Terrasse war eigentlich ein Balkon, aber konnte man zu zwanzig Quadratmetern einfach Balkon sagen?

Unten im Garten standen alte Bäume. In so ein Zimmer, mit so einer Aussicht, passte kein Matratzenlager. Aber irgendwann hatte er damit aufgehört, die Matratze wegzuräumen. Ein gewisser Schlendrian war üblich geworden. Er hatte nichts zu tun. Mandanten gab es nicht mehr. Sein Tagesablauf war ungeregelt, eher ein Nachtablauf. Es war ihm zu umständlich gewesen, morgens um drei, wenn er nach Hause kam, zuerst das Nachtlager aufzubauen, bevor er sich hinlegte. Eine Weile hatte er darüber nachgedacht, ob er auch seine neuen Bekannten vom Hauptbahnhof in das leere Haus einziehen lassen sollte. Er hatte davon Abstand genommen. Es war nicht sein Haus. Er hielt hier Wache. Er war selbst zu Gast. Dann war er auf die Idee gekommen, ganz in das Haus einzuziehen.

Er konnte ja sicher sein, dass Beringer nichts dagegen haben würde.

Wann immer er ausgeschlafen hatte und sich im Haus aufhielt, hatte Ronny sich damit beschäftigt, Informationen zu sammeln, von denen er glaubte, sie könnten Beringer irgendwann nützlich sein. Von Anfang an hatte er geglaubt, dass Beringer schlecht vorbereitet nach Kiew gegangen war. So, wie er Milena kannte, würde es nicht unbedingt leicht sein, sie davon zu überzeugen, ihren Job aufzugeben. Beringer würde Zeit brauchen. Es konnte wichtig für ihn werden, über die Verhältnisse dort nicht nur oberflächlich, nicht nur durch das, was er hörte und sah, informiert zu sein. Hintergründe waren wichtig, auf die er zurückgreifen könnte, wenn es nötig werden würde.

Recherchieren war, seit er Beringer und Milena kennengelernt hatte, sein Spezialgebiet gewesen. Am Anfang, noch bevor er mit dem Jura-Studium begonnen hatte, war er davon überzeugt gewesen, dass er nur dadurch die Anerkennung der beiden gewinnen konnte, die er bewunderte. Das hatte sich später geändert. Er wusste, dass er nicht mehr um Anerkennung kämpfen musste, auch wenn er viel jünger war als Milena und Beringer. Aber da hatte er schon längst einen besonderen Gefallen daran gefunden, nach Hintergründen zu forschen. Weder Milena noch Beringer hatten ihn daran gehindert, Methoden anzuwenden, deren Legalität manchmal fragwürdig war. Nur ein einziges Mal war das Gespräch darauf gekommen, beiläufig sozusagen, und auch gleich wieder beendet worden. Das war an einem Sonntagmorgen beim Frühstück gewesen. Das gemeinsame Frühstück am Sonntag, an dessen Ende der Arbeitsplan für die kommende Woche besprochen wurde, gehörte zu seinen liebsten Erinnerungen. An jenem Morgen hatte er zufällig zwei Smartphones in der Hosentasche gehabt, und sie, als er am Tisch Platz nahm, neben sein Gedeck gelegt. Beide hatten einen Blick darauf geworfen, sich angesehen und dann ihn.

„Die Zentrale sollte nicht hier sein", hatte Milena gesagt, „aus taktischen Gründen."

Selbstverständlich waren die Geräte nicht eingeschaltet gewesen. Er war trotzdem aufgestanden und hatte sie draußen, in einen Plastikbeutel gewickelt, auf dem Gepäckträger seines Fahrrades festgeklemmt. Als er an den Frühstückstisch zurückgekommen war, hatten die beiden über den Fall Kaufmann/Senat gesprochen, von dem sie alle drei wussten, dass sie ihn gewinnen würden wegen der Informationen aus Senatskreisen, die er, Ronny, illegal besorgt hatte. Das war sicher zehn Jahre her, und seine Fähigkeiten und technischen Kenntnisse von damals waren nicht mehr zu vergleichen mit dem, was ihm jetzt möglich war.

Ronny hatte sich eine Weile mit dem Verhältnis Deutschland/Ukraine beschäftigt, wobei von einem offiziellen Verhältnis der beiden Länder ja erst seit 1990 die Rede sein konnte. Er hatte bald herausgefunden, dass die Zeit vor 1990 und besonders die von 1941 bis 1945 mindestens ebenso interessant war.

Ihm war eingefallen, dass es in dem Fußballverein des Dorfes, in dem er als Junge einige Zeit gelebt hatte, einen Jungen gegeben hatte, dessen Großvater häufig davon sprach, wie schade es sei, dass Hitler (er sagte manchmal Hitler und manchmal wir) den Krieg verloren hätte.

„Wenn wir gewonnen hätten, dann wäre ich jetzt Gutsbesitzer in der Ukraine. Die Koffer waren ja schon gepackt. Aber dann ... der Russe ..."

Was genau der Russe getan hatte, wurde nicht ausgeführt, aber so blöd waren die Jungen nicht, auch wenn ihr Geschichtsunterricht einiges zu wünschen übrig ließ, dass sie nicht wussten, dass „der Russe“ den Krieg gewonnen hatte. Ronny erinnerte sich gut an den Großvater dieses Kameraden; einen kleinen, dünnen Mann, der keinen Hof hatte, sondern nur ein windschiefes Fachwerkhaus auf einem asphaltierten Grundstück besaß, das direkt an den Friedhof des Dorfes heranreichte. Im Sommer hatten der Junge und er manchmal nachts im Gebüsch neben dem Zaun gesessen, der den Friedhof vom Grundstück trennte, und sich Geschichten erzählt. Der Schäferhund des Großvaters hatte neben ihnen gelegen. „Der gehört eigentlich auf das Gut“, hatte der Alte über den Hund gesagt, „so ein Prachtkerl, seht ihn euch doch an, viel zu schade für diese Klitsche, reinrassig, aber, na ja, da ist uns der Russe dazwischengekommen ...“

An einem anderen Tag war der Bürgermeister beerdigt worden, und man hatte anschließend noch bei Butterkuchen und Köm zusammengesessen; ein sehr heißer Tag, und nicht nur der Großvater war am Ende betrunken gewesen. Auch der tote Bürgermeister war angehender Gutsbesitzer gewesen, dem nur der Russe einen Strich durch die Rechnung gemacht habe.

„Un nu is hei dod.“

Den Bürgermeister, der groß und stattlich gewesen war, hatte Ronny sich damals als Gutsbesitzer vorstellen können, aber den verhutzelten Großvater nicht. Sein Kamerad hatte ihm zugestimmt, und beide hatten den Hund gestreichelt, wie zum Trost, weil ihm eine große Zukunft versagt worden war.

Der Beinahe-Gutsbesitzer war ein Anlass für Ronny, sich mit der Geschichte Nazi-Deutschlands und mit den Verbrechen der Deutschen in der Ukraine näher zu befassen. Er war informiert über die enge Zusammenarbeit zwischen den Faschisten und Teilen der ukrainischen Bevölkerung. Er wusste, dass auch nach 1945 eine ukrainische Aufstandsarmee bis in die 50er Jahre gegen die Sowjetunion gekämpft hatte. Sich mit der Geschichte des BND zu beschäftigen, war da nur ein kleiner Schritt gewesen. In Pullach waren viele der alten Nazis nach dem Krieg untergekommen. Er hatte herausgefunden, dass es im BND verschiedene Fraktionen gab und dass die Rechtsfraktion schon seit 1990, seit der Gründung der Ukraine, mit rechten ukrainischen Politikern Kontakt hatte.

Beringer war vom BND nach Kiew geschickt worden. Welche Fraktion hatte ihn geschickt? Musste er nicht Bescheid wissen über Fraktionen in der Organisation seines Arbeitgebers, auch wenn dieser Arbeitgeber sicher nur von vorübergehender Bedeutung für ihn sein würde? Es konnte doch zum Beispiel interessant sein zu wissen, welche Gruppe innerhalb des BND es gewesen war, die vor Jahren Milena ein so attraktives Angebot gemacht hatte, dass sie nicht wiederstehen konnte?

Natürlich: Milenas Situation, nicht nur ihr Ansehen in der Anwaltschaft, sondern auch ihr gesellschaftliches Ansehen, hatten damals einen Tiefpunkt erreicht. Sie hatte einen Ausweg gut gebrauchen können, und er, Ronny, würde ihr nicht vorhalten, mit wem sie sich eingelassen hatte. Nur schien ihm, dass für Milena die Zeit gekommen war, das Ukraine-Abenteuer zu beenden, wenn sie noch einmal Gelegenheit haben wollte, ihre Karriere in Hamburg wieder in Gang zu setzen. Schwer genug würde es werden.

So weit in seinen Überlegungen gekommen, verlor Ronny sich in Unterstützungsphantasien, die seiner

Verehrung für Milena geschuldet waren und von denen er sich nur mit großer Anstrengung wieder lösen konnte. Umso intensiver vertiefte er sich dann in die verschiedensten Aspekte ukrainischer Geschichte, in der Hoffnung, ihr und Beringer irgendwann nützlich sein zu können.

Ronny lag auf seiner Matratze in Milenas Büro. Es war früh am Morgen, viel zu früh für jemanden, der erst nach Hause gekommen war, als es hell zu werden begann. In der Nacht hatte er bei seinen Streifzügen durchs Milieu jemanden kennengelernt, den er unter anderen Umständen ganz sicher nicht beachtet hätte: lange Haare, eher Zotteln, ein aufgeschwemmtes Gesicht, dünn, ein kleiner, spitzer Bauch, der nicht zum Körper passte, dünne Hände mit langen Fingern, Fingerspitzen, die vom Zigarettenrauchen gelb geworden waren. Ronny, der nicht rauchte und der auf Grund seiner schwierigen Kindheit eine unüberwindliche Abneigung gegen Alkohol und Intellektuelle kultivierte, hätte diesen Mann, der ganz sicher ein heruntergekommener Intellektueller war, gemieden, wenn er nicht zufällig ein paar Brocken des Gesprächs mitangehört hätte, mit dem der Typ seinen Nachbarn belästigte. Die beiden saßen in einer der Nischen, die in der Kneipe sicher eingebaut worden waren, um Prostituierten das Anbändeln zu erleichtern. Ronny saß an der Rückseite der Bretterwand, die ihn von den beiden Männern trennte. Er schnappte das Wort „Prag“ auf, und da Prag ihn an Milena erinnerte, stand er auf und setzte sich zu den beiden. Keiner nahm daran Anstoß. Nach einem genauen Blick auf die Gestalten, neben denen er sich niedergelassen hatte, wusste er auch, weshalb. Der mit den langen Haaren, den er beim Hereinkommen beobachtet und von dem er sich angeekelt abgewandt hatte, redete allein. Er redete und sah dabei auf sein Gegenüber, der den Kopf auf den Tisch gelegt hatte und eingeschlafen war.

„Prag?", fragte Ronny, „Sie sprachen gerade von Prag."

Der Langhaarige wandte sich ihm zu, ohne besonders erstaunt zu sein. Er sah aus, als habe er nicht bemerkt, dass sein Gesprächspartner gerade wechselte.

„Ich wäre sowieso nicht nach Prag gegangen. Ich kann die Tschechen nicht leiden, konnte ich noch nie. Ist Ihnen schon mal aufgefallen, dass das Theater, das alle Welt um diesen Schwejk macht, der größte Blödsinn ist? Der Mann ist doch nichts weiter als der personifizierte tschechische Opportunismus. Opportunismus ist bei denen nämlich eine Volkskrankheit, müssen Sie wissen. Und sowas bejubelt man. Die Leute wissen eben nichts. Sie haben wohl nicht zufällig die Güte, ein Bier für mich zu bezahlen? Ich könnte mich bei Ihnen dafür mit ein paar Einblicken hinter die Mauern von Radio Free Europe bedanken, wenn Sie sowas interessiert. Sie sehen ziemlich aufgeweckt aus, junger Mann."

Dem Langhaarigen fehlten ein paar Zähne. Er war schlecht zu verstehen, und Ronny, der auch deshalb keinen Alkohol trank, weil er sich als Kind geekelt hatte, wenn er das Erbrochene aufwischte, das zu den nächtlichen Eskapaden seiner Mutter gehörte, war angewidert.

„Ich hab' kein Interesse an Radio Free Europe", sagte er, „ich dachte, ich hätte Prag verstanden."

„Sehr richtig, junger Mann, dahin sind wir, ist der Sender 1995 ausgewandert. Von München nach Prag. Ich müsste allerdings noch einen Schluck trinken, bevor ich Ihnen ein paar Geschichten erzähle. Wie ist es? CIA und BND gegen ein Bier? Ist das kein Geschäft?"

Es war nicht zu ändern, aber ihm wurde übel. Der Mann stank nach Bier. Jetzt griff er mit flatternden Händen nach dem zerknautschten Päckchen Zigaretten, das vor ihm lag.

„Tut mir leid“, sagte Ronny, „vielleicht an einem anderen Tag. Ich muss dringend ...“ Er stand schnell auf und verließ die Kneipe, verharrte kurz vor der Tür, atmete tief ein und ging langsam davon.

Weshalb war er gegangen? Weil er den Kerl nicht ausgehalten hatte, seinen Gestank, seine zitternden Hände, diese hässliche Mundhöhle, aus der er die Worte mühsam artikulierend herausgebracht hatte. CIA und BND ... hätte er sitzen bleiben, dem Mann ein Bier ausgeben und sich Geschichten erzählen lassen sollen? Free Europe, der Sender war nach Osten ausgerichtet, auch in die Ukraine, sicher auch in die Ukraine. Vielleicht hätte er Dinge erfahren, die wichtig waren, wichtig für Beringer, der sich ein detailliertes Bild machen musste, um so handeln zu können, wie es richtig war.

Es würde ihm nichts anderes übrig bleiben, als am nächsten Abend in die Kneipe zurückzugehen. Sicher saß der Kerl dort jede Nacht. Und hatte er ihn nicht selbst auf den nächsten Abend vertröstet?

So mit sich und seinen Überlegungen zufrieden, drehte Ronny sich auf die rechte Seite, zog sich die Decke über den Kopf und versuchte, wieder einzuschlafen. Er hatte nicht auf die Uhr gesehen, aber der Helligkeit nach zu urteilen, war es nicht später als acht Uhr.

Das erste Läuten der Haustürklingel musste er überhört haben. Erst als jemand draußen seinen Finger überhaupt nicht mehr von der Klingel nahm, drang der grässliche Ton durch die Decke und veranlasste Ronny, aufzustehen. Durch das bunte Glasfenster in der Eingangstür waren Umrisse wahrzunehmen, aber keine Gesichter.

„Moment“, schrie er, „ich zieh’ mir was an!“

Der Finger wurde von der Klingel genommen. Es war plötzlich sehr still. Als Ronny, barfuß, in Jeans und Unterhemd, zurückkam, sah er die Umrisse an derselben Stelle wie vorher. Er drehte den Schlüssel und öffnete die Tür.

Da standen zwei Männer, Alter zwischen 40 und 50, die keine Schlapphüte trugen, aber so aussahen, als hätten sie bis vor wenigen Augenblicken noch welche auf den Köpfen gehabt. Unwillkürlich sah Ronny nach rechts und links, aber niemand hatte einen Schlapphut in die Büsche geworfen.

„Ja?“, sagte Ronny und dachte, ‚man soll an den Teufel nicht mal denken.‘

„Wenn wir uns einen Augenblick mit Ihnen unterhalten könnten, drinnen“, sagte der kleinere von beiden, und beide traten gleichzeitig auf Ronny zu.

Sie sahen nicht so aus, als würden sie einer Aufforderung, sich auszuweisen, freundlich nachkommen.

„Das geht nicht“, sagte Ronny. „Dies ist nicht mein Haus. Ich kann nicht einfach Fremde einlassen. Nein, das geht nicht. Ich werde Sie nicht einlassen. He!“

Er hatte nicht damit gerechnet, einfach beiseitegeschoben zu werden. Nun blickte er den beiden nach, die durch die breite Diele auf die Küche zusteuerten und sich dabei nach allen Seiten umsahen. Sie nahmen in der Küche an dem großen Tisch Platz. Einer stand noch einmal auf, um sich den Kasten mit den Nummern der Zimmer anzusehen. Das Haus war gebaut worden, als es bei manchen wohlhabenden Menschen üblich war, aus den Zimmern nach Bediensteten zu läuten. Ronny beobachtete, wie der Mann mit einem Fingernagel gegen die kleinen Scheiben klopfte. Es hörte sich an, als habe er lange Fingernägel; ein unangenehmes Geräusch, man musste den Kerl daran hindern, die dünnen Scheiben der kleinen Fenster zu zerbrechen.

„He, Sie!“, schrie er.

„Es wird das Beste sein, wenn Sie einen Augenblick bei uns Platz nehmen“, sagte der, der am Tisch sitzen geblieben war. „Wir haben ein paar Fragen, schauen uns ein wenig um und dann sind Sie uns wieder los.“

Ronny blieb in der Tür stehen und beobachtete die Besucher, die jetzt beide am Tisch saßen und zu ihm hin blickten. Er fand, dass sie sich ähnlich sahen, obwohl sie sich in Größe und Haarfarbe deutlich unterschieden. Sie waren auch nicht gleich alt, der Kleinere war sicher zehn Jahre jünger als sein Kollege mit den langen Fingernägeln. Der trug flache Schuhe, Slipper, während der andere schwarze Halbschuhe trug, die an den Spitzen mit messingfarbenem Metall beschlagen waren. Man hätte ihn eigentlich hören müssen, als er durch die Diele gegangen war.

„Danke“, sagte Ronny, „ich bleibe lieber stehen.“

Er hatte als Anwalt vor Gericht mit dem einen oder anderen Geheimdienstler zu tun gehabt, auch wenn sie meistens nur so kurze Zeit auftauchten, wie sie brauchten, um zu sagen, dass ihnen keine Aussagegenehmigung erteilt worden sei. Sie ähnelten sich, weil sie kein Gesicht hatten. Aus irgendeinem Grund galt es in ihrem Verein als schick, keine Emotionen zu zeigen. Das übten sie schon als Beamten-Anwärter von Anfang an. Im Verlauf des langsamen Aufstiegs in ihrem Beruf wurde das gesichtslose Gesicht ein Teil von ihnen. Ronny nahm an, dass es auch einige gab, die es nicht schafften, sich das Maskengesicht zuzulegen. Aber er war sicher, dass die dann vorzeitig aus dem Dienst ausschieden.

„Sie sind nicht der Besitzer dieses Hauses?“, fragte der Kleine.

Ronny antwortete nicht.

Die beiden Männer sahen vor sich auf die Tischplatte, als überlegten sie, wie eine Frage aussehen musste, auf die sie eine Antwort bekämen. Beide hoben gleichzeitig den Kopf, aber nur der Kleinere sprach.

„Also gut. Reden wir nicht drum herum. Wir wüssten gern, was Sie in der vergangenen Nacht mit dem Menschen besprochen haben, der Sie in der Kneipe aufgefordert hat, sich an seinen Tisch zu setzen. In der Kneipe, Sie verstehen schon.“

Ronny antwortete nicht. Aber es war ihm klar, dass sie sich nicht mit einem Schweigen zufriedengeben würden. Sie mussten ihr Gesicht wahren (was für ein unpassender Ausdruck für Leute, die keins hatten!). Er war plötzlich sehr froh, dass nichts im Haus auf seine illegale Beschäftigung mit den Inhalten fremder PCs hinwies. Wenn er nicht redete, würden sie anfangen, das Haus zu durchsuchen. Würden sie es wagen, eine hässliche Unordnung anzurichten, die er anschließend gezwungen wäre, zu beseitigen?

„Er hat mich gebeten, ihm ein Bier zu spendieren.“

„Ein Bier. Und weiter.“

„Nichts weiter.“

„Sie haben ihm kein Bier spendiert.“

„Das stimmt.“

„Hat er sich Ihnen vorgestellt?“

„Nein“, sagte Ronny und dachte, ‚schade, dass er es nicht gemacht hat. In der Kneipe kann ich ihn nicht noch einmal treffen. Aber anrufen leider auch nicht, selbst wenn ich die Nummer wüsste. Wenn der überhaupt ein Telefon hat, dann wird es abgehört. Ich muss mir eine andere Möglichkeit überlegen, um an ihn ranzukommen.‘

„Hören Sie“, sagte er, „Sie haben mich aus dem Bett geholt. Ich hatte nicht mal Zeit, mich anzuziehen. Ich hab’ kalte Füße. Was wollen Sie eigentlich?“

Beide standen gleichzeitig auf. Sie kamen langsam auf ihn zu. Ronny fand, dass sie nicht danach aussahen, als hätten sie eine Nahkampfausbildung gemacht. Er trat trotzdem zurück, um ihnen die Tür freizugeben. Sie gingen langsam an ihm vorüber, ohne von ihm Notiz zu nehmen. Er sah ihnen nach. Vor langer Zeit hatte einmal ein Junge aus seiner Klasse behauptet, wenn man vor jemandem Angst habe, einem Lehrer, zum Beispiel, dann müsse man sich die Person nur nackt vorstellen.

‚Nackt und in Schuhen‘, dachte er. Es gelang ihm, zu grinsen.

Bevor sie die Haustür öffneten, wandten sie sich zu ihm um.

„Auf Wiedersehen, ganz bestimmt auf Wiedersehen“, sagte der Kleine.

Sie lüfteten ihre nicht vorhandenen Hüte, öffneten die Tür und verschwanden. Sie machten sich nicht die Mühe, die Tür zu schließen. Sie fiel von selbst ins Schloss. Es war eine schwere Tür, aber sie war gut geölt und schloss leise.

Hatte er wirklich Angst gehabt? Zumindest hatte er daran gedacht. Seine Füße waren tatsächlich eiskalt. Er würde unter die Dusche gehen und anschließend bei einem Kaffee darüber nachdenken, was zu tun war. Obwohl er das eigentlich schon wusste. Aber es konnte nicht schaden, die Situation noch einmal von allen Seiten gründlich zu betrachten.

In der Nacht ließ er es darauf ankommen, entdeckt zu werden. Er versteckte sich beim Beobachten der Kneipe, ging nicht hinein und wurde nicht entdeckt. Das Gebüsch, in das er sich verkrochen hatte, bestand aus Brombeersträuchern. Ein Vorteil war, dass die Blätter noch nicht abgefallen waren, so dass er vor Blicken geschützt war, aber der Nachteil bestand darin, dass seine Hände und sein Gesicht zerkratzt waren, als er die Beobachtung endlich beenden konnte. Der Langhaarige kam gegen 1.00 Uhr in der Nacht, und seinem Gang war anzusehen, dass er noch einigermaßen nüchtern zu sein schien. Er horchte auch sofort in die Dunkelheit, blieb nicht stehen, ging nur langsamer, als Ronny nach ihm rief.

„He, Bier gefällig?"

Der Mann nickte langsam, ging aber weiter und verschwand neben der Kneipentür. Ronny begann, sich mühsam aus dem Gebüsch zu befreien.

„Sie sehen fürchterlich aus, Mann, so können wir uns nirgends sehen lassen. Eine Bank, eine Bude und eine Bank, das wär's, was wir jetzt brauchten. Und Bier, natürlich."

Sie gingen eine Weile schweigend nebeneinander her, fanden eine Bank an der Großen Elbstraße und eine Kneipe, die geöffnet hatte. Ronny kaufte vier Flaschen Bier, ließ sich auch aus dem Automaten Zigaretten geben und versuchte, wegen der misstrauischen Blicke der Frau hinter dem Tresen eine harmlose Miene aufzusetzen.

„Sie sollten Ihr Gesicht waschen", sagte die Frau, „man könnte ja sonst was denken."

Eigentlich interessierte ihn, was sie mit „sonst was" gemeint haben könnte, aber ...

Er nahm das Bier und die Zigaretten und verließ die Kneipe. Er wollte schnell zurück, denn sicher war er nicht, dass der Langhaarige noch auf ihn wartete.

Auf der Bank saß niemand. Er sah sich um, die Straße war menschenleer. Von drüben, von jenseits der Elbe leuchteten die Lichter des Containerhafens. Die Wasseroberfläche war ruhig, ein HVV-Dampfer fuhr in Richtung Finkenwerder. Er setzte sich und wartete. Es dauerte zehn Minuten, bis der Langhaarige sich neben ihm niederließ.

„Vorsichtsmaßnahme", sagte er und griff nach einer Bierflasche.

„So vorsichtig waren Sie gestern nicht."

„Gestern war ich betrunken, dann rede ich viel, wenn die Nacht lang ist. Heute bin ich noch nüchtern. Aber Sie sollten sich beeilen. Ich vertrage immer weniger. Geht wohl bald zu Ende mit mir. Ein Jammer, aber wen interessiert schon die Wahrheit."

Es war wahrscheinlich, dass der Mann sich seit gestern Abend nicht gewaschen hatte. Er trug noch dieselben schwarzen, fleckigen Klamotten. Ronny rückte ein Stück zur Seite, um den Abstand zwischen sich und dem Mann zu vergrößern. Der hatte die erste Flasche geleert, legte sie neben sich und nahm die nächste. Auch deren Verschluss öffnete er mit dem Rest seiner Zähne. Diesmal trank er etwas weniger hastig, aber immer noch so schnell, dass Ronny fürchtete, die vier Flaschen könnten nicht reichen.

„Welche Wahrheit?", fragte er.

„Sie hören wohl kein Radio? Und wenn schon. Würde auch nichts nützen. Wenn ich jünger wäre, so einer wie dieser Snowdon ..."

„Ich glaube, dann dürften Sie nicht so viel trinken."

„Genau, junger Mann. Sie haben's erfasst."

Die zweite Flasche war leer, und der Langhaarige legte sie sorgfältig neben die erste. Seine Bewegungen wirkten jetzt ruhiger, konzentrierter. Er gab sich Mühe, die zitternden Hände zu beherrschen.

„Man zahlt für mich, einmal dabei, immer dabei. Prag war großartig. Das Land lag offen vor uns, und wir haben dafür gesorgt, dass die Leute das Richtige dachten. Mit dem Denken ist das so eine Sache. Bei einigen ist es einfach, ich sag' nur Iwano-Frankiwsk, wunderbare Leute, keine Ahnung, wer da vorgearbeitet hatte, wir jedenfalls nicht. Unsere Offensive begann ja erst."

„Ich denke, Sie reden von Tschechien. Iwano-Frankiwsk liegt in der Ukraine, wenn ich nicht irre."

„Sie irren nicht, junger Mann. Hier sehen Sie den qualifiziertesten Mitarbeiter des Senders Radio Free Europe, 1990 in der Blüte seiner Jahre und von CIA und BND gleichzeitig umworben. Propaganda, mein Lieber, ist eine Kunst. Darauf haben wir uns verstanden. War in diesem Fall nicht einmal besonders schwierig. ‚Wir müssen nur ein bisschen kratzen', hab' ich meinen Leuten gesagt. ‚Ihr werdet euch wundern, was da unter der sozialistischen Tünche zum Vorschein kommt.'"

„Bandera", sagte Ronny.

Der Langhaarige schwieg und sah ihn von der Seite an, so als wollte er prüfen, ob sein Gesprächspartner weiterer Worte würdig sei.

„Wer hat Sie denn geschult, junger Mann?", sagte er.

Ronny antwortete nicht. Er begann, daran zu zweifeln, dass die Begegnung mit dem Trinker sinnvoll sein könnte. Wenn nicht die beiden Schlapphüte gewesen wären ... weshalb maßen sie diesem haltlosen Säufer Bedeutung bei?

„Bandera gehörte zu meinen Meisterwerken. Wie macht man einen faschistischen Mörder zum Volkshelden? Das war eine Aufgabe, die wir uns für die Ukraine gestellt hatten. Und die haben wir gelöst, junger Mann, heute baut man dem Banditen wieder Denkmäler. An die falsche Stelle. In Kiew hätte man sein Denkmal auf den Sockel setzen müssen, auf dem Lenin gestanden hat."

Der Langhaarige griff nach der dritten Flasche. Er trank immer noch schnell. So, als müsste er so bald wie möglich eine selbstgesetzte Grenze erreichen.

„Weshalb sind Sie weg von dem Verein, wenn Sie doch erfolgreich waren", sagte Ronny.

Er sah zu, wie der Mann die dritte Flasche austrank und wartete auf eine Antwort, die nicht kam. Stattdessen stand der Kerl auf, nicht ganz sicher auf den Beinen, und verschwand hinter einem in der Nähe stehenden Müllcontainer. Es war so still, dass man hören konnte, wie er gegen die Metallwand pinkelte. Ronny saß da, sah auf das Wasser und wartete. Die Nacht war sowieso verloren, da konnte er auch ruhig noch sitzen bleiben und einem betrunkenen Schwätzer Gesellschaft leisten. Wenn der die vierte Flasche geleert hätte, würde dem Beisammensein ein natürliches Ende gesetzt werden. Er nahm sich vor, eigene Recherchen über Radio Free Europe anzustellen. So würde die Nacht nicht ganz umsonst gewesen sein. Neben ihm plumpste der Mann auf die Bank und griff nach der vierten Flasche.

„Am Grunde der Moldau, da wandern die Steine, das kennen Sie doch? Das Große bleibt groß nicht und klein nicht das Kleine? Das war mein Problem. Die Amis verstehen keinen Spaß. Sie verstehen überhaupt nichts. Sie sind überall und haben keine Ahnung. Denn sie wissen nicht, was sie tun, das kennen Sie doch? Natürlich wissen die, was sie tun, sie glauben, dass sie das wissen. Scheiß auf Europa, verstehen Sie? Scheiß, Scheiß, Scheiß. Man bringt dir auf der Universität jahrelang Geschichte bei. Du hältst Augen und Ohren offen. Du weißt, wie die Welt tickt. Und dann kommt irgendein hergelaufener Yankee und will dir erklären, wie du deine Arbeit zu machen hast. Das Bier ist alle, junger Mann."

Die vierte Flasche war tatsächlich leer. Ronny hatte keine Lust mehr, dem Mann zuzuhören; im Gegenteil, er war wütend auf ihn, auf sein Gebrabbel, das zuletzt weinerlich geworden war. Ein Schuss vor den Bug konnte nicht schaden, zum Abschied, sozusagen.

„Heute Morgen", sagte er, „hatte ich Besuch. Zwei Schlapphüte, die sich nach Ihnen erkundigt haben. Man hat Sie im Auge, scheint mir. Sie sollten vorsichtiger sein mit dem, was Sie erzählen. Wenn Sie was erzählen."

Eine Weile blieb es still. Das Wasser klatschte leise an die Hafenwand. In der Ferne war die Sirene eines Polizeiautos zu hören, sehr weit weg und sich weiter entfernend.

„Lesen Sie die Zeitung, junger Mann, ungeklärte Todesfälle. Die gibt es mehr, als man denkt. Dafür hab' ich doch ein Bier verdient, bitte."

Er sagte tatsächlich „bitte". Ronny empfand Scham. Er wollte hier nicht länger sitzen und dem Geschwätz eines heruntergekommenen Säufers zuhören. Er griff in seine Hosentasche, fummelte einen Schein hervor und steckte ihn zwischen die leeren Flaschen. Er wusste nicht, was er sagen sollte. Üblich war „einen schönen Abend noch", aber das schien ihm unpassend. Er stand auf und ging. Er ging langsam, so, als erwarte er, zurückgerufen zu werden. Zehn Schritte hatte er getan, als er die Stimme in seinem Rücken hörte.

„Bandera, München, Ukraine, BND!“

Ronny blieb stehen und wandte sich um.

„Erst reden, dann trinken“, sagte er und ging langsam zur Bank zurück.

Der Schein, den er zwischen die Flaschen gesteckt hatte, war verschwunden. Er blieb vor der Bank stehen und wartete.

„Ich bin raus, Sie können mich Karl nennen, ist völlig egal.“

„Wo sind Sie raus, Karl?“

„Fünfzehn Jahre Prag, fünf Jahre München, den Umzug nach Berlin mach’ ich nicht mehr mit. War nicht länger zu verbergen.“

„Was war nicht länger zu verbergen?“

„Dass ich saufe, Mann. Vor drei Tagen war für mich Schluss. Seitdem hab’ ich nicht mehr geschlafen. Ich bin nach Hamburg gefahren. Abschied feiern. Ich hab’ eingeladen, bis mir einer das Geld geklaut hat. Alles geklaut. Kreditkarten, alles. Schlüssel. Alles. Ihr Chef, das ist doch Ihr Chef, den man nach Kiew geschickt hat, er soll, man wird ...“

Der Mann, der Karl genannt werden wollte, sah sich hastig um. Er hatte Angst, es war deutlich zu sehen.

„Da ist niemand“, sagte Ronny, „was ist mit Beringer?“

Karl stand auf und sah immer noch nach allen Seiten. Er ging ein paar Schritte auf die Kaimauer zu und starrte ins Wasser.

„Lächerlich, was erwarten Sie, Kampfschwimmer? Kommen Sie zurück, Karl, oder wer auch immer.“

Karl wandte sich vom Wasser ab und kam einen Schritt auf Ronny zu. Er ging ganz sanft in die Knie und lag gekrümmt am Boden, bevor Ronny verstanden hatte, was passiert war. Es war nichts zu hören gewesen, kein Schuss, keine Schritte, gar nichts. Einen Augenblick zögerte er, bevor er auf den am Boden liegenden Mann zuging. Vielleicht war Karl gestolpert und man musste ihm einfach nur aufhelfen. Ronny beugte sich über ihn und zog an seiner Schulter, um ihm ins Gesicht sehen zu können.

Woher wusste er, wie ein Toter aussah?

‚Man sieht es an den Augen', dachte er, ‚jetzt weiß ich, wie ein Toter aussieht. Ich muss hier weg, ich muss nicht wissen, woran dieser Mann gestorben ist. Ich muss laufen.'

Später, am Morgen, nach einer Nacht, in der er sehr tief und sehr fest geschlafen hatte, konnte Ronny sich nicht gleich daran erinnern, wie er nach Hause gekommen war. Er hatte beim Aufwachen wie immer auf der Matratze in Milenas Büro gelegen. Als er aufstand und sich im Spiegel betrachtete, fand er, dass er aussähe wie immer; ein wenig blass, vielleicht, aber das würde nach der heiß-kalten Dusche verschwinden. Er duschte, zog sich an, räumte die Matratze beiseite und ging in die Küche. Er machte Wasser heiß, rührte einen Instant-Kaffee mit viel Zucker an und setzte sich, um nachzudenken. Einen Augenblick lang irritierte ihn, dass er auf dem Stuhl saß, auf dem am Tag zuvor der kleine Schlapphut gesessen hatte, aber er verscheuchte den Gedanken schnell. Die beiden, die ihn besucht hatten, waren Null-Nummern in dem Spiel, in das er geraten war.

Von Anfang an, seit Beringer in Wiesbaden gewesen war, hatte der BND das Spiel in der Hand gehabt. Nein, man durfte nicht sagen „der BND". Die Annahme, da sei eine geschlossene Formation bei der Arbeit, war falsch. Die Rechten und die anderen ... die „Linken" wollte er nicht denken, bekämpften sich, zumindest versuchten sie, die Arbeit der jeweils anderen zu desavouieren. Es gab Mitarbeiter, die auf friedliche, wirtschaftliche Zusammenarbeit mit der Ukraine setzten, und es gab einen rechten Flügel, der Verbindungen hatte, historisch gewachsene Verbindungen, mit dem Rechten Sektor, den Faschisten in der Ukraine und dem Geheimdienst CIA. Beiden konnte nicht daran gelegen sein, dass Milena mit den Russen Kontakt aufgenommen hatte. Die Frage war aber, ob sie das wirklich getan oder ob jemand das Gerücht in die Welt gesetzt hatte, um ihr zu schaden oder unliebsamen Kollegen eins auszuwischen oder beides zugleich.

‚Nehmen wir an', dachte Ronny, ‚das Gerücht wurde von den Rechten in die Welt gesetzt, denen die Tendenz zur friedlichen Zusammenarbeit nicht passt. Dann war die Klein von der anderen Fraktion nach Kiew geschickt worden, um die Sache zu überprüfen, wie zuvor schon Beringer. Beide würden den Rechten ein Dorn im Auge sein. Man musste sie zumindest einschüchtern, am besten gleich ausschalten. Wie weit würden diese Leute gehen? Das weißt du doch, mein Lieber. Bist du nicht in der Nacht Zeuge gewesen?'

Ronny dachte an den Langhaarigen, an die toten Augen, daran, wie lautlos der Mann, Karl, zusammengebrochen war. Er hatte etwas zu erzählen gehabt, und er war daran gehindert worden. Er, Ronny, würde herausfinden, wer Karl gewesen war und weshalb man ihn hindern musste, zu sprechen. Vorher aber würde er Kontakt mit Beringer aufnehmen. Es gab noch nichts Konkretes, wovor er Beringer hätte warnen können. Aber es würde nicht schaden, seine Aufmerksamkeit zu wecken.

Ronny verließ das Haus, nicht ohne sich nach allen Seiten umzusehen. Nichts war zu sehen, das seinen

Argwohn erregt hätte, aber er wusste, dass es Möglichkeiten gab, ihn zu beobachten, ohne dass er etwas davon merkte.

‚Nimm dich nicht so wichtig', dachte er, ‚und außerdem sind sie nicht schlauer als du!'

Seine eigene Wohnung lag nicht im Villenviertel, in dem Beringers Haus stand. Er brauchte eine halbe Stunde mit dem Fahrrad, um sie zu erreichen. Bevor er dort ankam, führte sein Weg an einem weitläufigen, hässlichen Einkaufszentrum vorüber. Man hatte das Viertel, das viele Jahre ohne Metro-Anbindung an die Innenstadt auskommen musste, mit einer Station versorgt. Darum herum war ein Einkaufszentrum gebaut worden. Am Anfang gab es dort noch ein paar Geschäfte mit eleganten Kleidern und Anzügen, Läden mit feinem Porzellan und silbernen Bestecken, Geschäfte mit Designermöbeln, edlen Lampen und Kristalllüstern gegeben. Die Betreiber dieser Unternehmungen hatten längst aufgegeben und waren in Stadtteile gezogen, in denen das Publikum feine Lebensart zu schätzen und zu bezahlen wusste. Das Einkaufszentrum war zu einer Anlage geworden, in der billige Klamotten, stinkende Pommes frites, fette Torten, Burger jeder Art und Ramsch-Kosmetik verkauft wurden. Es hatte sich den Möglichkeiten seiner Bewohner schnell angepasst.

Vor dem Ausgang der Metro-Station gab es einen kahlen Platz. Dort standen Jugendliche, meist junge Männer, aber auch ein paar ausgefranste junge Mädchen waren darunter, bei denen man die verschiedensten Sorten von Fluchtmöglichkeiten kaufen konnte. Es gab selten Razzien hier und wenn, dann waren sie kurz vorher bekannt geworden. Der Stadtverwaltung lag nicht daran, das Viertel als besonders heruntergekommen gelten zu lassen. Man war bemüht, soziale Einrichtungen zu schaffen für junge Leute, für allein erziehende Mütter, für Alte – und über die fröhlichen Begegnungen, die in dieser Klientel stattfanden, konnte man mehr in den Zeitungen lesen, als darüber, was sich hinter den Türen der Wohnungen in den umliegenden Hochhäusern abspielte.

Ronny kümmerte das alles nicht. Er hatte sich von Anfang an, seit er in der Lage gewesen war, sich eine eigene Wohnung zu leisten, in diesem Viertel wohlgefühlt. Am Anfang hatte er sozusagen auch „organisch" dazugehört. Dann hatte er studiert, war Anwalt geworden, hatte mit Milena und Beringer zusammengearbeitet, die in einer Gegend lebten, die nicht unterschiedlicher hätte sein können. Er war nie auf die Idee gekommen, aus seinem Viertel wegzuziehen.

Jetzt, während er an dem Platz vorüberradelte, dachte er daran, wie er es anstellen sollte, die beiden jungen Männer, denen er seine Wohnung überlassen hatte, für ein paar Stunden auszuquartieren. Er wollte nicht riskieren, sie auch nur versehentlich einen Blick auf seine Computer werfen zu lassen, mit denen er sich die Informationen zu verschaffen gedachte, die er brauchte.

Dann sah er einen der beiden mit ein paar anderen zusammen am Rand des Platzes stehen. Er bremste, stieg ab und überquerte den Platz, ging vorüber an Frauen, die Kinderkarren vor sich her schoben, an der Bank, auf der, wie immer, die alten Männer saßen und die Weltlage besprachen und an einem Einbeinigen, der schon seit Ewigkeiten an der Mauer seinen Stammplatz hatte. Irgendjemand half ihm jedes Mal aufzustehen, wenn sich gegen Abend der Platz leerte. Offenbar hatte er dort noch immer einen ausreichenden Tagesverdienst, sonst hätte er sicher längst den Platz gewechselt.

Der Junge, er war wirklich noch ein Junge, sechzehn hatte er gesagt, aber Ronny hielt es für möglich, dass er jünger war, hatte ihn entdeckt und winkte ihm zu.

„Hei, Achmed. Bist du allein? Wo ist Navid?"

„Er hilft, er kommt erst gegen Abend."

Ronny war erleichtert. Sie würden erst am Abend zusammen in die Wohnung zurückkommen. Navid war der ältere der beiden, und es gab ein paar Menschen, die ihn hin und wieder baten, ihnen zu helfen. Er klopfte Teppiche, schleppte Möbel und holte Kinder aus dem Kindergarten ab. So hatten die beiden genügend Taschengeld, um den Kleinkram zu kaufen, den man als junger Mann unbedingt brauchte.

Ronny verabschiedete sich, nicht ohne einen Blick auf die Jungen zu werfen, mit denen Achmed zusammenstand. Sie sahen nicht so aus, als würden sie einer Fliege etwas zuleide tun, und wenn sie anders ausgesehen hätten, würde er es nicht ändern können.

Beringer / Kiew

Pünktlich um 11.00 Uhr am nächsten Morgen klopfte Beringer an die Zimmertür der Klein. Sie musste hinter der Tür gestanden haben, so schnell wurde geöffnet. Beringer folgte ihr, nahm Platz, nachdem sie sich an den Frühstückstisch gesetzt hatte und wartete. Der Klein war die Aufregung der vergangenen Nacht kaum anzusehen. Zarte Schatten unter den Augen, vielleicht, aber sie wirkte ruhig und gelassen.

„Sie bedienen sich wohl", sagte sie, „und ich nehme an, Sie werden nichts dagegen haben, wenn ich inzwischen rede."

Beringer schenkte sich Kaffee ein und versuchte, ein aufmerksames Gesicht zu machen. Er hörte zu.

„Ich weiß nicht, ob es stimmt, dass Sie mit der Kovac noch keinen Kontakt aufgenommen haben, und es ist mir auch egal. Sie werden dieses Versäumnis, wenn es denn noch eines ist, so schnell wie möglich aus der Welt schaffen. Man erwartet, dass Sie unverzüglich Kontakt aufnehmen. Außerdem weiß man inzwischen, dass sich Wadim Koslow in Kiew aufhält. Jemand, den Sie kennen sollten, Wiesbaden, Sie erinnern sich. Ich bin befugt, Sie darüber zu informieren, dass er hier ist. Sie verstehen, dass wir dieser Entwicklung Bedeutung beimessen."

Die Klein machte eine Pause. Beringer sah sie abwartend an. Wenn er überrascht war, hatte er es jedenfalls nicht gezeigt. Er hatte sich also nicht getäuscht.

„Die Anwesenheit Ihres Bekannten muss nichts mit einem eventuellen Geheimnisverrat der Kovac zu tun haben. Der Mann ist vor ein paar Tagen in Kiew angekommen. Die Kovac ist seit Jahren hier und könnte eine mögliche verräterische Tätigkeit schon länger ausüben.

Dann kann es aber natürlich sein, dass Koslow mit ihr Kontakt aufnimmt. Sie werden das herausfinden. Sie werden ab sofort der Kovac nicht mehr von der Seite weichen. Es ist mir egal, wie Sie das anstellen. Ihnen stehen sicher verschiedene Möglichkeiten zur Verfügung."

Der letzte Satz sollte lässig, von oben herab gesprochen sein, aber er misslang aus irgendeinem Grund, und Beringer fühlte sich an den Abend mit der Klein in Wiesbaden erinnert und an den zu großen Ausschnitt, in dem ihre Kette so verloren ausgesehen hatte.

„Sie bleiben dran, bis wir Klarheit haben. Und ich will täglich über Ihre Fortschritte informiert werden. Haben wir uns verstanden?"

„Selbstverständlich", sagte Beringer und dachte, dass der Klein der klägliche Ton von eben auch aufgefallen war und dass sie versuchte, nun besonders energisch zu wirken. Komische Person. Alles ist irgendwie schief an ihr. Andererseits hat sie gestern in der Nacht ziemlich geistesgegenwärtig reagiert.

„Wir könnten unsere Frühstückstreffen fürs Erste fortsetzen", sagte er.

Die Klein wirkte erleichtert. Weder sie noch Beringer machten Anstalten zu frühstücken. Sie saßen sich stumm gegenüber, und er verabschiedete sich, als er seinen Kaffee ausgetrunken hatte.

Es hätte der Anweisung der Klein nicht bedurft. Er war schon vorher entschlossen gewesen, Milena zu treffen, und diesmal würde er sich nicht abweisen lassen.

An dem Haus, in dem ihre Wohnung lag, waren Bauarbeiter damit beschäftigt, ein Gerüst aufzustellen. Der Weg zum Eingang war durch Baufahrzeuge zerstört worden, und man hatte Bretter ausgelegt, um ihn für Fußgänger passierbar zu machen. Die Frau am Empfang hatte gewechselt. Da saß, als Beringer aus dem Fahrstuhl trat, eine junge, dunkelhaarige Person, die damit beschäftigt war, ihre Fingernägel zu polieren. Vielleicht waren die Fingernägel nicht das Einzige, das auf einen offenbar unmittelbar bevorstehenden Casting-Termin vorbereitet werden musste; jedenfalls reagierte die junge Frau ungehalten auf Beringers Wunsch, ihn anzumelden.

„Wie heißen Sie überhaupt?"

Die Frau sprach so gut Englisch, dass er annahm, es könnte sich um eine englische Produktionsfirma handeln, bei der sie sich bewerben wollte, englisch oder amerikanisch?

Er nannte seinen Namen. Die Frau musterte ihn und sah ihn dabei an, als habe er etwas besonders Ekliges an sich, das sie daran hindern könnte, sich weiter mit ihm zu befassen. Durfte man so einen überhaupt ins Haus lassen? Sie wandte sich ab, begann, in einer Schublade zu kramen, und zog endlich ein Blatt Papier hervor, das sie aufmerksam betrachtete.

„Beringer?"

Sie sah auf, blickte ihn an, und der angeekelte Ausdruck in ihrem Gesicht war immer noch da. Er nickte.

„Ich werde Sie anmelden. Nehmen Sie den Fahrstuhl. Ganz oben."

Erst unterwegs fiel ihm ein, dass er keinen Plan gemacht hatte. Er hatte sich weder einen ersten Satz zurechtgelegt noch darüber nachgedacht, mit welchen Argumenten er dem Widerstand begegnen würde, den er erwartete. Er wusste nur, dass er nicht die Absicht hatte, Milena auszuhorchen. Alles, was er wollte, war, sie davon zu überzeugen, dass sie beide so schnell wie möglich dieses Land verlassen sollten. Dass Milena das

Abenteuer Kiew beenden und nach Hause kommen sollte. Mehr wusste er nicht.

Milena stand in der Tür ihrer Wohnung und sah ihm entgegen. Sie trug eine schwarze Hose und einen schwarzen Pullover und sah sehr schmal aus. Er ging langsam auf sie zu, ohne die Augen von ihr zu lassen.

„Zehn Jahre", sagte er, als er vor ihr stand.

Sie wandte sich ab, und er ging hinter ihr her in die Wohnung, für die er keinen Blick hatte. Manchmal hatte er sich vorzustellen versucht, wie sie leben, wie sie wohnen mochte. Es interessierte ihn nicht mehr. Sie würde hier nicht bleiben. Dies hier war nichts als ein Durchgangsort. Sie würde nicht bleiben. Er blieb stehen und sah Milena nach, die das Zimmer verließ.

‚Zehn Jahre', dachte er, ‚und ich kann nicht einmal feststellen, ob sie älter geworden ist.'

Milena kam zurück. Sie trug noch immer die schwarze Hose und den schwarzen Pullover. Über dem Arm hielt sie einen Mantel oder eine Jacke.

„Ich freue mich, dich wiederzusehen", sagte sie. „Wir wollen einen Spaziergang machen. Ich kann dir ein wenig die Stadt zeigen."

Sie wollte nicht, dass sie in dieser Wohnung miteinander sprachen. Der Fahrstuhl nach unten endete vor der Frau in der Anmeldung.

„Notieren Sie eventuelle Anrufer", sagte Milena. „Ich bin eine Weile weg."

Sie gingen die Treppe hinunter und hörten hinter sich die Frau ins Telefon sprechen.

„Komm", sagte Milena.

Sie schlug den Weg zum Bahnhof ein, und sie ging so schnell, dass er Mühe hatte, an ihrer Seite zu bleiben. Auf dem letzten Ende der Straße drängten sich

Menschen vor einfachen Verkaufsständen. Auf Kisten oder auf der Erde lagen Zwiebeln, schrumpelige Äpfel, Kohl und Kartoffeln. Er sah's im Vorübergehen, er hatte Angst, Milena aus den Augen zu verlieren. Als er den Bahnhof erreicht hatte, stand sie schon in der riesigen Halle, klein, aber nicht verloren, schien ihm.

„Warte einen Augenblick hier“, sagte sie, wandte sich ab und verschwand hinter einer der Türen, die sicher nicht für Reisende da waren. Er sah sich um und dachte, er habe noch nie eine Bahnhofshalle von solchen Ausmaßen gesehen. Mit so wenigen Menschen. Der Bahnhof in Hamburg fiel ihm ein, der voll war von Flüchtlingen auf der Durchreise, von Kauflustigen, laut und mit dem unangenehmen Geruch nach Pommes frites und gebratenen Würsten. Dieser Bahnhof glich eher einer stillen Kathedrale.

Milena erschien in der Tür und winkte ihn zu sich hinüber. Er ging langsam auf sie zu und dachte, dass es schön sei, langsam auf sie zuzugehen und sie anzusehen und zu wissen, dass er erwartet würde.

Er blieb vor ihr stehen, um ihr Gesicht zu betrachten. Sie trat zurück und ließ ihn an sich vorbei in den Raum, der im Halbdunkel lag und angefüllt war mit leeren Regalen und dem Geruch nach Staub. Im Hintergrund, nicht gleich zu erkennen wegen des fehlenden Lichts, stand eine schmale Liege; daneben ein Schreibtisch, davor ein alter Mann, der sich an den Schubladen des Schreibtisches zu schaffen machte.

„Gennadi“, sagte Milena.

Sie hatte leise gesprochen, aber der Alte wandte sich ihr zu, nickte, musterte Beringer kurz und verließ den Raum durch eine Tür neben dem Schreibtisch, die Beringer vorher nicht gesehen hatte. Der Alte schloss die Tür leise hinter sich. Beringer sah ihm nach, während er hörte, wie Milena die Tür abschloss, durch die sie den Raum betreten hatten. Er wandte sich um. Milena kam auf ihn zu.

„So lange Zeit“, sagte er, „das machen wir nie wieder.“

Natürlich war sie älter geworden, jetzt konnte er es sehen, zehn Jahre, zehn verlorene Jahre.

Er war zu alt, um auf dem schmalen Bettgestell noch länger liegen zu bleiben.

„Du kommst mit ins Hotel“, sagte er. „Das Zimmer ist groß und hell und das Bett ist ein Bett, in dem man sich wohlfühlt. Was ist das überhaupt hier für eine Einrichtung? Wer ist Gennadi? Woher kennst du ihn?“

„Wir werden nicht über Gennadi reden“, sagte Milena, „irgendwann auch über Gennadi, aber jetzt haben wir Wichtigeres zu tun. Bill, du erinnerst dich an Bill?“

Er würde alles tun, um an ihrer Seite zu bleiben, er würde auch über Bill reden, wenn sie es wollte. Natürlich erinnerte er sich.

„Der Amerikaner“, sagte er. „Ich hab’ ihn getroffen, vor ein paar Tagen, bei einem Empfang. Ich glaube, ich hab’ ihn schon früher gesehen, damals, in Süd-Frankreich; Maler, glaube ich, du hast damals gesagt, er sei Maler. Aber für einen Maler konnte er ziemlich gut schießen.“

„Wo hast du ihn getroffen?“

„Ach, so ein alberner Empfang, den das Kaninchen gegeben hat, um seine Rettung zu feiern. Ein Anschlag ...“

„Ich war dabei. Das war nichts weiter als Wahlkampf. Die Amerikaner haben ihn finanziert, und auch die Höhepunkte sind ihnen zu verdanken. Bill ist der Mann fürs Grobe, nein, das ist falsch. Er macht Pläne, die er andere ausführen lässt. Sehr effektiv, übrigens, er hat eine lange CIA-Erfahrung; ein Europa-Spezialist, von denen haben die nicht viele. Europäische Lebensart mit Guantanamo-Hintergrund."

„Du weißt über ihn Bescheid?"

„CIA und BND haben gute Kontakte; auch wenn ihre Interessen mitunter verschieden sind. Unsere Arbeitgeber sind wohl nicht unschuldig daran, dass wir uns kennengelernt haben. Ich bin seine Geliebte. Kurz nachdem er sich in Kiew niedergelassen hatte, vor zwei Jahre etwa, haben wir uns kennengelernt."

„Du warst seine Geliebte."

„Das hier ist zu Ende", sagte sie, „aber vorher sollten wir noch das eine oder andere erledigen. Wäre doch schade, wenn ich alles, was ich hier gehört und gesehen habe, wieder vergessen würde."

Beringer sah sie an. Es gefiel ihm nicht, wie sie redete. Der abgebrühte Ton in ihrer Stimme war neu. Neu? Sie hatten sich zehn Jahre nicht gesehen. Er wusste nicht, was sie in dieser Zeit getan hatte. Für den BND gearbeitet, na gut. Sie war zu schade für Spitzelarbeit, zu klug, zu kritisch, zu ungeduldig auch. Er konnte sie sich nicht vorstellen als Beobachterin, von der erwartet wurde, dass sie ein unauffälliges Leben führte.

„Du weißt nichts", sagte Milena. „Nichts von mir, nichts darüber, wer ich bin, nichts darüber, wie ich lebe. Das Beste wird sein, du stellst dir vor, ich hätte zehn Jahre lang einen Kindergarten geleitet, zuerst einen kleinen, später dann eine großen, im Auftrag der Regierung, völkerverbindend, versteht sich."

„Kindergarten", sagte er, „wir waren gestern Abend zufällig in der Nähe dieses Kindergartens. Lassen die Eltern ihre Söhne mit Chauffeuren abliefern? Und schütten manchen von ihnen dir Knallerbsen vor die Tür, damit die Tante sich freut, wenn sie kommen?"

Er hasste sich für den Ton, in dem er gesprochen hatte, ohne es zu wollen. Er war nicht geübt in Situationen wie dieser. Eben hatten sie miteinander geschlafen, und er war sicher gewesen, dass sie nichts mehr trennen könnte. Weshalb war jetzt alles anders? Weshalb hatte er sich auf ihren hässlichen Ton eingelassen?

„Wir? Wer ist wir? Wen hattest du mitgebracht für einen Besuch im Kindergarten?"

In schwarzer Hose und schwarzem Pullover saß Milena auf einer Ecke des Schreibtisches, schmal, angespannt, wie in Erwartung eines Angriffs. Er hatte nicht im Traum daran gedacht, ihr Vorhaltungen zu machen. Er wollte sie nicht angreifen. Sie waren erwachsen. Sie waren beide erwachsen.

„Milena", sagte er, „bitte. Wir werden uns nicht streiten. Wir werden unser neues Leben mit Vertrauen zueinander beginnen. Ich erklär' dir, weshalb ich in Kiew bin ..."

„Ich weiß, weshalb du hier bist. Du musst mir nichts vormachen. Sie haben dich geschickt, weil sie nicht sicher sind, ob sie mir noch trauen können. Sie denken, dein Freund Wadim könnte inzwischen auch mein Freund geworden sein. Du kannst sie beruhigen. Ich halte nichts von Russen. Mir reichen Amerikaner. Mit wem warst du also gestern zufällig in meiner Nähe?"

„Die Kurz", sagte er, „Frau Dr. Kurz. Sie arbeitet erst seit ein paar Monaten für den Verein. Man hat sie hierher geschickt. Du kennst die Verse vom Herrn, der den Jockel ausschickt? Was weißt du von Wadim? Sie hatten ihn als Lockvogel eingesetzt, um mich für sich zu gewinnen. Es gab eine Inszenierung, die an Dramatik nichts zu wünschen übrig ließ. Ich erzähl's dir bei Gelegenheit. Lass uns gehen, bitte."

„Ach, mit dem blauen Frosch warst du unterwegs. Ja, gehen wir. Gennadi ist ein Freund. Du hattest nach ihm gefragt. Ich kenne ihn schon seit Jahren. Dies war sein Büro. Ich hab' ihn zufällig im Bahnhof getroffen, damals ... aber was weißt du. Es ging mir nicht besonders. Ich hab' manchmal zwischendurch Ruhe gebraucht, und es fiel ihm auf, dass ich stundenlang in der großen Halle auf einer Bank gehockt bin. Irgendwann hat er neben mir gesessen, und wir haben uns unterhalten. Da hatte er noch mit dem Stellwerk und den Schienen zu tun. Weißt du, wie viele Büroräume es in diesem Bahnhof gibt? Später gab man ihm ein kleines Büro, in dem er nichts mehr zu tun hatte. Ein Büro, aber keine Arbeit. Er ist jeden Tag hingegangen. Irgendwann hat er gesagt, ich müsste nicht in der Halle sitzen. Er würde sowieso lieber die Strecke abgehen, auch wenn da nichts mehr für ihn zu tun sei. Manchmal, hat er gesagt, fände er dort Menschen, aber denen sei nicht mehr zu helfen."

Während Milena über Gennadi sprach, veränderte sich ihre Stimme, und er war erleichtert und wusste nicht, weshalb.

„Ich kann Geld hinlegen", sagte er, „ich hoffe, das wird deinen Freund nicht kränken."

„Tu das nicht. Los, wir gehen. Du kannst mir unterwegs erzählen, wie der Frosch es angestellt hat, dass du einverstanden warst, mit ihm zusammenzuarbeiten."

Sie verließen das Büro. Die Bahnhofshalle war leer, bis auf einen alten Mann, der zusammengesunken im Hintergrund auf einer Bank saß. Er konnte Gennadi sein oder auch nicht.

Wadim / Kiew

Irinas Wohnungstür stand offen, als er die Treppe heraufkam.

Die Tür gegenüber, die vor ein paar Stunden noch offen gestanden hatte, war geschlossen. Irina saß in der Küche und sah ihm entgegen.

„Stellen Sie Ihren Koffer in das Zimmer ganz hinten und dann kommen Sie bitte zu mir. Wir müssen reden."

Das Zimmer des Sohnes war schmal und aufgeräumt. Ein Bett, ein Tisch mit Stuhl unter dem Fenster, ein schmaler, hellgrün gestrichener Kleiderschrank in der Nähe der Tür, das war alles. An den Wänden waren Flecken zu sehen, an zwei Stellen war die Farbe abgeblättert, so, als habe jemand die Poster entfernt, die dort geklebt hatten. Aus dem Fenster sah man auf eine zerzauste Weide.

Irina stand mit dem Rücken zum Fenster, als er die Küche betrat.

„Die Situation hat sich geändert", sagte sie. „Es war nicht vorgesehen, Sie schon zu einem so frühen Zeitpunkt zu informieren. Die Absicht war, Ihnen eine Weile Zeit zu geben, damit Sie sich mit der Stadt vertraut machen könnten. Es hängt nicht immer von uns ab, ob und wann wir agieren. Entschuldigung, ich rede und ich sehe, dass Sie nichts verstehen. Setzen Sie sich, bitte."

Sie stieß sich mit dem Rücken ein wenig vom Fenster ab und ließ Wadim nicht aus den Augen, bis sie sich ihm gegenüber an den Tisch gesetzt hatte.

„Die Nachbarn", sagte sie und deutete mit dem Kopf in die Richtung der Nachbarwohnung, „wären Ihre Tarnung gewesen. Mit mir hätten Sie zusammengearbeitet. Es war nicht vorgesehen, dass man die beiden verhaftet. Ich konnte sie nicht davon abhalten, zu demonstrieren.

Ich konnte ihnen schlecht sagen, sie sollten sich ruhig verhalten, weil sie als Tarnung gebraucht würden. Man wird sie irgendwann wieder frei lassen, um die muss man sich keine Sorgen machen."

Die Irina, die ihm gegenübersaß, war eine andere als die von vorher, das war nicht zu übersehen.

„Wenn die Nachbarn als Tarnung vorgesehen waren, wie klug ist es dann, das Zimmer Ihres Sohnes für mich als Unterkunft zu nutzen?"

„Sie denken mit."

„Ich bin Polizist."

„Entschuldigung, wir hatten schon andere Polizisten ... unwichtig. Wir haben nicht viel Zeit. Wir müssen uns darauf verlassen, dass Ihre Gastgeber den Mund halten. So lange, bis wir unsere Aufgabe erledigt haben. Erinnern Sie sich an Ihren Freund Jean Beringer?"

Natürlich erinnerte er sich. Er hatte diesen Deutschen gemocht. Sogar vor Veras Augen hatte er bestanden, obwohl sie kritischer war als er, wenn es um neue Freundschaften ging. Freundschaften ... waren sie befreundet gewesen? Und wenn, sie hatten sich nicht wiedergesehen, seit Beringer damals überstürzt aus Kaliningrad abgereist war. Er hatte es eilig gehabt, irgendeine Geschichte, die mit seiner Frau oder seiner Freundin zusammenhing. Vera und er hatten sich nicht getraut, genauer zu fragen, und Jean war nicht besonders mitteilsam gewesen. Wadim erinnerte sich, wie sie beide, Jean und er, den Verräter Stepan bestraft hatten, und er lächelte.

„Sie erinnern sich also?"

„Natürlich, aber weshalb sprechen Sie von Beringer? Es ist lange her, dass ich ihm begegnet bin. Ganz sicher hat er nichts mit den Dingen zu tun, die uns hier beschäftigen."

„Sie täuschen sich. Beringer ist in Kiew. Und er wird versuchen, mit Ihnen Kontakt aufzunehmen. Sie werden ihn auf jeden Fall treffen. Wir wissen nicht genau, welche Rolle Sie in seinen Plänen spielen sollen."

„Welche Pläne?"

„Ihr Freund Beringer ist ein Romantiker. Er ist hier, um eine Frau nach Deutschland zu holen, eine Frau, die wir nur ungern gehen lassen möchten. Wir glauben außerdem nicht, dass sie die Absicht hat, nach Deutschland zurückzugehen. Wenn er ernsthaft versucht, sie umzustimmen, werden wir ihn daran hindern müssen. In diesem Zusammenhang wird er möglicherweise mit Ihnen Kontakt aufnehmen. Wie auch immer, Sie werden Beringer treffen, und nichts, aber auch gar nichts von dem, worüber wir uns verständigen werden, ist für die Ohren dieses Deutschen bestimmt. Ist das klar?"

Wadim presste unwillkürlich die Lippen zusammen und starrte Irina an. Er schwieg.

„Es tut mir leid. Es ist einfach so, dass uns die Ereignisse über den Kopf wachsen könnten, wenn wir nicht aufpassen. Ich entschuldige mich für dieses Mal und für alle zukünftigen Gelegenheiten, bei denen ich mich im Ton vergreifen werde. Als Zivilistin und unter normalen Verhältnissen bin ich freundlich. Es wird von uns abhängen, ob hundertdreißig Kinder – vielleicht mehr? Vielleicht weniger? – mit dem Leben davonkommen. Ich informiere Sie nun über ein paar Personen, denen in den nächsten Tagen unsere besondere Aufmerksamkeit gelten wird. Sie werden keine Aufzeichnungen machen, sich die wesentlichen Dinge einprägen und nachfragen, wenn ich mich unklar ausdrücke."

„Ich werde keine Aufzeichnungen machen, mir Ihre Worte einprägen und nachfragen, wenn ich etwas nicht verstanden habe.“

Wadim grinste, und nachdem Irina ihn einen Augenblick erstaunt angesehen hatte, holte sie tief Luft und verzog die Lippen zu einem schmalen Lächeln.

„Tee?“

Er schüttelte den Kopf. Er hatte keine Lust auf Tee. Er war neugierig, was Irina sagen würde. Ihr Gesicht war wieder ernst geworden.

‚Sie traut mir nicht, vielleicht mir, aber nicht meinen Fähigkeiten‘, dachte er.

„Also, merken Sie sich: Die Reihenfolge ist ohne Bedeutung. Ich denke, wir werden allen Personen, um die es geht, die gleiche Aufmerksamkeit schenken. So werden wir es am ehesten vermeiden, Fehler zu machen. Milena Proháska, hier unter dem Namen Eva Kovac: Juristin aus Hamburg, dort nach einem Skandal, der ihre Karriere beendet hat, vom BND angeworben. Anfang vierzig, attraktiv, ein bisschen verlebt, würde ich sagen. Das Milieu, in dem sie zuhause ist und das ihr offenbar gefällt, hinterlässt auf die Dauer Spuren. Fotos von allen Personen zeige ich Ihnen am Ende unseres Gesprächs. Vielleicht liege ich nicht ganz richtig mit meiner Einschätzung, die Proháska und ihre Liebe zum Milieu betreffend. Sie hat die Angewohnheit, hin und wieder eine Auszeit zu nehmen. Ihr Unterschlupf befindet sich im Kiewer Bahnhof.“

„Im Bahnhof?“

„Ein alter Mann, einer unserer Leute, hält dort ein Zimmer bereit. Gennadi. Sie haben ihn kennengelernt. Bahnhöfe sind Anziehungspunkte für alle möglichen Menschen. Manche haben einfach nur Fernweh, wenn sie einen Bahnhof aufsuchen. Es sind interessante Personen darunter. Gennadi arbeitet schon lange für uns. Er ist ein Profi."

Wadim dachte an den freundlichen, alten Mann, der ihm den Koffer abgenommen hatte, und musste Irina recht geben.

„Weiter zur Proháska: Sie residiert seit etwa neun Jahren in Kiew. Betreibt hier, oder lässt betreiben, ein Luxus-Bordell. Die Frauen, die dort arbeiten, sind darauf spezialisiert, genau hinzuhören, wenn ihre Kunden darüber sprechen, was sie beschäftigt. Eine uralte Methode der Geheimdienste, bekannt und beliebt, für uns hier zurzeit leider nicht durchführbar. Die hiesige Regierung liefert ihre Leute lieber dem Westen aus als den Unsrigen. Die Proháska wird von ihrem Arbeitgeber verdächtigt, sich mit dem russischen Geheimdienst eingelassen zu haben."

„Und? Hat sie?"

„Nein, aber es gibt Hinweise, dass sie darüber nachdenkt."

„Jemand ist in ihrer Nähe, dem sie vertraut?"

„Ihre Wohnung ist nur über eine ständig besetzte Rezeption zu erreichen. In gewissen Kreisen ist diese Einrichtung als Vorsichtsmaßnahme beliebt. Bis vor ein paar Tagen gehörte die Frau, die dort saß, zu uns."

„Jetzt nicht mehr?"

„Bedauerlicherweise. Man hat sie festgenommen. Aber die Informationen, die wir durch sie bekommen haben, reichten aus, um uns über die Proháska Gedanken zu machen."

„Wer noch?"

„Beringer selbst. Ehemals hochrangiger Kriminalpolizist mit guten Kontakten zu Europol. Frühpensioniert wegen eines Dienstunfalls. Ende fünfzig und damit zu jung, um mit der Nazi-Vergangenheit des deutschen BKA zu tun gehabt zu haben. Er dürfte inzwischen ein wenig aus der Übung gekommen sein, denn seine sporadischen Einsätze für das Bundeskriminalamt sind in den letzten Jahren weniger geworden, und der Mann, der dort seine Hand über ihn gehalten hat, wurde in den Ruhestand versetzt. Der BND hat sich dann Beringer verpflichtet. Man hat vermutlich Großes mit ihm vor. Das Interesse der Deutschen an enger Freundschaft mit der Ukraine ist alt und ungebrochen. Die Proháska, in die er verliebt ist, hat man ihm als Lockvogel hingehalten. Er wird versuchen, mit ihr nach Deutschland zurückzukehren. Anschließend wird man ihm eine dauerhafte Zusammenarbeit mit dem BND anbieten. Bis dahin ist Beringer für uns wertlos. Sollte er bei seiner Freundin Erfolg haben, was ich nicht hoffe, werden wir uns etwas für ihn überlegen müssen."

„Sie wollen ihn nicht ausreisen lassen?"

„Ich sagte schon: Unser Interesse gilt seiner Freundin"

„Es sieht so aus, als könnte er einen Unfall haben."

„Sein Risiko, für uns uninteressant. Für uns kommt es darauf an, dass er hier verschwindet, und zwar ohne die Proháska."

„Und weiter?"

„Anna Maria Klein, Deckname Dr. Renate Kurz. Erst seit kurzer Zeit in Kiew, geschickt vom BND, um Beringer auf die Finger zu sehen. In gewissen Kreisen dort traut man ihm nicht. Die Klein wurde im Zusammenhang mit der Ausweitung der Aufgaben des BND von der Polizei in Wiesbaden abgezogen. Dort sitzt das BKA, mit dem Beringer zusammengearbeitet hat, bevor er BND-Mitarbeiter wurde. Die Klein bringt wenig Erfahrung mit für ihre neue Aufgabe, aber sie ist ehrgeizig und hat Mut. Und sie hat eine Schwäche, die wir eventuell nutzen können. Sie mag Beringer."

„Ich verstehe nicht ..."

„Das ist eine Information. Ob Sie sie gebrauchen können, wird sich in der Praxis entscheiden. Im Augenblick kommt es darauf an, dass ich Sie mit den Personen bekannt mache, mit denen wir es zu tun haben werden."

„Wobei zu tun haben werden? Was werden wir tun?"

„Das werden Sie erfahren. Kommen wir also zur zentralen Person unserer Geschichte, der Person, um die es eigentlich geht. Der Mann heißt Bill Allen und arbeitet für den CIA. Sein Name ist sicher falsch. Ich halte es für möglich, dass er seinen richtigen Namen selbst nicht mehr kennt. Er war in verschiedenen Ländern eingesetzt, unter verschiedenen Namen. Hier in Kiew kommt er aus Boston, ist der missratene, weil nicht an Profitmacherei interessierte Sohn einer reichen Bostoner Familie und hat sich mit einem Teil seines Erbes an einer US-amerikanischen Stiftung beteiligt. Die Stiftung befasst sich mit der Rettung von verwahrlosten Kindern, in diesem Fall Jungen. Die Probleme verwahrloster Kinder dürften Ihnen aus Kaliningrad bekannt sein. Kiew ist größer als Kaliningrad, demzufolge sind die Probleme hier auch größer. Es ist dem CIA gelungen, unter dem Deckmantel der Wohltätigkeit in die höchsten Regierungskreise einzudringen. Bill Allen bekommt beim Ministerpräsidenten jederzeit eine Audienz. Das hat auch damit zu tun, dass die US-Stiftung, die den Ministerpräsidenten finanziert, Bill Allen als eines ihrer Mitglieder führt, beratend, versteht sich ... Was ist? Sie sehen skeptisch aus. Was stört Sie?"

„Das kann ich Ihnen sagen. Mir gefällt nicht, wie ich auf diese Arbeit vorbereitet worden bin. Wenn ich richtig verstanden habe, dann werden wir es in Kürze mit den Geheimdiensten der mächtigsten Staaten der Welt zu tun bekommen. Wissen Sie denn, was ich bisher gemacht habe? Ich war der gute Polizist in dem Sauhaufen Kaliningrad und hab' versucht, ein wenig Ordnung in den Laden zu bringen. Ich war bestimmt kein ..."

„Wadim, hören Sie auf zu jammern! Ich will Ihnen etwas sagen, das Sie, vielleicht, zum Lachen bringt. Ich bin mir darüber klar, dass wir dilettantisch arbeiten. Früher, als es die Sowjetunion noch gab, hätte ich auf Ihren Einwand geantwortet: Ja, das ist die Organisation, die unsere Feinde so fürchten. Und dann hätten wir gelacht und uns an die Arbeit gemacht. Na?"

Wadim blickte Irina an, die ihm aufmunternd zulächelte. Sie war älter als er. Vielleicht hatte sie andere Erfahrungen bei der Arbeit für den Geheimdienst gemacht. Vielleicht hatten sie sich früher lustig gemacht über Mängel in ihrer Arbeit. Er hatte solche Erfahrungen nicht. Er fand nichts komisch an dem, was Irina gesagt hatte. Er hatte keine Lust, auf ihren aufmunternden Ton einzugehen. Seine Zweifel wurden eher noch bestärkt.

„Früher", sagte er, „war ein Sechstel der Erde rot, hab' ich mir sagen lassen. Ich wüsste gern, ob zu den Personen, die Sie beschrieben haben, noch weitere hinzukommen. Waren das alle?"

„Es gibt einen Deutschen, Detlef von Koesen, dessen Rolle uns noch unklar ist. Er hat sich überraschend schnell mit Beringer angefreundet. Wir wissen nicht, woher er kommt und was seine Absichten sind. Er wohnt im selben Hotel, hat Geld und Zugang zu Regierungskreisen. Offiziell ist er Tourist, mit einer Vorliebe für die Suche nach alten Landgütern, wovon es hier allerdings nicht sehr viele gibt. Wir kennen seine Funktion nicht. Aber wir werden auf ihn achtgeben müssen."

„Und noch jemand?“

„Einer der uns zur Genüge bekannt ist; Sergey Petrenko, Ukrainer. Er ist Schriftsteller. Der deutsche Geheimdienst hat früh seine Begabung erkannt. Begabung für die Schriftstellerei und Begabung als Propagandist gegen Russland. Ursprünglich haben wir ihn gefördert. Er hat in Moskau Literatur studiert. Die Zerfallserscheinungen bei uns und dazu seine besondere Familiengeschichte haben ihn zu einem eloquenten Anti-Kommunisten und Russlandgegner gemacht, mit Hass auf alles Russische und Liebe zu seinen deutschen Brötchengebern.“

„Seine Familiengeschichte?“

„Ich nehme an, es ist Ihnen bekannt, dass es eine Anzahl von Ukrainern gab, die während des Großen Vaterländischen Krieges mit der Nazi-Besatzung zusammengearbeitet haben. Es gab unterschiedliche Formen der Kollaboration, unterschiedliche Grade, sozusagen. Manche der Kollaborateure sind von den Nazis ausgeflogen worden, als die Rote Armee näher gekommen war; ganz ähnlich, wie man es heute mit Afghanen macht, die sich zu sehr mit den Deutschen eingelassen haben und nun die Taliban fürchten. Aus der Ukraine ist damals eine später berühmte Dostojewski-Übersetzerin nach Deutschland gebracht worden, kurz bevor die Rote Armee die Faschisten vertrieben hat.

Sergeys Familie hat nicht so viel Glück gehabt. Sein Großvater gehörte der SS-Division Nachtigall an, deren Spezialität es war, die jüdische Bevölkerung zu ermorden. Er hat an vorderster Front gekämpft, und man konnte ihn schlecht ausfliegen, wenn man den Kampf nicht vorzeitig verloren geben wollte. Er ist von jüdischen Partisanen umgebracht worden. Die wurden anschließend alle massakriert. Sein Sohn, Sergeys Vater, wurde von der GPU dann nicht gerade sanft behandelt. Das machte man damals so, eine Art Sippenhaft, aber er hat überlebt. Die Atmosphäre, in der der kleine Sergey aufgewachsen ist, war nicht besonders russlandfreundlich. Daran hat dann auch sein Studienaufenthalt in Moskau nichts mehr geändert. Ich sagte schon: die Zeiten des Niedergangs. Der Junge war begabt. Er konnte sehen. Das war schon nach seinem ersten Buch leicht zu erkennen. So einer ist vielseitig verwendbar. Inzwischen haben wir es mit einem sehr gut verdienenden, an vorderster Propagandistenfront gegen Russland arbeitenden Intellektuellen zu tun. Er findet in Deutschland im Radio, im Fernsehen, auf Symposien, Schriftstellertagungen und als Romanautor Verwendung."

„Und was hat er mit den Leuten zu tun, um die es uns geht?"

„Er ist mit der Prohâska befreundet, er ist ein Opportunist – und er hasst die Russen. Wir sollten ihn im Auge behalten."

„Wir. Gestatten Sie eine Frage: Wer ist wir? Aus wie vielen Personen besteht dieses „Wir"?

Irina stand auf, ließ Wasser in den Teekessel und setzte ihn auf den Herd. Anscheinend hatte sie seine Frage nicht gehört. Sie verließ die Küche. Hatte sie wirklich nichts gehört oder hatte sie ihn nicht hören wollen?

Wadim sah hinüber zum Herd, sah den Teekessel, der nicht glänzte, weil er lange nicht geputzt worden war, sah auf die Regale neben dem Herd, auf denen Geschirr stand, das alt und angeschlagen war. Ein Becher war dabei, den er zu kennen meinte. Hatte es bei ihm zuhause nicht einen Becher aus der gleichen Produktion gegeben? Seine Mutter hatte ihn nicht als Becher benutzt, sondern als Vase. Der Becher war blau und weiß, hatte ein Frauengesicht mit einer goldenen Krone, und seine Mutter hatte im Frühling Stiefmütterchen hineingestellt. Das Gesicht hatte dann blonde Haare bekommen für ihn, als er ein kleiner Junge gewesen war.

Irina kam zurück. Er hörte ihre kräftigen Schritte auf dem Linoleumfußboden des Flurs.

„Hier“, sagte sie, während sie einen Umschlag vor Wadim hinlegte, „ich werde Tee machen, während Sie sich die Bilder ansehen. Sie sollten sich die Gesichter gut einprägen. Wir werden die Fotos vernichten, wenn Sie sie angesehen haben.“

Er beobachtete sie, während sie am Herd hantierte, zwei Becher hinstellte. Ihre Bewegungen waren gelassen, rund, sie strahlte Ruhe aus, obwohl ihre Worte den Eindruck hinterlassen hatten, als hätten sie es eilig.

Er nahm den Umschlag in die Hand und zog einen dünnen Packen Fotos hervor. Nur das Foto von Milena war ein Porträt. Hatte sie in einem Atelier Fotos von sich machen lassen? Oder einen Fotografen nach Hause bestellt? Ein schmales Gesicht, ernst, beinahe streng, dichte Brauen, sorgfältig in Form gebracht, die Haare eine wilde, rote Mähne, die Augen dunkel, aber auf keinen Fall braun, dunkles Grau, vielleicht, winzige Brillanten in den Ohrläppchen, die roten Haare hinter die Ohren gesteckt, damit die Dinger zu sehen waren; ein offizielles Foto, wie für eine Bewerbung, aber dafür war es zu ernst.

„Sie gefällt Ihnen?“

Wadim sah auf, Irina sah lächelnd auf ihn herunter.

„Das Foto ist drei Jahre alt. Das letzte Mal, als ich die Proháska gesehen habe, sah sie älter aus. Das Leben dieser Dame ist nicht nur Vergnügen. Aber Sie werden sie wiedererkennen, da besteht kein Zweifel; 1,76 groß und elegant angezogen, feine Stoffe, gedeckte Farben, oft Schwarz, verstehen Sie?“

Wadim dachte an Vera, die ein schwarzes Kleid anzog, wenn sie ausgingen, und tagsüber Röcke und Pullover trug. Er hatte Vera immer schön gefunden. Elegant? Wie war elegant?

„Ich versteh' nichts von Kleidern", sagte er, „aber ich werde sie trotzdem erkennen."

Irina nahm ihm das Foto aus der Hand, warf einen Blick darauf und begann, es in kleine Stücke zu zerreißen. Sie ging dabei systematisch und sorgfältig vor. Es blieb ein kleiner Haufen quadratischer Stückchen auf dem Tisch liegen. Wadim griff nach dem Umschlag und nahm die übrigen Fotos heraus. Er betrachtete sie eingehend, während er das Foto von Beringer ansah, lächelte er.

„Sie waren wirklich befreundet, man sieht's Ihnen an. Sie stehen jetzt auf entgegengesetzten Seiten. Vergessen Sie das nicht. Sie werden Kontakt aufnehmen. Sie werden berichten, und wir werden entscheiden, was zu tun ist."

Wadim schob Beringers Foto über den Tisch, und Irina begann, es zu zerreißen.

„Anna Maria Klein, die erkennen Sie sofort. Irgendetwas an ihr ist immer blau. Sie sieht albern aus, aber man soll sie nicht unterschätzen. Wir wissen nicht viel über sie, aber es besteht die Möglichkeit, dass sie zwischen die Fronten gerät und dann ..."

„Zwischen welche Fronten?"

„... und dann haben wir, vielleicht, die Möglichkeit, mit ihr zusammenzuarbeiten. Ich glaube, ich habe angedeutet, dass es im Geheimdienst der Deutschen zwei Fraktionen gibt, die für uns aus unterschiedlichen Gründen interessant sind. Es gibt die Konservativen und die Modernen. Früher hätte man, vielleicht, Nazis und Demokraten gesagt, aber das passt nicht mehr. Beiden geht es um Russland, um unser Land. Der Schattenkrieg wird in der Ukraine geführt. Das ist sehr salopp gesagt, wir werden hoffentlich Zeit haben, das Thema irgendwann zu vertiefen. Die Modernen setzen auf Ausbeutung durch wirtschaftliche Beziehungen, die Konservativen auf Gewalt. Letztere neigen dazu, sich mit den Amerikanern zu verbünden, womit in unserem Fall unser Freund Bill Allen interessant wird."

Irina zeigte auf das letzte Foto, das vor Wadim auf dem Tisch lag. Ein vergrößerter Schnappschuss von einem Mann, der in einem Straßencafé saß, freundlich gestikulierend in ein Gespräch vertieft mit jemandem, der nicht zu erkennen war, weil man sein Gesicht geschwärzt hatte; vielleicht eine Frau, schwer zu sagen. Der Amerikaner war etwa 50, trug seine blonden Haare sehr kurz geschnitten, sah sportlich trainiert aus und lächelte gewinnend.

„Ein Bilderbuch-Amerikaner?"

„Eine Klapperschlange. Er hat eine Spezialtruppe aufgebaut, Ukrainer, die ihre erste Bewährungsprobe auf dem Maidan bestanden haben. Die Scharfschützen standen unter seinem Kommando. Die Truppe war damals noch zur Hälfte mit seinen Leuten, US-Amerikanern, durchsetzt. Die hat man inzwischen ein wenig aus der Schusslinie genommen. Ihre Verbrechen wurden zu offensichtlich. Es handelt sich um private, nicht-staatliche US-Söldner, die man fürs Grobe einsetzt, um jederzeit behaupten zu können, man habe mit deren Untaten nichts zu tun. Im Übrigen gibt es inzwischen auch genug nationalistische Ukrainer, die sich mit Vergnügen dem Kommando von Bill unterordnen. Er zahlt gut."

„Der Staat ..."

„Wadim, der Staat, die Regierung der Ukraine, ist eine Lachnummer. Der Staat ist pleite. Das Parlament, die Abgeordneten prügeln sich, wenn's darauf ankommt. Wenn Europa und die Amerikaner nicht Milliarden investieren würden, wäre man längst am Ende ... bitte, seien Sie einen Augenblick still!"

Beide hielten den Atem an und lauschten.

„Ich dachte, ich hätte Stimmen gehört, unbekannte Stimmen. Ich hab' mich geirrt. Wir können weitermachen."

Irina zerriss auch das Foto von Bill, warf die auf dem Tisch liegenden Reste ins Spülbecken, zerknüllte Zeitungspapier und zündete alles zusammen an. Sie setzte sich zu Wadim an den Tisch. Beide blickten auf das Feuer im Spülbecken. Aus dem Treppenhaus war eine Kinderstimme zu hören.

Wadim schluckte, aber als er sprach, war seine Stimme ruhig, beinahe so, als spräche er zu sich selbst.

„Ich sagte Ihnen schon, dass ich Polizist bin. Ich musste das sagen, weil ich vorübergehend den Eindruck hatte, Sie seien über diese Tatsache nicht informiert. Ich möchte mich nicht wiederholen. Ich bin es gewohnt, selber zu denken, und ich kann Entscheidungen treffen, wenn es nötig ist. Wann welche Entscheidungen nötig waren, habe ich bisher allein entschieden. Ich bin aber durchaus bereit, im Kollektiv zu arbeiten. Nur gehört dazu eine entscheidende Voraussetzung: Ich muss über die gleichen Informationen verfügen wie meine Mitstreiter. Das ist im Augenblick nicht der Fall. Habe ich recht?"

Irina antwortete nicht gleich. Sie sah Wadim an, kniff die Augen zusammen und überlegte. Im Hausflur war es jetzt still.

Wadim stand auf und verließ die Küche. Irina wartete nur kurz, dann ging sie ihm nach. Als sie ihn erreichte, hatte er seinen Koffer aufgenommen und wandte sich zu ihr um.

„Was wollen Sie wissen?“

„Ich will wissen, was geschehen ist, während ich unterwegs war, um meinen Koffer zu holen.“

„Ich verstehe nicht ...“

„Sie verstehen sehr gut, aber ich kann's auch deutlicher formulieren. Weshalb haben wir es plötzlich so eilig?“

„Stellen Sie den Koffer hin und kommen Sie wieder in die Küche, Sie verdammter Dickschädel.“

Irina spülte die Asche in den Abfluss, während Wadim ungeduldig auf ihren Rücken starrte.

„Sie haben recht, Wadim“, sagte sie. „Ich habe, während Sie unterwegs waren, ein paar Informationen bekommen. Sie besagen, dass unser Freund Bill dabei ist, eine Truppe zusammenzustellen, die eine besondere Aufgabe haben wird. Es ist noch nicht klar, worin diese Aufgabe bestehen soll, aber sie wird dazu dienen, aller Welt klarzumachen, dass man den Russen nicht vertrauen kann, ja, dass man sich mit Entsetzen von ihnen abwenden muss.“

„Ein Flugzeug?“

„Ich glaube nicht, man kann das nicht wiederholen. Es war damals schon ein gewagtes Spiel, den Abschuss der MH17 den Russen in die Schuhe zu schieben. Inzwischen nimmt man offiziell an, dass sehr viele verschiedene Umstände zu dem Unglück geführt haben. Aber irgendetwas bleibt immer hängen. Wir gehen nach wie vor davon aus, dass die gegnerische Propaganda das Unglück bewusst genutzt hat, um uns, um Russland zu schaden.“

„Woher kommen Ihre Informationen?“

„Glauben Sie mir ...“

„Woher?“

„Einer der Männer aus Bills Spezialtruppe gehört zu uns.“

Einen Augenblick schwiegen beide.

„Was immer man vorhat, wir müssen es verhindern", sagte Irina.

„Na klar, wir werden verhindern, was wir nicht kennen, an einem Ort, von dem wir nichts wissen, zu einer Zeit, die uns unbekannt ist. Ungefähr so hatte ich mir meine Aufgabe hier vorgestellt."

„Na, dann ist es ja gut", sagte Irina, „dann haben Sie ja kein Problem."

Mir war nicht wohl, als Beringer und ich uns getrennt hatten. Ich war überrumpelt worden, und je länger wir beieinander gewesen waren, desto stärker hatte ich gefühlt, dass ich unfähig sein würde, an unsere gemeinsame Vergangenheit anzuknüpfen. Ich war nicht mehr die Frau von vor zehn Jahren. Ich war mit ihm zu Gennadi gegangen, weil wir dort auf neutralem Boden sein würden, so jedenfalls hatte ich es empfunden. Ja, wir hatten miteinander geschlafen. Aber es gibt dieses letzte Mal, bei dem über den Beischlaf die Decke der Melancholie gebreitet ist, ein kleines Wunder, wenn beide das Gleiche empfinden, und eine Traurigkeit, wenn es nicht so ist. Es war Traurigkeit gewesen, die ich empfand, als wir uns danach gegenübersaßen.

Ich fühlte mich auch jetzt nicht gut; so, als hätte ich Beringer betrogen, obwohl wir zusammen gewesen waren. Mein Leben war anders, als er es sich vorstellte, aber wie, das war mir selbst nicht klar.

So war ich sicher, dass die Kurz wieder auftauchen würde, und ich sah unserer Begegnung mit Interesse entgegen. Vielleicht würde sie es sein, die Abgesandte der Firma, die mir ungewollt einen Hinweis lieferte, wie ich weiterleben sollte. Aber die Kurz kam nicht, und irgendwann vergaß ich sie, bis ... aber ich will nicht vorgreifen ...

Ich war also gezwungen, mich ohne Anregungen von außen mit der Frage auseinanderzusetzen, wie ich in Zukunft leben wollte. Es gab ja verschiedene Alternativen.

Die Arbeit im Püppi verlief ruhig, bis auf einen nächtlichen Sprengstoffanschlag, der unsere Eingangstür zerstörte, sonst aber keinen Schaden anrichtete. Es stellte sich schnell heraus, dass der Anschlag nicht uns gegolten hatte, sondern einem der Herren, der sich gerade bei uns aufhielt. Wir merkten es daran, dass der Mann erschossen wurde, lautlos übrigens, sein Mörder hatte die offene Eingangstür und den Augenblick der Verwirrung dazu genutzt, in unsere Räume einzudringen und seine Arbeit zu erledigen. Ich nahm an, man würde den Mörder nicht finden, aber das war mir gleich, denn wir zählten offensichtlich nicht zu seinen Feinden.

Die verschiedenen Möglichkeiten, die ich durchdachte: Erstens: Ich könnte kündigen und mit Beringer zurück nach Deutschland gehen, mit den dort zu erwartenden Schwierigkeiten.

Zweitens: Ich könnte hierbleiben, weiterleben wie bisher, aber die Arbeit etwas spannender gestalten. Es konnte kein Zufall gewesen sein, dass Natalja und ihr Mann Wassili sich als Retter in der Not erwiesen hatten. Die beiden waren Russen. Die Kurz hatte angedeutet, dass der russische Geheimdienst Interesse an meiner Person haben könnte ...

Ich gebe zu, als dieser Gedanke deutlich wurde, ergriff mich eine gewisse Erregung. Ich stand auf und lief hin und her, geriet vor einen Spiegel und fand mich atemlos auf die Gesichter starrend, die mir aus dem Spiegel entgegensahen. Es waren drei:

Das offizielle Eva Kovac-Gesicht aus dem Püppi, bei mir nannte ich es manchmal die Kiewer Schnauze; es war auch das Sergey- und Alexey- und Bill-Gesicht.

Daneben das Gesicht der grauen Maus, die ihren ärmlichen Mandanten ähnlicher wurde, je länger sie mit ihnen zu tun hatte.

Und ich sah das Gesicht einer Abenteurerin.

Die Kiewer Schnauze neigte zu Tränensäcken und Doppelkinn, was noch eine Weile dauern, aber unvermeidlich sein würde.

Die graue Maus war nicht ich, und jedem, der mir einreden wollte, dass sie etwas mit mir zu tun hätte, würde ich die kalte Schulter zeigen.

Die dritte, das war ich. Schön, auch wenn ich älter geworden wäre, weil mein Leben spannend und aufregend und hart sein würde und es keinen Platz gegeben hätte für die Sentimentalitäten, die die Welt für Frauen bereithält.

Ich starrte mich im Spiegel an. Die Gesichter verschwanden, und ich ging zurück an meinen Schreibtisch. Jemand klopfte, an der Art wie geklopft wurde, erkannte ich Mascha, bevor ich sie sah.

„Da ist ein Herr, ein Deutscher, glaube ich, der Sie unbedingt sprechen möchte."

„Ziehen Sie ein anderes Kleid an, Mascha. Die Farbe steht Ihnen nicht. Wo ist dieser Deutsche jetzt?"

„Er wartet."

Ich schaltete den Bildschirm ein und warf einen Blick auf den Mann im Empfangsraum. Es war Beringer.

„Sagen Sie ihm ... nein, sagen Sie ihm nichts. Er soll warten. In zehn Minuten bringen Sie ihn hierher. Und ziehen Sie inzwischen ein anderes Kleid an. Wir sind hier nicht im Spielzeugladen."

Mascha ging, und ich hatte zehn Minuten Zeit, mich auf die Begegnung mit Jean Beringer einzustellen. Weshalb war er gekommen? Wir hatten uns nicht verabredet. Ich schaltete den Bildschirm noch einmal an. Ich wollte ihn genau ansehen, mich besser vorbereiten als bei unserer ersten Begegnung.

Beringer sah aus, als habe er sich seit damals in Hamburg nicht verändert. Er war älter geworden und sich gleich geblieben. Er war der Beringer, in den ich mich vor vielen Jahren verliebt hatte, den ich erobert und wieder verloren hatte. Hatte ich ihn verloren oder hatte ich ihn aufgegeben?

Ich sah ihn an, sah auf das Bein, das er ausgestreckt hielt, ach ja, die Verletzung, sah auf den Mantel, den Trenchcoat, der sicher nicht derselbe war, in dem ich ihn zuletzt gesehen hatte und der dennoch genau so aussah ...

Ich schaltete den Bildschirm ab. Ich hatte genug gesehen. Ich ahnte, weshalb er so schnell wiedergekommen war. Er wollte Gewissheit, jemand wie er brauchte Gewissheit.

Mascha ließ ihn dann eintreten. Sie hatte das scheußliche rosa Kleid gegen ein schwarzes eingetauscht; blond und üppig und kindlich in Schwarz. Ich nickte ihr anerkennend zu, und sie lächelte, als sie mit einem sanften Schwung ihres Hinterns die Tür hinter Beringer schloss.

Wir standen uns eine Weile stumm gegenüber. Ich konnte seine Gedanken lesen. Er war nie ein Freund vieler Worte gewesen. Aber er hatte sich immer klar ausgedrückt.

„Du weißt, weshalb ich hier bin", sagte er.

Ich nickte. Ich wusste, weshalb er hier war und was er als nächstes sagen würde.

„Ich hab' lange gebraucht", sagte er, „aber ich weiß jetzt, dass ich dich liebe."

Ich nickte. Als nächstes würde er sagen: „Wir werden zusammen zurück nach Deutschland gehen."

Er sagte es.

Ich wandte mich ab, um ihn das Lächeln in meinem Gesicht nicht sehen zu lassen. Es war nicht freundlich, und ich hatte nicht die Absicht, ihm wehzutun. Wir setzten uns. Ich hörte ihm eine Weile zu.

Er sagte, ich müsse alles wissen. Wir hätten bei unserer ersten Begegnung nicht genug Zeit gehabt. Er sprach von Wiesbaden, vom BKA und dass der BND ihn angeheuert habe. Er sprach von einem Freund, der tot sein sollte, an dessen Tod er aber nicht glaube, und den er meinte, hier im Theater gesehen zu haben. Er sprach von Ronny, der hoffte, ich würde zurückkommen und wir würden unser altes Leben wieder aufnehmen, aber am dringlichsten sprach er von seiner Liebe zu mir und dass er einsam gewesen sei und dass dieser Zustand für uns ein Ende haben müsse.

Ich hörte ihm zu, und alles, was er sagte, war sehr weit weg von meinem eigenen Leben. Einzig, als er Ronny erwähnte, spürte ich eine kleine Zärtlichkeit. Es war zu spät. Unsere Geschichte war zu Ende.

Es gab keinen Grund für mich, ihm von den drei Gesichtern im Spiegel zu erzählen und dass ich mich entschieden hatte, bevor er gekommen war. Ich weiß nicht mehr genau, was ich geantwortet habe, aber er verstand.

Wir schwiegen, und ich sah seinem Gesicht an, dass es etwas gab, worüber er nachdachte und das nichts mit uns zu tun hatte. Er überlegte, ob er mich einweihen sollte.

„Meine Reise hierher, das sollte ich dir wohl noch sagen, hat deine Firma bezahlt. Ich hatte den Auftrag, herauszufinden, ob du dich mit der anderen Seite eingelassen hast. Ich hab' den Auftrag angenommen, weil es mir notwendig schien, endlich Klarheit zwischen uns zu schaffen. Es hat mich nicht interessiert, für wen du sonst noch arbeitest. Ich finde nur, du solltest wissen, dass man dir misstraut."

„Ich weiß", sagte ich, „trotzdem danke. Was wirst du jetzt tun?"

Ich war aufgestanden, und auch Beringer stand auf. Ich sah uns da stehen und dachte, wie wenig man begreift, wenn man ein Paar sieht, das den Eindruck erweckt, es gehöre zusammen. Ein solches Paar würden wir abgeben, wenn man uns sähe, auf der Straße oder im Restaurant.

„Ich weiß nicht", sagte er, „ich hab' das Gefühl, ich ertrage diese Stadt nicht länger. Ich hab', vielleicht, diesen Freund gesehen und will versuchen, ihn zu finden. Wirst du mit mir essen gehen, wenn ich noch länger hier bin?"Warum nicht", sagte ich.

Ich hatte keine Lust, ihm zu sagen, was ich über ihn dachte. Er würde hier bleiben und trauern und seinen Freund finden, wenn es ihn denn gab, und irgendwann würde er noch einmal einen Versuch machen, mich zurückzugewinnen, und dann endgültig abreisen, und in weiteren zehn Jahren würde er zehn Jahre älter geworden sein und einen Zentimeter kleiner und er würde immer noch Proust lesen und in zwanzig Jahren ...

„Wo bist du untergekommen?", fragte ich.

Er nannte sein Hotel. Es war das Hotel, in dem Bill wohnte, und das gab den Ausschlag.

„Ich ruf' dich an", sagte ich. „Ich kenne das Hotel. Ein Freund von mir wohnt dort."

Er sah mich an, und ich wusste, dass er nun darüber nachdenken würde, wer dieser Freund sein könnte und ob er vielleicht doch noch eine kleine Hoffnung haben könnte, was uns betraf. Er ging.

„Ich bin ein Dreck; (dachte ich) aber es müssen
Alle Dinge mir zum besten dienen, ich
Komme herauf, ich bin
Unvermeidlich, das Geschlecht von morgen
Bald schon kein Dreck mehr, sondern
Der harte Mörtel, aus dem
Die Städte gebaut sind."

Ich ließ mich erst gegen Morgen nach Hause fahren. Im Püppi hatte es keine besonderen Vorkommnisse gegeben. An der Rezeption lag eine Nachricht von Bill. Er war wieder in der Stadt und würde am Nachmittag vorbeikommen.

Bill / Kiew

Die Frau am Empfang seines Hotels schob ihm einen dünnen Packen Post zu und lächelte ihn freundlich an. Er war froh, wieder zurück zu sein. Ihr Lächeln war für ihn wie „Willkommen zuhause". Er hatte drei Tage im Kinderheim verbracht, und die verwahrlosten Kinder waren ihm auf die Nerven gegangen. Unter ihnen waren solche, die absolut nicht mit sich reden lassen wollten, nicht aßen, um sich schlugen, wenn man ihnen zu nahe kam, und andere, die distanzlos waren, sich jedes Mal an ihn hängten, wenn er auftauchte, und plärrten, wenn er sie zurückschob. Die waren die schlimmsten. Er hatte versucht, Wassili, den Hausmeister, dafür zu gewinnen, ihm die Kinder vom Hals zu halten. Dieser Wassili hatte sich anstellig gezeigt, aber manchmal war selbst er überfordert gewesen.

Abends hatte er das Heim verlassen und die Nacht bei Kurt verbringen können. Dann war er die Kinder los, aber die Nächte bei Kurt brachten andere Probleme. Das Essen, das Kurt heranschaffte, war widerlich. Er holte es von einem Schlachter auf dem Bessarabischen Markt, dessen Verkaufsstand vermutlich seit Jahren keine Gesundheitskontrolle mehr gesehen hatte, aber Kurt bekam es umsonst, für irgendwelche Gefälligkeiten, die mit den Auseinandersetzungen der konkurrierenden Händler in der Markthalle zu tun hatten. Kurt war stolz darauf, dass er für das Essen kein Geld ausgeben musste. Er war geizig und liebte militärische Strenge. Seine Wohnung lag im Souterrain eines Hauses in der Nekrassov-Passage. Über der Wohnung befand sich die Terrasse eines Cafés.

Ein Teil des Souterrains wurde als Lagerraum genutzt. Die hinteren Räume hatte Kurt zu seiner Wohnung gemacht. Sie war äußerst sparsam möbliert und so sauber, dass man fror, wenn man sie betrat. Bill hatte Kurt im Verdacht, dass er, mangels anderer Gelegenheiten, salutierte, bevor er sich auf dem Klo niederließ und ins Bett ging. In Ausübung seiner Pflichten, sozusagen.

Militärisch, oder sollte man besser verschwörungstheoretisch sagen?, war Kurt ein Genie; was ihn, Bill, allerdings nicht davon abhielt, über das zu kurze und zu harte Bett zu fluchen, das Kurt für Übernachtungsgäste bereithielt.

Einen Teil der Nacht, nachdem sie gemeinsam die Mahlzeit des bessarabischen Schlachters verzehrt hatten, wobei nicht festzustellen war, ob Kurt das Essen schmeckte, hatten sie an dem Tisch verbracht, den Kurt das Schlachtfeld nannte. Dort hatten sie die Pläne diskutiert, die er tagsüber nach den Fotos entwickelte, die Bill ihm brachte. Den Rest der Nacht, sie gingen nie vor drei Uhr morgens schlafen, tranken sie russischen Wodka, weil Kurt eine russische Quelle hatte und deshalb der Meinung war, der ukrainische Wodka sei nicht trinkbar. Bill, der den Wodka trank, weil es ihm danach leichter fiel, auf seinem Marterbett einzuschlafen, war der Unterschied egal. Bis sie den Grad der Trunkenheit erreicht hatten, der zum Einschlafen nötig war, unterhielten sie sich über Einzelheiten aus Kurts Vergangenheit. Er war jünger als Bill und hatte in seinem Leben trotzdem schon an mehr subversiven Aktionen teilgenommen, als Bill je erleben würde. Er war Spezialist für Todesarten. Bill war froh, ihn an seiner Seite zu haben, auch wenn er mit ihm nicht warm wurde, weil er den Deutschen eigentlich nicht ausstehen konnte.

Jetzt nickte Bill der Frau an der Rezeption freundlich zu und ging, den dünnen Stapel Post in der Hand, zum

Fahrstuhl. Während er allein nach oben fuhr, spürte er, wie die drei vergangenen Tage, die Nächte mit Kurt, die Spannung von ihm abfielen. Sie waren gut vorbereitet. Ihr Plan war perfekt. Er würde sich ausruhen, ein Bad nehmen und in der Nacht Eva besuchen. Vorher, allerdings, war er mit der BND-Maus verabredet. Sollte er sie einfach versetzen?

Ein aufmerksamer Zimmerservice hatte einen Stapel Handtücher auf der Heizung im Bad deponiert. Bill beschloss, die Ruhepause ausfallen zu lassen, gleich ein Bad zu nehmen und das Treffen nicht abzusagen. Er wollte mehr über Beringer wissen, und die Maus würde ihm weiterhelfen.

Sich an den Lärm im Kinderheim und an das spartanische Quartier von Kurt erinnernd, erschien ihm zwei Stunden später diesmal das Bistro, in dem er auf die Kurz wartete, angenehm. Gegen seine Gewohnheit, es war noch zu früh, bestellte er einen doppelten Whisky. Die Kurz war pünktlich. Er sah sie durch die große Glasscheibe, als sie über den Bürgersteig kam, wie beim letzten Mal im Trenchcoat, aber ohne Hut. Wie beim letzten Mal bestellte sie Tee, sagte nichts und sah ihn auffordernd an. Bill verzog das Gesicht, als bedauere er, was er zu sagen hatte.

„Nichts“, sagte er. „Wir haben alle Hebel in Bewegung gesetzt. Wir glauben, dass Sie der Dame vertrauen können.“

Er hatte in Sachen Eva nicht das Geringste unternommen, aber er war trotzdem sicher, dass er recht hatte. Die Maus schien ihm zu glauben.

„Nun ja“, sagte sie, „Gedanken kann man schwer festmachen, bevor sie in Taten umgesetzt werden. Sie haben Kontakt, wie ich weiß, ich bitte Sie, uns zu informieren, wenn sich Anhaltspunkte ergeben."

„Natürlich, aber wir würden es gern sehen, wenn Sie sich erkenntlich zeigten."

Bill trank und betrachtete einen Augenblick lang die bernsteinfarbene Flüssigkeit in seinem Glas, bevor er aufsah.

Die Kurz sah ihn an, ausdruckslos, vielleicht hatte sie Pokerface geübt. Der Nicht-Ausdruck in ihrem Gesicht ließ sie noch unscheinbarer wirken.

„Beringer", sagte Bill, „wir wüssten gern mehr über ihn."

Sie wussten alles über ihn, was es zu wissen gab. Sie kannten seine Vergangenheit, waren über seine letzten Tätigkeiten informiert und wussten, weshalb er nach Kiew geschickt worden war. Was Bill interessierte, war allein die Frage, ob Beringer inzwischen seinen Aufenthalt in Kiew dazu genutzt hatte, sich Eva wieder anzunähern. Wusste die Kurz darüber Bescheid?

Sie musterte ihn, ohne zu antworten. Was gab es zu überlegen? Er hatte einen einfachen Wunsch geäußert. War sie zu dumm, um ihn zu verstehen? Er würde ungern deutlicher werden.

„Wir sprechen nicht über unsere Mitarbeiter. Ich vermute, auch bei Ihnen ist so etwas nicht üblich."

„Nun, ich denke, dieser Fall eignet sich besonders gut, um eine Ausnahme von der Regel zu machen. Er betrifft indirekt das Problem, das uns zusammengeführt hat."

„Da könnten Sie recht haben."

Die Kurz dachte einen Augenblick nach und ließ ihn dabei nicht aus den Augen. Bill hatte das Gefühl, sie hätte ihn durchschaut, aber dann machte er sich klar, dass diese Person dazu gar nicht fähig war.

„Sie wissen, dass der Mann, nach dem Sie gefragt haben, hierher geschickt wurde, um über das Problem Genaueres in Erfahrung zu bringen. Bis jetzt haben wir nicht den Eindruck, dass er besonders große Aktivitäten entwickelt, um sich dem Problem zu nähern, genauer gesagt: eher gar keine."

„Ich war eine Zeitlang nicht in der Stadt", sagte Bill.

„Ich glaube nicht, dass wir etwas übersehen haben. Nach wie vor besteht kein Kontakt."

Täuschte er sich, oder war auf ihrem eben noch ausdruckslosen Gesicht ein wissendes Grinsen erschienen? Nein, da war nichts. Er ärgerte sich, dass er die Kurz auf Beringer angesprochen hatte.

„Ich schlage vor, dass wir uns in einer Woche wieder treffen. Ich werde mich bemühen, die Informationen zu beschaffen, die Sie interessieren."

Diesmal täuschte er sich nicht. Er stand auf.

„Entschuldigen Sie mich einen Augenblick", sagte er, „ich bin gleich wieder bei Ihnen."

Im Waschraum hielt er seine Hände unter den Wasserhahn und starrte auf sein Gesicht im Spiegel.

„So sieht ein Dummkopf aus", sagte er halblaut.

Als er zurückkam, war der Tisch, an dem sie gesessen hatten, leer. Die Kellnerin kam und blieb neben ihm stehen.

„Die Dame lässt ausrichten, Sie wüssten Bescheid. Und der Tee ginge auf Ihre Rechnung."

Sein Glas war noch nicht leer, aber das Eis war geschmolzen. Er setzte sich, trank und verzog sein Gesicht.

„Ohne Eis ist das scheußlich", sagte er schließlich. „Ich nehm' noch ein Glas und viel Eis, bitte."

Dann saß er da und dachte nach. Was war mit der Maus passiert? Sie hatte sich verändert, seit er sie das letzte Mal getroffen hatte. Sie war selbstbewusster geworden, so, als wisse sie über ihn Bescheid und sei in der Lage, Vorteile für sich daraus zu ziehen. Eigentlich würde ihm nun nichts anderes übrig bleiben, als Erkundigungen einzuziehen. Er tat das nicht gern, weil er wusste, dass seine Kontaktleute beim BND zurzeit unter Druck standen. Durchgeknallten Parlamentariern in Berlin war eingefallen, über angeblich zu enge Verbindungen zwischen CIA und BND öffentlich zu lamentieren. In anderen Zeiten wäre ihm das egal gewesen. Aber gerade jetzt konnte er eine herumschnüffelnde BND-Maus überhaupt nicht gebrauchen. Deshalb hätte er es riskieren müssen, bei den Leuten, denen er vertraute, Erkundigungen über die Kurz einzuholen. Aber dazu hatten sie keine Zeit mehr. Die Sache war eilig, das wusste er, auch wenn der genaue Zeitpunkt noch nicht feststand.

Sie war vom Tisch aufgestanden, hatte der Kellnerin Bescheid gesagt und war gegangen. Seit sie hier war, hatte sie sich noch nie so gut gefühlt. Dieser Amerikaner war ein arrogantes Arschloch, und sie hatte ihm gezeigt, dass sie ihm überlegen war.

‚Bravo, Kurz, und wenn du Nägel mit Köpfen machen willst, dann überquerst du jetzt die Straße und trinkst da drüben neben den geöffneten Hintertüren des schäbigen Autos einen Kaffee. Soll ja laut Reiseführer besonders gut sein, dieser Ladeflächenausschank. Und dabei wirst du die Tür vom Bistro im Auge behalten. Wir wollen doch mal sehen, auf welche Ideen ein Yankee kommt, so mutterseelenallein in einer fremden Stadt.‘

Der Kaffee war wirklich gut. Der alte Mann, der ihn verkaufte, versuchte, ein Gespräch mit ihr anzufangen. Als sie ihm erklärte, dass sie ihn nicht verstünde, weil sie Deutsche sei, strahlte er sie an.

„Warten, bitte“, sagte er, verließ die Kaffeemaschine, ging nach vorn und öffnete die Beifahrertür. Die Kurz behielt sowohl die Tür des Bistros auf der gegenüberliegenden Straßenseite als auch die Beifahrertür im Auge. Da drüben tat sich nichts. Zwei Meter vor ihr kramte der alte Mann im Handschuhfach. Sie konnte sehen, dass er keine Schuhe, sondern Pantoffeln an den Füßen trug und dass die Ränder seiner Hosenbeine ausgefranst gewesen und mit eng nebeneinanderliegenden Stichen wieder befestigt worden waren.

Der Alte richtete sich auf und drückte die Autotür mit dem Hintern zu. Er hielt etwas in seinen Händen, sorgfältig, so, als trüge er einen Schatz, kam auf sie zu und blieb vor ihr stehen.

„Deutschland“, sagte er und hielt ihr strahlend seine Hände hin, „von Soldat.“

Sie sah auf ein Foto von Zarah Leander mit Autogramm, an den Rändern ein wenig beschädigt und leicht bräunlich, aber das Gesicht der Schauspielerin war gut zu erkennen.

„Von Soldat“, sagte der Alte noch einmal und hielt ihr die andere Hand dicht vor das Gesicht. Sie trat einen Schritt zurück und blickte auf eine Nivea-Dose, eine altmodische Nivea-Dose, so eine, wie es sie ganz sicher nicht mehr gab, aber blau und weiß und mit dem Schriftzug NIVEA.

„Oh, Mann“, sagte sie leise zu sich selbst, vielleicht, weil sie wirklich überrascht war. Sie nahm einen Schein aus der Manteltasche, legte ihn neben die Kaffeemaschine und ging. Der Alte sah ihr enttäuscht nach, wandte sich ab, und begann, seine Schätze wieder im Auto zu verstauen.

Schon ein paar Schritte später fiel ihr ein, dass sie mit dem Platz neben der Kaffeemaschine auch ihren Beobachterposten verlassen hatte. Zu dem Alten zurück ... kam nicht in Frage. Neben dem Eingang eines Ladens, in dem Jeans und Lederjacken verkauft wurden, stellte sie sich in eine Nische und blickte über die Straße. Wenn der Amerikaner das Bistro nicht verlassen hatte, während sie damit beschäftigt gewesen war, die Glasperlen (so lassen) zu bewundern, mit denen die Wehrmacht im Zweiten Weltkrieg versucht hatte, die Eingeborenen auf ihre Seite zu bringen, was ihnen bei manchen offenbar auch gelungen war, dann musste er noch drinnen sein. Sie gab sich zehn Minuten; wenn er dann nicht herauskam, würde sie die Beobachtung aufgeben.

Nach acht Minuten, sie hatte gerade auf ihre Armbanduhr gesehen und sich dabei über das blaue Ungetüm gefreut, erschien Bill Allen. Er reckte sich ein wenig, so, als habe er zu lange gesessen, und ging dann in Richtung Kreschtschatik.

‚Also geht er nicht zurück ins Hotel, mal sehen, womit sich so einer tagsüber beschäftigt.'

Sie folgte ihm lange, blieb dabei auf ihrer Straßenseite und hatte währenddessen genug Zeit, darüber nachzudenken, weshalb sie das tat, was sie tat.

‚Ich weiß nicht', dachte sie, ‚es ist nur so ein Gefühl, und außerdem hab' ich Zeit, und vielleicht, wenn etwas Interessantes dabei herauskommt, kann ich damit punkten, wenn ich zurück bin. Noch hab' ich nichts. Wäre, vielleicht, besser, ich würde die Kovac beschatten, eins nach dem anderen, ich lass' mir was einfallen, ich weiß, was ich kann, sie haben mir den Job beim BND nicht umsonst gegeben.'

Die Kurz und Bill Allen gingen fast eine halbe Stunde, oft aufgehalten durch Fußgängerampeln und dichte Menschenmengen, bis Bill so plötzlich die Straße überquerte, dass sie beinahe in ihn hineingelaufen wäre. Aber er entdeckte sie nicht, und sie folgte ihm weiter, vorsichtiger, weil Allen nun langsamer ging und sich hin und wieder unauffällig umsah. Sie waren am Bessarabischen Markt vorbeigegangen, und sie hatte den Eindruck, er suche eine Gelegenheit, unauffällig zu verschwinden. Jetzt bog er in eine Passage ein. Dort kannte sie sich aus. Die teuren Schuhe hatte sie hier gekauft und auf der Terrasse eines Restaurants anschließend gesessen und Leute beobachtet; verschiedene Male Mütter und Töchter, die man nur bei sehr genauem Hinsehen voneinander unterscheiden konnte, weil sie gleich dünn, gleich teuer gekleidet und gleich exaltiert herumstolziert waren. Auch die Tüten aus den teuren Boutiquen, mit denen sie behängt waren, sahen gleich aus. Allerdings fuhren in der Passage keine Autos, und es gab weniger Fußgänger, so dass es schwieriger sein würde, nicht gesehen zu werden.

Sie bleibt ein paar Schritte zurück, und dann ist der Amerikaner plötzlich verschwunden.

Sie ist wütend. Die ganz Zeit hinterhergelaufen, um ihn auf den letzten Metern zu verlieren! Er kann einfach nicht weg sein! Er ist hier, aber wo? Sie wird sich auf die Terrasse setzen, die Passage beobachten und warten. Irgendwann muss er wieder auftauchen. Schließlich wohnt der Herr hier nicht.

Bill / Kiew

Bill hatte Anna Maria entdeckt, kurz bevor er den Kreschtschatik überquerte. Er hatte nicht glauben wollen, was er sah. Weshalb lief die Maus hinter ihm her? Oder war sie nur zufällig hier unterwegs?

Er würde ihr eine Chance geben, ihn zu treffen. Er ging über die Straße, und das Manöver, dass die Kurz anstellte, um nicht entdeckt zu werden, überzeugte ihn davon, dass sie ihm absichtlich gefolgt war. Er hatte sich also nicht getäuscht. Er hatte keine Ahnung, was sie von ihm wollte, er wusste nur, dass sie hier, in unmittelbarer Nähe zu Kurts Quartier, absolut überflüssig war. Er beobachtete, dass sie sich auf der Terrasse des Restaurants niederließ und überlegte, ob er sie loswerden könnte, bevor er zu Kurt hinunterging, dachte, dass es sicherer sei, Kurt die Angelegenheit zu überlassen, und trat auf die Straße hinaus. Das Schaufenster, dessen Auslagen er betrachtete, lag dem Restaurant direkt gegenüber. Als er lange genug einen dunkelblauen Smoking angestarrt hatte, wandte er sich um. Sein Blick fiel auf die Kurz. Sie hatte ihn gesehen, und er winkte ihr freundlich zu. Lud sie ihn ein, herüber zu kommen? Er überquerte die Passage, stieg die Stufen zur Terrasse hinauf und setzte sich zu ihr.

„Was für ein Zufall", sagte er und sah sie an.

Ihr Selbstbewusstsein hatte deutlich gelitten. Sie fühlte sich entdeckt, aber was hatte sie beabsichtigt? Sie konnten kein Risiko eingehen, jetzt nicht mehr, nachdem die Planungen abgeschlossen waren und sie nur noch auf das Startzeichen warteten.

„Schön hier, nicht?"

„Man könnte glauben, man sei in Paris, wenn die Tafel da drüben nicht wäre", sagte die Kurz.

Er kannte die Tafel. Sie erinnerte daran, dass ein Dichter in dem Haus gelebt hatte, an dem sie befestigt war. Die Schrift war von der Terrasse aus nicht zu sehen. Die Kurz musste schon früher hier gewesen sein.

„Ich sehe, Sie haben noch nicht bestellt. Die Herrschaften lassen sich Zeit, obwohl dies eins von den besseren Restaurants ist. Lassen Sie uns gehen. Ich hab' einen Freund, der hier ganz in der Nähe wohnt; ein Landsmann von Ihnen, den Sie kennenlernen sollten. Ich hab' den Eindruck, er ist ziemlich isoliert. Er wird sich freuen, seine Sprache zu hören."

Bill stand auf, ohne ihre Zustimmung abzuwarten. Die Kurz machte keine Anstalten, ihm zu folgen.

„Nun kommen Sie schon, Kurt beißt nicht. Ein interessanter Mensch, Sie werden überrascht sein. Er kocht sehr gut. Ich bin auf dem Weg zu ihm. Sein Essen ist bestimmt besser als das, was Sie hier erwartet."

Wenn sie nicht unhöflich sein wollte, musste sie ihm folgen. Merkwürdigerweise hatte sie das Gefühl, als mache sie damit einen Fehler. Sie brauchte eine einleuchtende Ausrede, die freundliche Einladung abzulehnen. Angestrengt dachte sie nach, während sie Bill langsam folgte, der die Terrasse verließ, sich nach links wandte und nach ein paar Schritten vor einem Eingang stehen blieb, der ins Souterrain führte.

„Hier wohnt Ihr Freund?"

Bevor Bill antwortete, wurde die Tür geöffnet. Ein Mann, lang und dünn, schmale Augen und kurze, graue Haare, sah ihnen entgegen.

‚Ein Wolf', dachte Anna Maria.

„Ich hab' dich gesehen, drüben am Schaufenster", sagte der Mann, „und wer ist diese schöne Dame?"

„Eine Freundin", sagte Bill, „du kannst Deutsch mit ihr reden."

Beringer, von Koesen und Wadim / Kiew

Er war mit der Klein zum Frühstück in ihrem Zimmer verabredet gewesen, und sie hatte ihm nicht geöffnet. Beringer war erleichtert und verärgert zugleich. Er hätte ihr von Milena berichten müssen, davon, dass sie sich getrennt hatten, dass es also für ihn keinen Grund mehr gab, in Kiew zu bleiben, und er abreisen würde, sobald er die Angelegenheit mit Wadim geklärt hätte. Schließlich war sie es gewesen, die ihm in Wiesbaden die Geschichte von Wadims Selbstmord aufgetischt hatte. Sie musste ihm Gelegenheit geben, Wadim zu finden, bevor er zurückfuhr, um in Berlin zu erklären, dass er nicht länger für den BND arbeiten würde. Es hätte sicher eine lange Diskussion mit der Klein gegeben, aber schließlich, so hatte er geglaubt, würde sie tun, was er wollte. Er hatte sie nach dem Anschlag auf das Bordell als vernünftig kennengelernt, und außerdem war sie sicher noch an ihm interessiert. Das hatte er ausnutzen wollen, hatte vor ihrer Tür gestanden, schamlos in sich hinein gegrinst – und dann hatte sie nicht geöffnet.

Im Restaurant des Hotels waren gegen 11.00 Uhr keine Frühstücksgäste mehr. Er suchte sich einen Platz, von dem aus er das Foyer beobachten konnte, stellte am Büfett sein Frühstück zusammen, ließ sich nieder und begann darüber nachzudenken, was er als nächstes tun sollte. Dann sah er von Koesen im Foyer, der sich suchend umsah, ihn entdeckte und lächelnd auf ihn zukam.

„Gibt's Probleme? Sie sehen so aus, als könnten Sie einen guten Rat gebrauchen. Worum geht es, mein Freund? Sie gestatten, dass ich Sie so nenne."

Beringer dachte, dass er zu von Koesen weder von Milena noch von der Klein sprechen könnte, er war überhaupt nicht in der Lage, dem freundlichen Mann irgendetwas von dem zu erzählen, was ihn beschäftigte, und er verfluchte sich und seine Dummheit, einen Auftrag angenommen zu haben, von dem er hätte wissen können, wenn er nachgedacht hätte, dass er zum Scheitern verurteilt sein würde. Zehn Jahre, was hatte er bloß geglaubt? War er nicht selbst zehn Jahre ohne Milena ausgekommen? Welche Ängste hatten ihn bewogen, einer alten Liebe hinterherzujagen und sich eine gemeinsame Zukunft vorzumachen? Er hätte es wissen können. Und dann die Klein. Sie hatte ihn versetzt, und das war ihm egal. Aber auf irgendeine Weise war sie für alles verantwortlich. Dass er sich darauf eingelassen hatte, hierher ...

„Ich verstehe", sagte von Koesen neben ihm. „Sie wollen nicht mit mir reden. Ich verstehe. Sehen Sie, ich hab' heute Morgen mit meiner Frau gesprochen, und sie fragt mich, ob ich inzwischen gefunden hätte, was wir suchen. Wir! Es interessiert mich nicht, was sie sucht. Es interessiert mich so wenig wie ..."

„Weshalb sind Sie dann hier?"

Beringer war froh, abgelenkt zu sein. Von Koesen lachte, winkte die Kellnerin heran, bestellte Kaffee und wandte sich Beringer zu.

„Zum Vergnügen, Mann", sagte er. „Ganz ohne Auftrag, einfach zum Vergnügen. Oder, besser gesagt, ich hab' mich selbst beauftragt."

„Wozu?"

„Sagen wir, um zu lernen und um Stoff zu sammeln für einen Roman. Sehen Sie, es ist, ich hatte es Ihnen gesagt, glaube ich, nicht das erste Mal, dass ich hier bin. Ich habe meine Notizen durchgesehen, Anfang der neunziger Jahre hatte ich hier eine Freundin. Sie träumte davon, in den Westen zu gehen, am liebsten natürlich mit mir nach Deutschland. Aber das kam nicht in Frage, ich war damals schon verheiratet. ‚Was willst du im Westen?', hab' ich meine Freundin gefragt. ‚Wovon willst du leben?' Und sie zeigt mir Handarbeiten, irgendetwas Gesticktes, ich versteh' nichts davon, aber sie sagt mir, das seien sehr gute Arbeiten, und für die werde sie in Deutschland viel Geld bekommen. Ich bitte Sie! Ich hab' sie bloß angesehen, und dann sagt sie noch, sie könne auch schöne Abendkleider nähen, und die zu guten Preisen verkaufen. Abendkleider! ‚In Deutschland geht alles', hat sie gesagt. Sie hatte überhaupt keine Ahnung. Jetzt hab' ich sie wiedergesehen. Zufällig, sie tut mir leid, es geht ihr nicht gut, und von Deutschland hat sie nicht mehr gesprochen. Dafür vom Krieg und vom Rechten Sektor. Ihr Mann oder Freund ist bei denen, und sie kämpfen im Osten gegen die bösen Russen. Ich hab' die Absicht, hinzufahren und mir das anzusehen. Es heißt, dass die Aufständischen dort sich von Russland verraten fühlen. Könnte doch interessant sein, das genauer zu beobachten. Schließen Sie sich an, mein Freund, da kommen Sie auf andere Gedanken."

„Gibt es irgendetwas, das Sie ernst nehmen?"

Von Koesen wurde nachdenklich. Es dauerte eine Weile, bis er antwortete.

„Ich erzähle Ihnen noch eine kleine Geschichte. Als ich damals hier war, hab' ich festgestellt, dass es gewisse Merkwürdigkeiten zur Folge hat, wenn dem Volk alles Eigentum gehört. Ein Beispiel: Ich gehe im Hotel zum Frühstück. Das Restaurant ist im 10. Stock. Die grüne Gurke, die am Büfett ausgestellt ist, gibt es nicht. Ich bitte die beiden Bediensteten um Käse. Es wird lange überlegt, ob Käse da ist. Ich bekomme zwei dünne Scheiben. Auf Nachfrage bekomme ich zwei halbe Scheiben Brot und etwas Butter. Ich finde keinen Tisch mit einer einigermaßen sauberen Decke. Am Abend zuvor muss hier ein Gelage stattgefunden haben. Ich lasse mich irgendwo nieder und versuche, die riesigen Flecken mit verschiedenen Utensilien zuzudecken: Schlüssel, Notizblock, Geldbörse, Teller, Tasse. Die Tasse ist aus dünnem Plastik, meine Sachen reichen nicht aus, um die Flecken verschwinden zu lassen. In einem Meer von Flecken beginne ich zu frühstücken. Am Nebentisch richten die beiden Bediensteten ihr Frühstück. Sie nehmen die verschmutzte Tischdecke ab und legen eine saubere auf. Sie servieren sich ihren Kaffee in großen Porzellantassen mit Untertassen. Es gibt leckere, mit reichlich Käse überbackene Brote ... Finden Sie nicht, wenn Sie unser Frühstück hier betrachten, dass es gewisse Vorteile mit sich bringt, wenn die Angestellten nicht gleichzeitig die Eigentümer sind?“

„Sie verteidigen in Ihrem Roman die kapitalistische gegen die sozialistische Ordnung?“

„Ich werde mich hüten! Ich beschränke mich aufs Beobachten. Schlüsse ziehen müssen die Leser schon selbst.“

„Ein bequemer Standpunkt, finden Sie nicht?“

„Wer hat gesagt, dass das Schriftstellerleben unbequem sein muss? Ein Scherz ... aber noch ein Beispiel: Damals, das war 1993, traf ich den Chefredakteur des Ukrainischen Rundfunks. Ich frage ihn: ‚Haben Sie keine Angst, dass Ihr Land in ein Billiglohnland für Deutschland verwandelt werden könnte?‘ Seine Antwort: Na und? Weshalb nicht. Dann geht es uns jedenfalls besser als jetzt. Aus irgendeinem Grund scheinen wir Deutschen hier als Heilsbringer zu gelten. Das erstaunt mich manchmal. Ich hab’ ein kleines Rätsel für Sie: Von wem ist folgender Satz: ‚Ukrainer, im Kampf um ein besseres Europa ist dein Platz an der Seite Deutschlands‘?“

Beringer schüttelte den Kopf, lächelnd, denn er spürte, dass von Koesen versuchte, ihn in eine freundlichere Stimmung zu versetzen.

„Tja, Sie werden staunen, mein Lieber. Originalton Hitler im Oktober 1941. Manchmal kommt es mir so vor, als wirkten diese Worte heute noch. Interessant, oder?"

„Ist das nicht ein bisschen übertrieben?"

„Das würden Sie nicht sagen, wenn Sie erlebt hätten ... Sehen Sie, kann es sein, dass der Mann dort drüben Sie sucht?"

Beringer sah auf, folgte von Koesens Blick und entdeckte Wadim; es gab keinen Zweifel. Da stand Wadim, sah sich suchend um ... Er sprang auf, im gleichen Augenblick entdeckte Wadim ihn, sie gingen aufeinander zu und umarmten sich.

„Ich sei, gewährt mir die Bitte, in eurem Bunde der Dritte", murmelte von Koesen.

Er blieb sitzen, wartete, bis die beiden an den Tisch zurückkamen und Beringer ihn vorgestellt hatte. Er war auch der Erste, der die Stille unterbrach, die danach eintrat.

„Ich weiß, wann ich störe", sagte er und lächelte Beringer zu. „Obwohl ich natürlich sehr neugierig bin, was ein deutscher und ein russischer Polizist gemeinsam haben. Vielleicht sollte ich mich bemühen, es herauszufinden? Keine Angst, Ihre Geheimnisse wären bei mir gut aufgehoben. Ich verabschiede mich. Lassen Sie uns heute Abend zusammen ausgehen. Ich kenne eine Bar, die Ihnen gefallen wird."

Er stand auf, deutete eine Verbeugung an und ging.

„Wer war das?", fragte Wadim.

„Ein Hanswurst", antwortete Beringer, „nicht unsympathisch. Ein Hanswurst eben."

Ronny / Hamburg

„Ich bin überrascht, dass ich Sie nicht erreichen kann. Ich hätte mich früher melden sollen, aber das war nicht möglich. Es hat eine Weile gedauert, bis ich die Informationen zusammenhatte, von denen ich glaube, sie könnten nützlich sein. Sie wissen, dass ich nicht an Zufälle glaube. Deshalb war meine Aufmerksamkeit geweckt, als ich einen Mann traf, der aus dem ‚Nichts', in Wirklichkeit aber aus dem Sumpf von BND und Radio Free Europe auftauchte und mir Informationen anbot. Informationen, die Sie und Ihren Auftrag betreffen sollten. Ich erspare es mir im Augenblick, darüber zu sprechen, weshalb der Mann sein Angebot nicht aufrecht halten konnte. Er starb, bevor er dazu kam. Es war sein Tod, der mich veranlasst hat, aktiv zu werden."

„Verdammt."

Ronny hielt das Telefon in der Hand, starrte darauf und wartete. Er hatte sich bemüht, zusammenzufassen. Die Zeit auf dem Anrufbeantworter hatte nicht gereicht. Noch einmal.

„Die Fakten: Ihre Freundin wird nach wie vor verdächtigt, mit den Russen zusammenzuarbeiten. Man ist von Ihnen enttäuscht. Die Person, die geschickt wurde, um Druck zu machen, ist verschwunden. Es werden zwei Vorgehensweisen diskutiert, den bestehenden Lagern entsprechend. Erstens: Übernahme des Püppi samt Inventar durch die befreundete Großmacht. Zweitens: Auflösung des Püppi und Rückruf Ihrer Freundin. Beide Optionen haben Nachteile für Ihre Freundin, jedenfalls aber würde sie, Option 2 vorausgesetzt, mit dem Leben davonkommen. Ihr Aufenthalt in Kiew wird inzwischen als überflüssig betrachtet. Für den BND hat sich Ihr Ukraine-Abenteuer als Fehlschlag erwiesen. Man wird Sie in jedem Fall zurückrufen, wobei es durchaus sein kann, dass die Rückreise Komplikationen mit sich bringt. Meine Meinung: Vertrauen Sie niemandem. Reisen Sie ab, solange Sie sich noch frei bewegen können. Immer für Sie da: Ronny."

Milena / Kiew

Ich habe nichts vergessen. Ich bin Milena Prohaska, im Dienst des BND Eva Kovac, verantwortlich seit neun Jahren für das Bordell Püppi in Kiew.

Ich hatte vor, eine Frau zu treffen, Natalja, die im Hotel Ukraina den Kiosk im Foyer betreut. Ich wollte sie treffen, um sie nach ihrem Mann Wassili zu fragen. Natalja und Wassili sind Russen. Ich hatte vor, ihnen etwas zu sagen, eine Sache, von der ich annahm, sie könnte interessant für die beiden sein.

Im Ukraina hatte ich lange auf Wassili gewartet. Von dort rief ich Bill an, mit dem ich verabredet war, um ihm zu sagen, er möge später kommen.

Wassili war sehr aufgeregt, als er endlich kam. Er wusste, dass mein Freund Bill Vorbereitungen getroffen hatte, das Kinderheim in die Luft zu sprengen, in dem Wassili arbeitet. In dem Heim leben etwa 130 Kinder, die man auf der Straße aufgegriffen hat. Bill hat oft von ihnen erzählt. Er verwaltet die Gelder, mit denen das Projekt finanziert wird.

Wassili und ich kamen überein, dass ich Bill in der Nacht nicht aus den Augen lassen sollte. Wassili würde versuchen, die Sprengung zu verhindern. Wir wussten nicht genau, wann sie stattfinden sollte.

Ich fuhr in mein Apartment. Dort wartete ich auf Bill. Er kam zwei Stunden später. Wir ließen Essen kommen, Champagner und Wodka und vergnügten uns länger und intensiver, als wir es in den vergangenen Monaten getan hatten. Unsere Begegnung war überschattet von einer gewissen Traurigkeit, die, wie mir scheint, von Bill ausging. Er nannte mich seine Eva. Gegen Morgen schliefen wir ein.

Die vergangene Nacht war anstrengend gewesen. Er hatte eine gewisse Sympathie für diese Tschechin gehabt, die sich für klug hielt, auf jeden Fall aber hübsch war, erfahren, für einen wie ihn, der es sich zur Gewohnheit gemacht hatte, anstrengende Verhältnisse mit Frauen zu meiden. Manchmal hatte er sich im Verdacht, zu anstrengenden Verhältnissen, solchen, in denen Gefühle eine Rolle spielten, gar nicht fähig zu sein, und dann beglückwünschte er sich dazu. Er wusste, dass Gefühle in seiner Arbeit hinderlich waren. Die Tschechin hatte es ihm leicht gemacht. Niemals hatte sie ihm Gefühle vorgespielt, die sie nicht für ihn empfand. Sie waren ein schönes Paar und amüsierten sich gut miteinander. Sie liebten gutes Essen und guten Sex. Sie waren beide unabhängig und nicht daran interessiert, was der andere im Einzelnen tat. Hatte er gedacht …

Es war Kurt gewesen, der ihn eines Besseren belehrt hatte; ausgerechnet Kurt, dem er diesen Triumph nicht gönnte, aber dessen Beweisen er Glauben schenken musste.

Kurt war Wassili von Anfang an mit Misstrauen begegnet. Er hasste Russen. Bill, der seine besondere Abneigung kannte, hatte ihn nicht ernst genommen und sich heimlich über ihn lustig gemacht. So lange, bis Eva sich im Ukraina mit Wassili getroffen und Kurt, auf welche Weise auch immer, Zeuge ihres Gesprächs geworden war.

Tja. Die Sache war mehr als ärgerlich. Er war gezwungen, schnell und effektiv zu handeln. Eine merkwürdige letzte Nacht, die sie zusammen verbracht hatten. Sie, mit keinem Wort, mit keiner Geste verratend, dass sie von Wassili über seine Pläne informiert worden war; er, der zärtliche, hungrige, große Junge, für den sie ihn von Anfang an gehalten hatte und der er ja auch lange Zeit gewesen war. Die Lüge zwischen ihnen nicht sichtbar werden zu lassen, war anstrengend gewesen, eine von den Anstrengungen, die Bill hasste. Da war es für ihn kaum eine Genugtuung, dass er sie in der gleichen Lage wusste. So war das Spiel in ihrem Job: Wer übrig blieb, hatte gewonnen.

Er hatte sich gegen Morgen von ihr getrennt und war zurück in sein Hotel gegangen. Da sie, Kurt sei Dank, schon seit einiger Zeit den Empfang in dem Apartment-Haus mit einer Person besetzt hatten, der sie vertrauen konnten, hatte Kurt kein Problem damit gehabt, den Rest zu erledigen.

Die vergangene Nacht war anstrengend gewesen. Er hasste anstrengende Stunden, obwohl er wusste, dass sie in seinem Beruf in größeren Abständen auf ihn zukamen. Sie gehörten dazu, ja, man konnte sogar sagen, dass sie in gewisser Weise die Höhepunkte seiner Arbeit darstellten, ihren Erfolg dokumentierten; für ihn, weil die darauf folgenden Prämien ihm das Gefühl gaben, seinem Ziel ein Stück näher gekommen zu sein. Und für seine Vorgesetzten, in deren Plänen seine Arbeit eine wichtige Rolle spielte und die, nach einem deutlich sichtbaren Erfolg, einem aller Welt sichtbaren Erfolg, nun daran gehen konnten, auf dem politischen Feld ihre Steine ein Stückchen weiter in die gewünschte Richtung zu verschieben.

Es kam hinzu, dass die letzten Stunden vor einer Aktion am besten in großer Ruhe zu verbringen waren, und das hatte diesmal überhaupt nicht geklappt. Ruhe war nötig, um wieder und wieder den Ablauf des Plans durchzugehen, jede Möglichkeit eines Irrtums, eines falschen Handgriffs, einer nicht präzise berechneten

Zeit, eines lächerlichen, alles verderbenden Zufalls ausschließen zu können. Sosehr ihn die Aktion selbst gleichmütig ließ, sosehr liebte er die Stunden unmittelbar davor. Sie gaben ihm, und er wusste das und empfand es nicht als anmaßend, ein Gefühl der Allmacht, das er liebte. Neben der langsam wachsenden Summe auf seinem Konto war dieses Gefühl der Teil seiner Arbeit, den Bill am meisten schätzte. Was seine Vorgesetzten mit den Ergebnissen seiner Arbeit anfingen, interessierte ihn so wenig, wie ihn die fremden Menschen interessierten, denen er notgedrungen im Lauf seiner Einsätze begegnet war und noch begegnen würde.

Zuerst hatten sie das Problem mit dieser verrückten Deutsch-Maus regeln müssen. Sie hatte schnell geahnt, dass etwas nicht stimmte. Schließlich hatte er sie mit großem Nachdruck in Kurts Behausung expediert. Kurt, der Sadist, hatte sich ein Vergnügen daraus gemacht, grässliches Zeug aufzuwärmen (der Geruch! Er hatte den Geruch noch beim Einschlafen in der Nase gehabt) und dabei Konversation zu betreiben. Die Maus hatte versucht, die Gemeinheiten in seinen Worten zu überhören, und tapfer mitgehalten. Ihre Lage war aussichtslos, und er, Bill, war froh gewesen, als Kurt irgendwann mit ihr im Nebenzimmer verschwunden war. Er selbst empfand kein Vergnügen dabei, Unterlegene zum Jaulen zu bringen.

Zum nächsten Problem, mit dem sie nicht wirklich gerechnet hatten, war Wassili geworden. Kurt hatte ihn bei einer letzten Inspektion des Geländes an einem Ort angetroffen, an dem sie einen der Sprengsätze deponiert hatten und an dem Wassili im Rahmen seiner Aufgaben als Hausmeiser nichts zu suchen hatte. Und er hatte das Gespräch mit Eva belauscht. Sie waren übereingekommen, dass Bill ihm ein paar unverfängliche Fragen stellen sollte. Anschließend wollten sie entscheiden, wie sie mit ihm verfahren würden.

Er war nicht dazu gekommen, die Fragen zu stellen. Er hatte Wassili dabei überrascht, wie er versuchte, ein paar der Kinder, die im Haus geblieben waren, weil sie aus Krankheitsgründen nicht an dem Sportfest teilnahmen, das im nahe gelegenen Sportkomplex stattfand, ihre Betten zu verlassen. Es war ihm nichts anderes übrig geblieben, als Wassili am Arm zu packen, den Kindern zu erlauben, wieder in die Betten zu kriechen, und mit Wassili kurzen Prozess zu machen. Die Kinder mochten ihn. Sie gehorchten. Hätte er ihnen erlauben können, wegzulaufen? Sie wären Zeugen gewesen.

Dass sie Wassili keinen Augenblick zu spät unschädlich gemacht hatten, war ihm klargeworden, als er danach den Raum des Hausmeisters inspiziert hatte. Er hatte eine Funkanlage gefunden, die nicht zum Inventar des Heims gehörte. Das allerdings stellte sich nach kurzem Überlegen als unverhoffter Glücksfall heraus. Sie ließen die Anlage da, wo sie war. Man würde es leicht haben, später nachzuweisen, welche fremde Macht dafür verantwortlich gewesen war, einen so grauenvollen, bis in alle Einzelheiten geplanten Anschlag auf das Kinderheim auszuführen.

Der Wassili-Zwischenfall brachte es mit sich, dass sie den Zeitpunkt der Explosion vorverlegen mussten, denn sie wussten nicht, ob der Hausmeister schon Komplizen informiert hatte. Eine kurze Rückversicherung, und sie hatten, was die genaue Stunde des Anschlags betraf, freie Hand. Sie beschlossen, die Sache unverzüglich zu starten. Es hatte keinen Sinn, länger zu warten, Zeit mit Nachdenken zu vertrödeln in einer Situation, in der sie vor Entdeckung nicht mehr sicher sein konnten.

Um 13.00 Uhr explodierten die Sprengladungen an den von ihnen genau berechneten Stellen. Da sie sich zum Zeitpunkt der Explosion nicht mehr auf dem Gelände befanden, konnten sie das Ausmaß der Zerstörung nicht selbst wahrnehmen. Sie hielten das auch nicht für nötig. Sie hatten die Wirkung vorher genau berechnet, und es gab keinen Grund, an der Richtigkeit ihrer Berechnungen zu zweifeln. Sie kamen überein, dass Kurt für ein paar Wochen aus der Stadt verschwinden sollte. Er selbst benutzte die Metro, um in die Nähe seines Hotels zu gelangen, und ging den Rest des Wegs zu Fuß. Dabei kam er an dem Bistro vorbei, in dem er mit der Maus verabredet gewesen war. Während sein Blick die Gäste streifte, die sich auf der schmalen Terrasse vor dem Bistro niedergelassen hatten, war er mit seinen Gedanken schon im Hotel. Er hatte Lust, ein Bad zu nehmen und zu schlafen. Er freute sich auf die Ruhe in seinem Zimmer. Er glaubte nicht, dass das Heulen der Feuerwehrsirenen, das zu hören war, seit er den Metro-Schacht verlassen hatte und das einige Bistro-Gäste zu neugierigen Blicken auf die Straße veranlasste, in seinem Zimmer zu hören sein würde; und wenn, dann bestimmt nur aus der Ferne, gedämpft durch die schweren Vorhänge, die er ganz sicher zuziehen würde, um schneller einschlafen zu können.

Bill schlief eine Stunde, und sein Schlaf war so fest, dass es lange dauerte, bis das Klingeln des Telefons zu ihm durchdrang.

„Ja."

Seine Stimme klang verschlafen, und er wurde erst hellwach, als er erfuhr, dass im Foyer des Hotels ein Aufnahmeteam des TV-Senders Kiew today wartete. Ein Journalist, den er gut kannte, bat ihn dringend um eine erste Stellungnahme zu dem grauenvollen Anschlag auf sein Kinderheim. Bill, noch vom Schlaf befangen, was seiner Stimme einen sehr überzeugenden Ton gab, war entsetzt und versprach, in wenigen Minuten im Foyer zu sein.

Als er, tatsächlich nur wenige Minuten später, im Foyer erschien, waren dort nicht mehr nur ein, sondern vier verschiedene TV-Teams, störten sich gegenseitig und wurden gestört von neugierigen Gästen, die aus dem Restaurant herüberkamen und von zufällig am Hotel vorbeikommenden und hereindrängenden Neugierigen, die der Portier von der Eingangstür nicht hatte zurückdrängen können.

Bill bat den ihm bekannten Journalisten um eine kurze Schilderung des Ereignisses und trat dann vor die Kameras.

„Ich habe Ihnen jetzt nichts zu sagen. Ich gehöre an die Seite meiner Kinder. Ich bitte Sie, Ihre Zuschauer zu Spenden aufzurufen. Wir werden uns nicht beugen vor dem Terror finsterer Mächte, denen die Existenz einer freien Ukraine unerträglich ist. Ich bitte Sie, sich zu gedulden, bis die Regierung, die Polizei Ihnen mehr sagen können. Ich gehe nun dahin, wo mein Platz ist."

„Einen Augenblick, bitte."

Einer der Journalisten rief, denen Bill schon den Rücken zugekehrt hatte. Er zögerte, blieb stehen und wandte sich ungeduldig noch einmal um.

„Möchten Sie uns etwas dazu sagen, eine kurze Stellungnahme, vielleicht, dass der Anschlag ausgerechnet in der Nähe des Denkmals für die ermordeten Kinder von Babi Yar verübt wurde?"

Bill starrte den Fragenden an. Hatte er Mühe, die Frage zu verstehen? Er wandte sich ab, rannte los, gefolgt von dem Journalisten, mit dem er bekannt war und der begriffen hatte, was da gerade geschehen war. Bill wollte jetzt gemeinsam mit ihm an den Ort der Explosion fahren.

„Babi Yar“, sagte der Journalist, als sie schon eine Weile unterwegs waren, schweigend, jeder mit seinen Gedanken beschäftigt.

„Ich hab’ dich vor Monaten einmal gebeten, mit mir einen Rundgang dort zu machen. Wärst du einverstanden gewesen, dann hättest du eben nicht weglaufen müssen. Dann hättest du gewusst, dass es dort an der Schlucht, in der die Nazis den Massenmord an den Kiewer Juden begangen haben und später an Kommunisten und überhaupt allen, die ihnen im Weg waren, ein Denkmal für die Kinder steht, die dort ermordet wurden. Dann hättest du gewusst, was du diesem Idioten hättest antworten können. Nämlich, dass es sich um einen Zufall handelt und dass er sich seine dämliche Frage in so einer ernsten Situation sonstwo ...“

„Lass mich in Ruhe mit deiner verdammten Folklore“, sagte Bill. Seine Stimme klang gleichmütig. Er sah geradeaus auf den Horizont, wo eine gelbe Wolke zu sehen war, die schnell größer wurde und sich wie ein Fächer am Himmel ausbreitete. Der Schaft des Fächers war beinahe schwarz.

Sie hatten von Koesen nachgesehen, ihm noch einmal freundlich zugewinkt, als er sich umdrehte, und sich dann einander zugewandt. Lange Zeit hatte sich ihr Gespräch mit Vergangenem befasst.

„Wie geht es Vera? Was macht Stepan? Hat die Polizei in Kaliningrad die Verbrecher im Griff? Bist du befördert worden? Die sollten dir einen Orden geben."

Wadim kam kaum dazu, selbst Fragen zu stellen. Fast schien es, als versuche Beringer, das Interesse des Freundes abzuwehren.

„Von mir gibt es wenig zu erzählen. Immer noch ein einsamer Wolf. Wird wohl auch so bleiben. Den einen oder anderen Auftrag, hin und wieder. Ach, die gemeinsame Kanzlei, die gibt es nicht mehr. Ronny, ja, den sehe ich noch."

Irgendwann schwiegen die Freunde, beide darüber nachdenkend, womit zusammenhing, dass der Abstand zwischen ihnen so groß geworden war. Die Zeit, ja, aber Sympathie war geblieben.

Gleichzeitig sahen sie auf, lächelten sich zu und ließen dann ihre Blicke durch den Raum wandern.

„Ich werde abreisen", sagte Beringer, „und du?"

Der Freund antwortete nicht. Beringer folgte seinen Blicken.

„Ach, der da", sagte er.

Er sah, dass Wadim sehr aufmerksam Menschen und Kameras beobachtete, die sich vorn im Foyer angesammelt hatten. Der Amerikaner schien den Mittelpunkt zu bilden. Anscheinend gab er ein Interview.

„Das ist Bill", sagte er, „er wohnt hier im Hotel. Ganz sympathisch, undurchsichtig, ein bisschen naiv, möchte ich sagen, wie diese Amerikaner eben so sind, wenn sie meinen, mit Geld die Welt retten zu können. Vielleicht sind sie deshalb so beliebt. Die Leute mögen das."

Wadim antwortete nicht. Beide sahen schweigend zu, wie Bill das Hotel verließ. Er schien es eilig zu haben. Die Menge im Foyer löste sich auf. Wadim wandte sich Beringer zu.

„Ich weiß, weshalb du hier bist", sagte er. „Und ich werde dir jetzt sagen, weshalb ich hier bin; vom gleichen Verein wie du geschickt, nur von verschiedenen Seiten. So wie dieser Bill, dessen Tarnung viel weniger naiv ist, als du denkst."

„Ein internationales Spitzentreffen, wie?"

Er versuchte, Wadims Andeutungen ins Lächerliche zu ziehen, obwohl dessen Worte sich wie eine kalte, hässliche Wahrheit in ihm auszubreiten begannen.

‚Nicht der Amerikaner ist naiv, du, mein Lieber, du selbst bist der Naive.'

Ronnys Worte fielen ihm ein, die besondere Fremdheit, mit der Milena ihm begegnet war, eine Fremdheit, die nicht daher gekommen war, dass sie sich zehn Jahre nicht gesehen hatten. Da war noch etwas anderes zwischen ihnen gewesen, etwas, das ihr wichtig gewesen war: Bill. Aber nicht Bill als Liebhaber, sondern Bill als Aufgabe. Wie damals in Vence ...

‚Ich bin zu alt', dachte er. ‚Ich bin unbeweglich geworden. Nein, ich bin immer so gewesen, unbeweglich, ungeeignet für Spielchen, für Diplomatie, für Geheimdienste. Nur interessiert an Fakten, aus denen man, zusammengefasst, Schlüsse ziehen konnte. Wie war es möglich, dass man jemanden wie ihn als BND-Mitarbeiter nach Kiew schicken konnte. Wie war es möglich, dass er so einem Ansinnen hatte nachgeben können. Milena, natürlich, Faktenjäger wie er hatten offenbar eine ungesunde Neigung zum Romantiker.'

„Ich werde abreisen", wiederholte er. „Ihr müsst ohne mich weiterspielen."

Wadim antwortete nicht. Er hatte ein Handy am Ohr und hörte aufmerksam zu. Er sah blass und angespannt aus, sagte nichts, bewegte nur hin und wieder zustimmend den Kopf, steckte das Handy weg.

„Das ist nun kein Spiel mehr, wenn es jemals eines gewesen ist. Dein Freund Bill, verzeih, ich weiß, dass er nicht dein Freund war, jetzt ist er zu weit gegangen. Wir werden ... es ist besser, du hältst dich nicht mehr in seiner Nähe auf. Du solltest das Hotel wechseln. Abreisen, du wolltest doch abreisen."

Wadim stand auf, auch Beringer erhob sich. Wortlos standen sie sich gegenüber, umarmten sich spontan. Wadim ging, und Beringer sah ihm nach, bis er das Hotel verlassen hatte. Erst dann setzte er sich selbst langsam in Bewegung.

‚Es gab tatsächlich nichts zu sagen', dachte er verwundert. ‚Wir hätten bestimmt viel zu erzählen gehabt, aber dazu hätte es Sommer sein müssen, wir hätten irgendwo am Ostseestrand im Sand liegen müssen, vor uns das Wasser und in uns nichts weiter als das Bedürfnis, uns gegenseitig unser Leben zu erzählen und dabei die Sonne auf unserer Haut zu spüren ... Was für ein Gedanke! Fakten, mein Lieber, Fakten!'

Hinter der Rezeption standen die jungen Frauen zusammen und sprachen leise miteinander. Er wartete, und nach einer Weile kam eine von ihnen auf ihn zu.

„Schrecklich", sagte sie, „der arme Mister Allen. Seine Kinder ..."

An Beringers Gesicht musste sie abgelesen haben, dass er nicht wusste, wovon sie sprach.

„Sein Kinderheim, man hat dort einen Anschlag ... Es sind Kinder, die meisten waren ja auf dem Sportplatz ..."

‚Jetzt ist er zu weit gegangen', waren Wadims Worte gewesen, ‚jetzt ist er zu weit gegangen.' Einen Augenblick dachte er nach.

„Ich werde abreisen", sagte er entschlossen, „bitte, machen Sie meine Rechnung fertig."

„Ich verstehe", sagte die junge Frau.

Milena / Kiew

Ich bin in diesem Raum aufgewacht. Ich habe versucht, irgendwie hinauszukommen. Es ist nicht möglich. Lange Zeit blieb ich untätig. Ich bin sehr müde, jemand hat dafür gesorgt, dass ich sehr müde bin. Irgendwann nahm ich den Schreibtisch wahr. Da lag Papier, es gibt eine kleine Lampe und Stifte. Ich habe begonnen, meine Geschichte aufzuschreiben. Für wen? Ich weiß es nicht.

Ich war zu selbstsicher. Ich habe Bill unterschätzt. Er hat gewusst, dass ich mich mit Wassili getroffen habe. Er muss gewusst haben, dass Wassili seinen Plan entdeckt hatte. Ich weiß nicht, ob es Wassili gelungen ist, die Sprengung zu verhindern. Doch. Ich weiß jetzt, dass es ihm nicht gelungen ist. Sonst wäre ich nicht hier. Wassili ist tot. Ich bin eine Zeugin. Sie hinterlassen keine Zeugen. Sie sind sehr gründlich. Bill. Ich hätte es wissen können. Ich war dabei, als Bill Beringers Frau erschossen hat. In Frankreich. Bill. Er kann mich nicht am Leben lassen.

Ich werde warten, bis man mich findet. Mehr kann ich nicht tun.

Ich bin Milena Prohaska. Ich werde sterben.

Irina / Moskau

Auch wenn ihre Dienststelle im SWR die Übernachtung in Moskau gezahlt hätte, wäre sie nicht auf die Idee gekommen, im Hotel zu schlafen oder in einer der Gästewohnungen, die dem Auslandsgeheimdienst zur Verfügung standen. Sie hatte, wie immer, wenn sie in Moskau zu tun hatte, bei ihrer Mutter übernachtet. Seit sie für den Auslandsdienst arbeitete, hatte sie keine eigene Wohnung mehr in Moskau. Jetzt, während sie in dem Wohnraum auf dem Sofa saß, auf dem sie die Nacht verbracht hatte, tat es ihr leid, die Wohnung nicht mehr zu besitzen, aber gleichzeitig war sie froh, ihr schlechtes Gewissen, die Mutter betreffend, wieder für eine Weile beruhigt zu haben. Sie hörte die alte Frau in der Küche rumoren und lächelte. Dort wurde gerade ein Frühstück hergestellt, das sie davon abhalten würde, bis zum nächsten Morgen noch irgendetwas Essbares zu sich zu nehmen. Speck und Eier und Kascha und Pfannkuchen, schwarzes und weißes Brot, Bratkartoffeln und kleine, gebratene Würste, Tomaten, Gurken und Käse, und von allem würde probiert werden müssen.

Irina sah sich um. Außer auf dem Sofa, auf dem sie saß, und auf dem Tisch davor, gab es im Zimmer nicht einen einzigen freien Platz. Selbst auf dem Stuhl, der vor dem mit Büchern bepackten Schreibtisch stand, lagen Bücher. Sie erhob sich und begann, den Stuhl für die Mutter frei zu räumen.

„Bring nichts durcheinander“, sagte die Mutter in ihrem Rücken.

„Du willst sagen, dass das hier eine Ordnung hat? Wo sitzt du überhaupt, wenn du liest? Sogar das Sofa war vollgepackt.“

„In der Küche, wo sonst. Du kannst helfen, den Tisch zu decken."

„Wieso hast du Geschirr für fünf Personen", fragte sie, während sie zwei Teller und zwei Becher aus dem Küchenschrank nahm. Solange sie denken konnte, befanden sich in dieser Wohnung vier Teller, unterschiedlich gemustert, und vier Becher, von denen zwei das gleiche Muster hatten.

„Da kommt ein Neuer, na, so neu ist er auch wieder nicht, schon bald ein Jahr kommt er."

„Und wo sitzt ihr dann? Zu fünft?"

„Er ist ein Junger, solche wie ihn gibt es zurzeit nicht viele. Du solltest ihn kennenlernen. Er sitzt auf dem Fußboden, natürlich."

Der Tisch reichte kaum aus, als sie alle Speisen darauf abgestellt hatten.

„Er, der Junge, mein' ich, kommt mit verrückten Ideen. Aber uns schadet das nicht. Wir Alten können das gut gebrauchen. Besonders Pawel, der ist so eingefahren, immer dasselbe ..."

„Was für Ideen?"

„Na ja, zum Beispiel, er hat einen Film gesehen. Wir Alten gehen ja nicht mehr ins Kino; in irgendeinem Film-Club, wo sie so Sachen zeigen, ein Grieche hat ihn gemacht ... Schon älter, ich hab' den Namen vergessen. Jedenfalls ging es um Stalin, 1951. Ich will dir den Film jetzt nicht erzählen, es war nur so, dass da im Film jemand an eine Mauer geschrieben hatte: **Lenin, wach auf, sie sind alle verrückt geworden."**

„Ja, und?"

„Na, von uns wollte er dann wissen, ob man heute noch das Gleiche sagen könnte."

„Was denn?"

„Na, Lenin, wach auf, sie sind alle verrückt geworden."

Irina sah auf. Die Mutter war damit beschäftigt, einen Rest Kascha von ihrem Teller zu löffeln. Sie aß immer zuerst etwas Brei, dann Eier und Speck mit einem Stück Weißbrot und zum Schluss eine Tomate.

„Es schmeckt gut bei dir", sagte Irina. „Wenn ich jeden Tag so gut essen würde, bekäme ich Probleme mit der Figur."

„Kann schon sein. Bei mir würdest du allerdings keine Probleme kriegen. Da wäre meine Rente dagegen."

Irina sah auf die Uhr. Die Wohnung der Mutter lag in der Nähe der Metro-Station. Bis in die SWR-Zentrale im Süden der Stadt würde sie ein paar Mal umsteigen müssen. Sie war dort um 13.00 Uhr verabredet. Es wurde Zeit, sich zu verabschieden.

Während sie zu Fuß die Treppe hinunterging, wie immer war der Fahrstuhl kaputt, dachte sie darüber nach, ob der Mutter der Abschied von ihr schwergefallen sei. Sie hatte sich nichts anmerken lassen. Und in Wirklichkeit glaubte Irina auch nicht daran, dass die Mutter traurig zurückgeblieben war. Diese Generation, geboren Ende der 30er Jahre des vergangenen Jahrhunderts, hatte den Großen Vaterländischen Krieg nicht aktiv mitgemacht, aber die schweren Zeiten bis 1945 und danach miterlebt. Die Eltern ihrer Mutter hatten gekämpft, zuhause oder an der Front. Inwieweit sie von ideologischen Auseinandersetzungen berührt worden waren, Stalin starb erst 1953 und der 20. Parteitag war 1956 gewesen, wusste sie nicht. Auf jeden Fall hatte man auch in der Nachkriegszeit für die Erziehung zu Gefühlen nicht viel Zeit gehabt.

Irina lächelte, während sie auf die Straße trat. Am Ende versuchte sie jedes Mal, sich selbst zu trösten, wenn sie die Mutter verließ.

‚Fehlt nur noch die Geschichte von den deutschen Kriegsgefangenen, die den Wohnblock gebaut haben, in dem die Mutter wohnt, und die damals genauso wenig zu essen hatten wie die, die dann dort einzogen', dachte sie.

Sie brauchte tatsächlich beinahe eine Stunde bis zur Zentrale des SWR, aber sie war pünktlich. Sie stand auf der Liste, so dass es keine Schwierigkeiten beim Betreten des Gebäudes gab. Man hatte ihr die Nummer des Zimmers genannt, das für die Besprechung vorgesehen war, aber es war niemand drinnen, als sie eintrat. Sie stellte sich ans Fenster und sah auf die Straße. Sie würde warten.

Viktor Kotow, ihr Führungsoffizier, betrat den Raum nur wenige Augenblicke später. Sie setzten sich, und erst jetzt stellte Irina fest, dass der Raum einem Klassenzimmer ähnlich sah. Es gab keine Tafel, aber einen Kartenständer, an dem eine aufgerollte Karte hing. An der Wand, die ihnen gegenüberlag, hing ein Foto von Putin.

„Erzählen Sie", sagte Kotow, „es hat eine Reihe von Opfern gegeben."

„Das ist richtig. Die Kinder, die beiden Frauen und der Amerikaner. Zwei Frauen, die für den BND gearbeitet haben. Wassili war der Meinung, dass mindestens eine, Eva Kovac, ihr Klarname war Milena Proháska, mit uns zusammenarbeiten würde. Wahrscheinlich war ihr Kontakt zu Gennadi dafür mitverantwortlich, möglicherweise auch Erkenntnisse über die wahren Absichten ihres Geliebten Bill Allen. Die andere Frau, Dr. Renate Kurz, war für uns neu. Sie war ein noch unbeschriebenes Blatt. Was den Amerikaner betrifft, Bill Allen, so wussten wir, dass er gefährlich war. Irgendwann würden wir aktiv werden müssen. Wir wollten den Zeitpunkt so lange wie möglich hinauszögern, auch, um uns mit der Arbeitsweise des Gegners vertraut zu machen. Wir sind dann überrascht worden und sahen uns gezwungen, schnell zu handeln. Die Nachricht kam von Wassili, der im Komplex des Gegners Arbeit gefunden hatte. Auch er hat den Anschlag nicht überlebt. Der Kollege aus Kaliningrad ...“

„Wadim.“

„Der Kollege Wadim und ich, wir haben den Amerikaner ausgeschaltet. Er hatte einen Komplizen, der entkommen ist. Die beiden hatten sich getrennt, und ich wollte nicht, dass Wadim und ich uns ebenfalls trennten.“

„Er ist neu, dieser Wadim. Wie denken Sie über ihn?“

„Er ist in Ordnung, keiner von uns, ein Polizist, aber in Ordnung.“

„Ich denke, wir werden ihn nach Hause zurückschicken, mit Auszeichnung, natürlich.“ Viktor lächelte. „Und Gennadi?“

„Gute Arbeit. Wir sollten ihn im Bahnhof lassen, auch wenn er gerade eine spezielle Kundin verloren hat. Er wird sich weiter nützlich machen.“

„Und Sie, Irina?“

Jetzt lächelte Irina.

„Ich nehme an, Sie sind mit unserem Vorgehen einverstanden. Ich brauche keine Auszeichnung. Ich gehe zurück nach Kiew. Es wäre gut, wenn ich dort eine andere Wohnung bekäme, die jetzige ist nicht mehr unbedingt sicher.“

„Eine andere Wohnung und eine andere Identität. Das wird ein paar Tage dauern. Sie werden solange Urlaub machen. Wollen Sie in Moskau bleiben?“

Irina dachte an das Sofa, auf dem sie die letzte Nacht verbracht hatte.

„Nein“, sagte sie, „ich würde die Krim vorziehen.“

„Die Krim also“, sagte Viktor lächelnd.

Beringer und Ronny / Hamburg

„Sie kommen spät“, sagte Beringer.

Es war Sonntagmorgen. Er hatte den Frühstückstisch gedeckt und gewartet, ungeduldig, denn die verabredete Zeit war längst überschritten.

„Tut mir leid, ich war auf der Jagd nach der Sonntagszeitung. Ich hab ein wenig gelesen und dachte, es könnte Sie interessieren, was ich zufällig darin entdeckt habe. Und dann hab’ ich mir das Foto noch einmal genau angesehen und beschlossen, dass ich es Ihnen nicht zeige.“

„Zensur? Sie reden sich um Kopf und Kragen.“

Beringer war vor drei Wochen aus Kiew zurückgekommen. Gleich nach seiner Rückkehr hatte er dem BND schriftlich seine Kündigung geschickt. Man hatte sie angenommen, nicht, ohne darauf hinzuweisen, dass er über alles, was mit seinem Auftrag zusammenhing, Stillschweigen zu bewahren hätte.

Ronny schenkte Kaffee ein. Beringer nahm die Zeitung, die auf dem Tisch lag.

„Weshalb nicht“, sagte Ronny, „Sie sind erwachsen.“

Das Foto, auf das Beringer blickte, zeigte zwei in Plastik verschnürte Körper. Unter dem Foto stand „Leichen säumen ihren Weg“. Aus dem dazugehörigen Artikel ging hervor, dass es sich um zwei Frauenleichen handelte, die in der Umgebung von Kiew, in einem Park, der sich Hydro-Park nannte, entdeckt worden waren. Man nahm an, dass die russische Mafia die Frauen ermordet hatte. Jemand, der sich offenbar auskannte, ein Journalist mit dem Namen von Koesen, hatte der Zeitung gesagt, dass die Frauen seiner Meinung nach mit dem nicht ungefährlichen Kiewer Nachtleben zu tun haben müssten, denn sie trugen teure Kleidung und konnten nicht als Ukrainerinnen identifiziert werden.

„Von Koesen“, sagte Beringer.

„Werden Sie versuchen, Kontakt mit dem Mann aufzunehmen?“

„Nein.“

„Wir werden einfach zur Tagesordnung zurückkehren?“

Das Telefon läutete. Ronny sprang auf, holte den Hörer von der Anrichte und reichte ihn Beringer.

„Z.“, sagte er lächelnd.

Beringer sah verärgert aus. Ronnys Witze waren nie komisch.

„Du bist zurück, das ist gut.“

Es war wirklich Z. Seit seinem letzten Anruf waren Monate vergangen. Man hätte es daran sehen können, dass die Bäume keine Blätter mehr trugen. Aber das war es nicht, was die Welt inzwischen anders aussehen ließ. Beringer blieb stumm.

„Ich weiß“, sagte Z., „dass ich vermutlich die Person bin, mit der du zurzeit am wenigsten zu tun haben möchtest. Ich will dir nur sagen, dass es mir leidtut. Wir haben gut zusammengearbeitet. Ich hätte dich nicht in diese Affäre hineinziehen sollen. Ich wusste, dass man dabei war, mich abzusägen. Ich dachte, ein Erfolg, zu dem du mir verhelfen würdest, könnte mich retten. Es war zu spät. Es gab übrigens keinen besonderen Grund, um mich aus dem Spiel zu nehmen. Nichts Ehrenrühriges, jedenfalls. Jeder andere an meiner Stelle hätte genauso gehandelt. Der Mann, du erinnerst dich, der Vorsitzende des NSU-Untersuchungsausschusses, musste weg, weil er der Wahrheit über die Arbeit des Verfassungsschutzes zu nahe gekommen war. Ich hab’ getan, was dazu nötig war. Das Problem bei solchen Aktionen ist, dass sie nicht öffentlich werden dürfen. Wenn das passiert, braucht man Schuldige. Du wirst sehen, wie lange sich mein Nachfolger hält. Ich garantiere dir, nicht länger als zwei Jahre. Hast du mal nachgezählt, wie viele Chefs das BKA seit seinem Bestehen gehabt hat? Hast du dir mal angesehen, was die Gründe waren, dass sie gehen mussten? Ich kann dir nur sagen, mein Fall ...“

Beringer schaltete das Telefon aus. Als Ronny ihn fragend ansah, sagte er: „Ein einsamer, alter Mann, der reden wollte, weil niemand mit ihm spricht. Anscheinend hat er wenig Gesellschaft da in der Eifel.“

„Und wir? Was machen wir? Werden wir einfach zur Tagesordnung zurückkehren?“

„Ja. Lassen Sie uns frühstücken, aber vorher schalten Sie, bitte, das Radio an.“

Sie hatten sich angewöhnt, am Sonntagmorgen beim Frühstück die Sendung „Essay und Diskurs“ zu hören und anschließend darüber zu sprechen, wenn es sich lohnte. Eine Frauenstimme kündigte ein Interview mit dem ukrainischen Schriftsteller Sergey Petrenko an.

„Sie waren beinahe Augenzeuge des grausamen Anschlags, den, nach allem, was wir wissen, der russische Geheimdienst in Kiew verübt hat, Herr Petrenko, was verursacht, Ihrer Meinung nach, die unerhörte Grausamkeit, mit der die Russen dabei vorgegangen sind?“

„Ich muss, wenn Sie gestatten, ein bisschen weiter ausholen, um Ihre Frage richtig zu beantworten ...“ Eine weiche, männliche Stimme.

„Schalten Sie ab, Ronny, bitte. Wir werden zur Tagesordnung übergehen, ohne uns von einem Hetzsender unser Frühstück verderben zu lassen.“

Ronny schaltete das Radio aus.

„Sie sind klüger als ich“, sagte er, „irgendwann werden Sie mir erklären, wie man es anstellt, nach all dem zur Tagesordnung zurückzukehren.“

„Irgendwann, ja. Wenn Sie mit dem Frühstück fertig sind, sehen Sie, bitte, auf meinem Schreibtisch nach. Da liegt ein Umschlag, Absender von Koesen. Sie können den Inhalt gern lesen."

Es fiel ihm schwer, aber Ronny blieb am Tisch sitzen und beendete sein Frühstück erst, als auch Beringer fertig war. Als er mit dem Umschlag in der Hand an den Tisch zurückkam, war Beringer verschwunden. Er setzte sich, öffnete den Brief, erkannte auf den Blättern, die vor ihm lagen, Milenas Handschrift, und begann zu lesen.

Ich weiß nicht, wo ich bin. Ich weiß nicht, wie lange ich schon hier bin. Ich weiß nicht, ob es Morgen ist oder Abend ...

Irgendwann legte er die Blätter beiseite. Er hörte auf das Geräusch der Haustür, die geöffnet und wieder geschlossen wurde. Gleich darauf stand Beringer in der Tür. Sie sahen sich an.

‚Irgendwann wird er es mir erklären', dachte Ronny, ‚aber nicht jetzt.'